魂牵梦绕

[法] 璟 著

济南出版社

图书在版编目（CIP）数据

魂牵梦绕 /（法）璟著 . -- 济南：济南出版社，2024. 12. -- ISBN 978-7-5488-6872-9

Ⅰ . I565.45

中国国家版本馆 CIP 数据核字第 2025QA2193 号

魂牵梦绕
HUN QIAN MENG RAO

[法] 璟　著

出 版 人　谢金岭
责任编辑　陶　静　刘召燕
封面设计　李　一

出版发行　济南出版社
地　　址　山东省济南市二环南路1号（250002）
总 编 室　0531-86131715
印　　刷　济南鲁艺彩印有限公司
版　　次　2024年12月第1版
印　　次　2025年1月第1次印刷
开　　本　165mm×235mm　16开
印　　张　17
字　　数　198千字
书　　号　ISBN 978-7-5488-6872-9
定　　价　49.00元

如有印装质量问题　请与出版社出版部联系调换
电话：0531-86131736

版权所有　盗版必究

目录

引　子……001

第一章　　孟露——18岁的玛丽莲……003

第二章　　孟露——追梦……008

第三章　　苏克——我是采灵人……014

第四章　　孟露——完美的阿拉贝斯……017

第五章　　孟露——我，准备好了……022

第六章　　苏克——大眼睛的魔力……025

第七章　　孟露——强大的灵魂……028

第八章　　苏克——常人的亲情……033

第九章　　孟露——我飞起来啦……039

第十章　　苏克——采灵人不该犯的错误……045

第十一章　孟露——最好的礼物……050

第十二章　苏克——能力强大的露珠……052

第十三章　　　　孟露——一口仙气……056

第十四章　　　　孟露——我只是乙方……062

第十五章　　　　苏克——NO！……069

第十六章　　　　苏克——巧克力效应……070

第十七章　　　　孟露——聪明的爸爸……074

第十八章　　　　孟露——四小天鹅的归宿……078

第十九章　　　　孟露——"爬长城"……082

第二十章　　　　苏克——不可以被融化的冰山……090

第二十一章　　　孟露——雯雯的"帕瓦罗蒂"……095

第二十二章　　　孟露——四张宝座……099

第二十三章　　　苏克——采灵人的眼泪……103

第二十四章　　　孟露——罪恶的根源……108

第二十五章　　　苏克——最美的照片……115

第二十六章　　　孟露——金光闪烁……121

第二十七章　　　孟露——孤独的"宝座"……125

第二十八章　　　苏克——有温度的惊喜……129

第二十九章　　　孟露——偷拍事件……137

第三十章　　　　孟露——偶遇……140

第三十一章　　　苏克——可耻的行为……147

第三十二章　　　苏克——救赎……150

第三十三章　　　孟露——感情不可能败给理智……152

第三十四章　　　孟露——《吉赛尔》的另一版本……156

第三十五章　　　苏克——大象的记忆……162

第三十六章　　　苏克——母亲的安排……165

第三十七章　　　孟露——还有一年……169

第三十八章　　　苏克——苏菲·柯莱特……174

第三十九章　　　苏克——聪明的苏菲……178

第四十章　　　　孟露——她怎么可以这么美丽……181

第四十一章　　　苏克——她吃醋了……185

第四十二章　　　苏克——最好的结局……190

第四十三章　　　孟露——姐弟恋……193

第四十四章　　　6月10日……202

第四十五章　　　苏克——孟露的选择……208

第四十六章　　　孟露——无魂"吉赛尔"……211

第四十七章　　　6月20日……216

第四十八章　　　孟露——伤筋动骨……222

第四十九章　　　苏克——执着的代价……228

第五十章　　　苏克——恐惧的代价……231

第五十一章　　　孟露——"我爱你"……234

第五十二章　　　苏克——钻心的疼……240

第五十三章　　　孟露——奇迹……245

第五十四章　　　苏克——妈妈……248

第五十五章　　　孟露——我不会忘记……253

第五十六章　　　孟露——灵魂伴侣……258

尾　声　……261

后　记　……265

引 子

　　天还没亮，孟露就拖着行李箱来到宿舍楼下，昨天的大雪，给地面披上了一层厚厚的白色鹅绒，北京已经好久没有下过这么大的雪了！

　　提前到达的出租车司机帮她把箱子放进了后备箱。寒冷的天气让孟露打了个冷战，她赶紧钻进车里，对司机师傅说："师傅，我去首都机场T3航站楼，谢谢！"

　　司机师傅回答："好嘞，昨儿个雪真大，您的航班不会取消吧？"

　　孟露说："我刚刚打电话问了机场，问题不大，应该可以正常起飞。"她心里想，必须正常起飞，否则，她将无法面对可能带来的后果。

　　司机师傅熟练地在空旷的街道上三拐两拐就把车开上了环路。孟露把头转向窗外，天快亮了，雾气蒙蒙的空气渗透进血红色的天边，拼命地遮挡住想要冒头的太阳，这曾经是他最喜欢的景象、最喜欢的时间……他们第一次见面大概就是这个时间，那一年她18岁。

第一章 孟露——18岁的玛丽莲

我晕晕沉沉的,感觉被一只手臂晃醒,一看时间才早上5点30分,旁边并没有人啊? 我又闭上眼睛强迫自己入睡,但脑子里全是今天的排练。一个声音不停地在我脑海里回响:"放弃吧,你睡不着了!"今天还要排练白天鹅变奏,田老师骂了我两年了,说我的手臂一点天鹅的灵气都没有! 可我一个凡人的膀子怎么可能呼扇成天鹅的羽翼啊?

宿舍里其他同学都还在熟睡中,我心里面就两个字:嫉妒。不仅仅是嫉妒她们能睡,我下铺的张雯雯,脚腕子随便一推就能离地半米,地心引力完全对她不起作用。 还有乔莎和金子,课余时间和排练间隙永远分享着彼此的零食,打着游戏,身上却从不多长一两肉。 她俩虽然不在教室里多待一分钟,但专业成绩和我这个每天都会在教室单练一个小时的不相上下。 我曾经引以为傲的长胳膊长腿大脚背,在这里——全国芭蕾尖子的集散地,也就是:呵呵。

但无论如何,我还是有我的优势,脑子比较灵光,文化课我是绝对的学霸,门门功课都是全班第一,尤其是英语,读一遍过目不忘,听一遍倒背如流。 可能因为记忆力好,所以记组合、变奏也比别人快，只可惜能力达不到，脑子再好使，最后的成品还是残的。

我5岁的时候，无意间在电视里看到了一群穿着白色小裙子、立着脚尖跳舞的姐姐，从此我的世界里就再也不能没有芭蕾。我每天都踮着脚尖走路，模仿着《红色娘子军》里琼花第一次见到红旗时的场景，把脸贴在家里的窗帘上假装流泪……日复一日，妈妈终于同意把我送到儿童芭蕾班上课。别的孩子看动画片的时候，幸福地吃着冰激凌和爆米花；我看动画片的时候，幸福地趴在地上压腿。

9岁时，我终于考进了最想上的学校：首都舞蹈学院。虽然我的能力不是最强的，但仰仗着身体条件好，还算顺利地被分在芭蕾舞学科，今年终于要毕业可以考团了。

我做过无数次这样的梦，梦见自己穿着和姐姐们同样的tutu[①]裙、足尖鞋，在国家剧院的舞台上fouetté[②]转到停不下来。我其实并不会梦见鲜花和掌声，只会梦见自己那一刻的强大！

下个月，也就是6月底，全国各大芭蕾舞团的团长、总监都将来学校看我们毕业班的大课和毕业演出。我们所有人从小的梦想——在真正的舞台上释放我们的灵魂，是如愿以偿还是梦一场，都将由这些长辈们如炬的目光来决定！还有不到一个半月的时间……

天大亮了，我的室友们开始有了动静，我的眼皮却越来越重，再睡一会儿吧……一只足尖鞋突然砸中我的胸口，雯雯喊着："小天鹅得起床练划水啦！"除了弹跳，下铺的雯雯还有一个特异功

[①] 芭蕾舞女演员穿的纱裙。
[②] 法语，芭蕾术语，弗韦泰，原意为挥鞭，指一腿抬起在空中急速划圈的单腿转。

能，是不用瞄准就能把任何东西投到她想要的位置。不跳舞的话，她一定能进国家女子篮球队。

我们宿舍的四个人是名副其实的从小住在一起的闺蜜，只要我们的上课、排练时间同步，我们都是同吃同睡。金子和乔莎更是形影不离，还经常互换衣服穿，但是乔莎个子矮，她的长裤到金子腿上就是七分裤，而金子的裤子到乔莎腿上就成了拖把。因为金子和我一样高，都是一米六九，乔莎就会把金子的裤子扔给我。不知不觉间，我的小衣柜已经收纳了好几条金子的裤子，倒是省了不少买裤子的钱。反正我们大部分时间都裹在统一的体操服里，其余的衣服也就没有那么多花头。

"玛丽莲，你咋吃这么少？"金子惊讶地问我。

我的名字是孟露，从上附中第一天起，玛丽莲就替代了我的真名。虽然我对玛丽莲·梦露没有太多的了解，但我爸妈都是老电影迷，每周四都是他们雷打不动的看老电影日。我小时候就知道，再怎么吵闹着看动画片，在周四晚上是绝对不会成功的。我爸最爱的电影就是梦露的 *Some Like It Hot*[①]，而我妈最爱的歌曲就是 *Diamonds Are a Girl's Best Friend*[②]。我虽然和他们的喜好并不相同，但非常喜欢他们珍藏的一张海报，玛丽莲·梦露穿着一条白色的里面衬着网纱的类似芭蕾 tutu 裙的礼服裙，光着脚慵懒地向前弓着身子坐在一张木头椅子上，后面还有一根把杆作为背景。这张海报不是梦露最经典的剧照，她脱离了人们意识中性感尤物应有的娇柔美艳，脸上流露出的是真实的微笑。我把这张海报贴在宿舍的墙上，从此玛丽莲就代替了孟露。

[①] 玛丽莲·梦露的代表作之一，《热情如火》。
[②] 《钻石是女孩最好的朋友》，玛丽莲·梦露主演的电影《绅士爱美人》里的插曲。

"我不饿，而且一会儿还得排练。"我强忍着想要抓起一个大包子塞进嘴里大口咀嚼的欲望答道。我并不拥有芭蕾女孩们专属的平板身材。15岁时，我的小胸脯开始突飞猛进，每天我都会在体操服里面绑一个抹胸，但胸脯还是比别的女孩子突兀。当然，同学们的眼睛都是雪亮的，叫我玛丽莲的人越来越多，最后连老师都知道了其中的"典故"。我也因此越发不敢吃饱。我爸妈一定不知道他们给我取的名字能饿死人！

雯雯吃着大肉包子，头也没抬说了一句："还排啊？进国家剧院没跑了！"雯雯是我们班舞技、颜值、身高都在线的"三高"选手，算得上是校花，典型的九头身材，一米七八的高挑个子，两条柳眉配杏目，小翘鼻子樱桃口，一张小脸别提多精致了，而且各门专业课都是我们班的冠军，简直是得到上天垂爱的天生的芭蕾坯子。

我心里想：进国家剧院？你以为都和你一样啊！嘴上答道："爱谁谁了。"

"哎，今天孙天霖和我商量托举想玩个花的，要脱手抛举，就他那小细胳膊？上次他大伯家的小狗被他抛起来都没接住，直接给狗狗摔死了，他大伯气得两年没和他说话。你们说我怎么能相信他能接住我？"乔莎愤愤地说。乔莎虽然个头不高，但浑身的灵气，最不用功，但各项成绩始终保持中上。

"万一接住了，那国家剧院就进去了。"我一边津津有味地吃着白灼西蓝花，一边答道。

"可万一没接住，我就和他大伯家的狗狗做伴去了呀，他休想！他再无理取闹，我就换舞伴！"乔莎敲着面前的饭盘一脸坚定地接着问，"金子，你说，我是不是不能答应？"

金子答道:"要是我,肯定是不答应,我是金子……"

"是金子到哪里都会发光!"我们摇头晃脑地帮她喊完了她说了一万遍的话。金子姓何,全名是何金梓,其实重音应该落在最后那个"梓"字上,但是入学第一天她就自我介绍说:"我是金子,到哪里都会发光的那种!"

金子高兴地拍着手,笑着说:"谢谢大家的认可! 其实啊,咱们班到哪里都会发光的只有玛丽莲,她可以靠颜值扫平一切,去哪儿都是星。"

我知道男生会偷偷议论我的长相,不是因为我美,而是因为我太另类了,不像雯雯是公认的美女。我有一双超大的铜铃眼和一对超厚的嘴唇,皮肤也不算白,完全不符合大众审美。第一次被人当面说颜值高,还是挺意外的,竟然不知是褒义还是贬义,自然也只能傻笑着无法作答。

第二章　孟露——追梦

又是一个 5 点多就醒、6 点又睡了的早晨，我晕头晕脑地背着芭蕾女孩特有的"医生兼裁缝专用大包"来到教室，包里装满了折腾足尖鞋会用到的各种针头线脑、刀子、锥子、剪刀，包脚趾用的医用棉花、胶条、冰宝贴、足尖鞋套，防治创伤的消毒喷雾、创可贴，等等，加上几双软鞋、足尖鞋和体操服……这一"百宝箱"每天都被我们扛到教室，在我们的肩膀上留下"签到"的痕迹。

教室门口，乔莎和孙天霖正吵着："我说了，不行，我不能背着满脑子的害怕上台，动作都会错的。"

"别啊，你再想想，这两天我天天在隔壁练器械练臂力，你看我这胳膊，"孙天霖握紧拳头——小胳膊虽然细，但确实感觉还挺结实——接着说，"肯定能接住，加上你的腰背肌控制力，完全没问题，放心吧！"

乔莎坚定地回答："拉倒吧，你再坚持我就和老师申请换舞伴，我是绝对不会相信你的！上次抱一个小鱼①你都抱不住，把我的脸都蹭地上了，差点没搓掉一层皮。"

---

① 芭蕾术语，双人舞经典技巧造型，一般非常形象地称为鱼潜或鱼儿潜水。

"那次可不完全赖我哈,是你说的再低点。"虽然孙天霖的声音很小,但还是被乔莎听见了,她冲着孙天霖吼出三个字:"换!舞!伴!"然后冲进了教室。

我尴尬地站在教室门口,打算当作啥也没看见溜进去。孙天霖突然挡住我,说:"要不咱俩试试,玛丽莲……孟露?"

"不合适吧?这是老师分的组,再说乔莎会生气的。"我嘀咕着。

"我不生气,赶紧找人换舞伴,但玛丽莲也绝不能让你抛成残疾!"乔莎不知什么时候蹿了出来,一把把我拉进了女班教室。

下了把杆,我一边脑子里第一万遍想"是谁的馊主意,发明出这不人性的鞋",一边往脚腕子上绑着足尖鞋带。孙天霖不知何时一屁股坐在我旁边:"我和丁老师说了,他说换舞伴的事,你要是同意,可以试试,算我求你了,咱俩试试呗?啊?行不?"

他真诚的目光让我实在无法拒绝,我也真的是佩服他的勇气和执着,况且我也一直想找个机会突破一下,如果不赌一把,我从小的梦想可能真的会碎一地。

我抬起头,不太确定地说:"那咱俩试试?"

"太好了,你的条件加我的能力,那必须是养眼绝配啊!"他冲我抱了一下拳。

"也许是刺眼啊!"我转动着被足尖鞋带捆住的脚腕子,理智地回答。

"那不能够!"孙天霖站起来一溜烟地跑进男班教室。

下课了,我背着我的"百宝箱"走出教室,回忆着这两年跳过的变奏和双人舞。虽然完成得都还可以,但是,总感觉我的舞蹈缺了点什么。为了保证能够顺利通过期末考试,去年和前年我都小心翼翼地跳白天鹅，不是白天鹅变奏，就是白天鹅双人舞。田老师，四十出头，我的排练老师，总是拿着一只装满她自己调制的养生特饮的保温杯，对我说："孟露啊，你的优势就是你的条件，跳白天鹅可以放大你的优势，弥补你技术上的不足，知道吗？"

但是白天鹅即便我跳到最好，也只是一只没有魂的大鹅，胳膊腿抬挺高，但没有仟何灵气，也许这就是所谓的瓶颈，怎么冲都冲不出来。考团在即，我感到从未有过的压力，如果还是跳白天鹅，仅凭身体条件，我很有可能考不上国家剧院。但如果走出舒适区，放手一搏，或许还能杀出条血路。豁出去了，我深吸了一口气，走到田老师办公室门口，敲了敲门。

"换双人舞？这么短的时间？变奏加 coda① 要求很强的能力啊！"田老师放下保温杯继续说，"但是，如果加倍努力，也许是一条光明大道。虽然很难，但你决定了的话，我支持你，加油！"虽然田老师低下了头，我还是能看出她眼中的不确信。

"谢谢老师！"我走出田老师办公室，心里也开始打鼓，就凭我这点子才华和能力，挑战这么难的变奏，我是不是有病啊？

走进排练教室，我看到孙天霖已经胸有成竹地在教室热身了，他这副我平时最讨厌的势在必得的架势，现在倒让我稍微轻松了些。

"玛丽莲这段 pas de deux②，要是跳好了，绝对是夺魁的节奏啊！啧啧啧！"金子在电脑上看着我的女神——巴黎歌剧院的明

---

① 法语,芭蕾术语,尾声。比较典型的是出现在大双人舞中的男女变奏之后,通常伴有高难度的跳跃、旋转等技巧。
② 法语,芭蕾术语,双人舞。

星舞者吉莲的视频，吉莲和她的舞伴正一起演绎着我和孙天霖要挑战的变奏。我也目不转睛地盯着电脑屏幕，仔细欣赏着吉莲完全融化在芭蕾里的身躯。

随着吉莲和舞伴在掌声中谢幕，我垂头丧气地说道："完全不是一个变奏，我和孙天霖目前的节奏就是狗屎！离演出还有俩星期，估计我俩绝不会让各位团长纠结，直接就是大写的'不要'！"

乔莎阴阳怪气地说道："唉，某些人太轴，不听劝啊，现在只能打碎了牙往肚子里咽，喷出鼻涕眼泪洗面，吐一口鲜血……"

"得啦得啦！"我赶紧打断她那一大堆恶心的话，"我自作自受，但好在能给你们腾出名额，还能拉孙天霖一起下水，给乔莎报蹭破脸皮的仇！"

雯雯安慰道："赶紧歇吧，有啥事明天再说，也许夜里有神仙托梦，明天一下子就顺了呢。"

手机响了，我一看是妈妈，就拿着手机走出宿舍。

"宝贝，今天排练辛苦吗？我听田老师说你不跳白天鹅了，非要跳一个特别难的双人舞？"妈妈在听筒那头紧张地问道。

我生气地回答："妈，咱能不一天到晚找老师吗？我都成年了，自己能搞定。放心吧，新变奏我肯定能拿下，一旦拿下就能进国家剧院！"

"露露，我和你爸商量过了，我们全力支持你的爱好。如果能进国家剧院芭蕾舞团，我们会继续支持你的选择，毕竟那是中国最好的芭蕾舞团，在那里跳舞能有出息。"我知道妈妈的转折词即将出现，果然，她接着说，"但是，如果你没考上国家剧院，那你就得听我们的，去上大学。我们问了你的文化课老师，你门门功课都是第一，好好补习一年的话，明年一定能考上一个好大学，将来……"

我立即打断她，说："妈，我不想上别的大学，我就想跳舞，我要跳一辈子舞。"

妈妈也不客气地回答："露露，你忘了上舞蹈学院前怎么保证的？你说你要是考不上国家剧院就不跳舞了，都听我们的。再说了，舞蹈演员的艺术生涯太短了，也就十几年，还留一身伤……"

"我一定会考上国家剧院的，明天还要早起，妈晚安！"我赶紧挂了电话。回到宿舍，雯雯已经睡了，金子和乔莎雷打不动地玩着游戏。我爬到上铺，有生以来第一次闭上眼睛，双手合十祈愿："老天爷，要是您能帮我搞定这段变奏，您要什么我都给您！"

自从跳了这段该死的变奏，我的生物钟就更加准了，已经整整两周了，早上5点30分准时醒，6点30分该起床的时候准时困，每天上课几乎都会迟到。昨天的英文课上，有一段练听力的视频，一个白胡子老头说道："Remember, every morning you have two choices, continue to sleep with your dreams, or wake up to chase them."[①]今天我决定 to chase them[②]！我轻手轻脚地起床，准备练练变奏。

我一边走进教学楼，一边想，我这简直就是"Mission Impossible! Your mission, should you choose to accept it."[③]什么乱七八糟的！我使劲摇晃着脑袋，想把这些没头没脑的事情赶走，但脑子里还是回忆起了阿汤哥如何完美地完成《谍中谍》里所有不可

---

① 英语，记住，每天早晨你都有两个选择，接着睡接着梦，或者起来去追逐它们。
② 英语，去追逐它们。
③ 英语，不可能完成的任务！你的使命，如果你选择接受它。

能完成的任务！早就说过，我的脑子好使，我一边赞叹着自己超强但没用对地方的记忆力，一边走进楼道。虽然才6月初，但是天气已经非常炎热，走这两步已经出汗了，我紧走几步，想赶紧进教室里凉快凉快，突然，教室里传来从未有过的异常迷人的钢琴旋律……

像是被魔力召唤着，我越走近，越感觉身体被强大的吸引力吸住。这是肖邦的《幻想即兴曲》，我一边在心里念着，一边轻轻推开门走了进去。我发现坐在琴凳上的不是钢琴老师，而是一个非常年轻的陌生男子，还有一位气质绝佳的年长女士站在他的身边。他冲我微微一笑，继续弹奏着，他的手指每触碰一个琴键，我的心都随之战栗，仿佛这首乐曲与我的心灵是连在一起的。我第一次感觉走进了"即兴幻想"的世界，并在里面找到自己的呼吸。

这位完全可以被称为大师的钢琴演奏家，穿着高定黑色三件套西装，海蓝色的衬衫配一根黑色羊皮细领带，他有着一头浓密的黑色和蓝色调染的头发，五官十分立体，高高的眉骨连着高耸的鼻梁，下颌线轮廓分明，眼睛漆黑明亮，嘴角上扬，仿佛一生都可以笑傲江湖！他指尖下的最后一个音符，把我拉回了教室。他站起身，高大的身躯迫使我不得不抬头仰视他。

"你好孟露！我是 Soul Collector[①]，你可以叫我苏克。"

[①] 灵魂采集者

第三章　苏克——我是采灵人

　　Soul Collector 就是灵魂采集者，我们称自己为"采灵人"。我们分布在全球各个国家，并以所在国的语言音译化作我们在当地的名字，我是中国的苏克。

　　采灵人拥有采集灵魂的超能力，但这并不代表我们是神。我们的生命会比普通人长一些，但也不像神话故事里写的那样动不动就几千岁，采灵人去年的平均寿命是 225 岁。我们的生命之所以比普通人长，是因为我们的超能力能够保护我们不被染上普通的疾病。我们一旦生病，就只可能是灵魂感染，那对于我们是致命的！

　　我们的主体灵魂，也就是我们自身的灵魂非常强壮，它是我们超能力的来源。我们的主体灵魂比常人的灵魂强壮百倍，所以才能够承受其他灵魂的介入。我们会捕捉常人的梦想，以帮助他们实现愿望作为交换条件，采集他们的灵魂。被我们采集灵魂的常人，我们称之为"异灵主"。他们的灵魂则被我们称为辅助灵魂。但我们并不是无限期地需要异灵主的灵魂，一般只需要 10 年，我们就会把灵魂还给异灵主。

　　当常人通过自身的能力仍不能实现其愿望的时候，我们的超能力可以帮助他们实现自己的愿望。同时，我们的主体灵魂又需要吸取常人灵魂的养分，对于我们来说，辅助灵魂的养分就好像新的疫苗，能够有效抵御经常变异的灵魂感染。而辅助灵魂的养分被主体灵魂吸收的时间是 10 年。

但是躯体需要常伴灵魂左右，才能够保证身体健康，所以一个人献出自己的灵魂后，必须和我们形影不离地生活 10 年。对于我们来讲，辅助灵魂的注入是让我们远离灵魂感染的必需品，所以我们必须不停地搜寻异灵主，并帮助他们实现愿望。

归还辅助灵魂后，有一年的时间，我们体内不需要任何辅助灵魂，叫"空魂年"。这一年没有异灵主的陪伴，我们相当自由。当然，我们也可以选择放弃空魂年，直接让下一任异灵主进驻。但大多数情况下，没有采灵人会放弃自己的空魂年。

我们采灵人只能和采灵人进行繁衍，否则就会灵魂感染，所以总部也不希望我们放弃空魂年。他们更希望我们在自己的空魂年，与同样在空魂年的异性采灵人孕育新的生命，为我们种族的繁衍做贡献，我们称之为"造灵"。造灵成功后，男性采灵人就会离去，所以许多像我一样的同类都没有见过自己的父亲，只有母亲知道他是谁。

造灵也不是强制性的，我们可以选择拒绝造灵，比如我，在空魂年更愿意选择环游世界。这几年采灵人正面临种族灭绝的危险。也许下一个空魂年，为了我们种族大义，我也会考虑造灵。

我今年 40 岁，对于常人来讲已经是步入中年的老一辈，而对于我们采灵人，相当于常人世界中一个不到 20 岁的小伙子。我非常喜欢现在的生活，可能因为不用像常人那样多愁善感，我也就没有烦恼。

我最喜欢的就是捉梦，常人的梦分为两种：一种是完全无法实现的白日梦，比如梦见自己长出翅膀在天空翱翔；另一种是通过努力可以实现的梦想，比如成为飞行员在天空翱翔。我们捕捉的当然是后者。每当我帮助一个常人实现了他的梦想的时候，那种成就感带给我的喜悦并不少于我所帮助的人！

捉梦，是这一切的开始，虽然我们可以通过人的梦境了解到他们追求的东西——所谓的梦想，但光捕捉到了还不够，许多人只有梦想，却不想付出，一想到付出，他们就会放弃。我们需要等待，直到有一天，他们愿意为了实现这个梦想付出一切。这个时候，我们就会出现在他们身边。

孟露就是这样进入了我的世界……

第四章　孟露——完美的阿拉贝斯

Soul Collector？ 什么玩意儿？ 我心里嘀咕着，但眼睛完全离不开苏克那张精致的脸。 这长得也太好看了！ 只是那双深邃的眼睛，让我永远都无法看清。

"苏克？ 你怎么知道我的名字？"我疑惑地看着他问。

"我还知道很多关于你的事情，比如你想考入国家剧院，比如现在排练的变奏，以你目前的能力完全掌控不了；比如为了实现你的梦想，你愿意付出一切……你不用惊讶我是怎么知道的，你只需要知道我可以帮助你实现你的梦想，在国家剧院的舞台上，fouetté 转到停不下来！"他目不转睛地看着我，我开始害怕了，感觉一股凉气从后背急速往上蹿。 照理说我应该立刻拔腿跑开，但好奇心驱使我向前迈了一步，离他近得几乎可以感觉到他的呼吸。

"你怎么帮？"我抬头问道。

他脸上仿佛露出了一丝惊讶，但只是一闪而过，他答道："我是有超能力的，我能够帮助你提高你自身的能力，指导你排练，保你进入国家剧院，甚至走向国际芭蕾舞台……"

"但是，"我打断他的话，挑起眉毛问道，"你需要什么，或者说我需要给你什么作为回报？"

"聪明的孩子，"他也挑起眉毛，学着我的腔调，"但是，我们需要签署一份合约。"

站在苏克身旁的女士从包里拿出一份文件递给我，同时递给我的还有一个我完全看不懂的微笑。

"这位是梅女士，她是一位作家，也是我目前的伙伴。"苏克介绍道。

"大作家梅？ 您是得了国际文坛大奖的梅吗？ 得这个奖的第一位华人作家？"我惊讶地问道。 这么大的咖位，是苏克的伙伴？ 什么意思？ 她和我的变奏有什么关系？ 我浑身带着问号地看着梅。

"是的，"苏克替梅答道，"我知道你有很多问题，先看一下合约，我慢慢解释给你听。"

我拿起合约开始阅读，我不是总炫耀我的脑子好使吗，现在我收回，因为除了标题"灵魂契约"四个字，其余的我根本看不懂，或者说我能看懂每一个字，但组合在一起完全看不懂它们的意思。

"什么叫'采灵人'？ 共同实现我的梦想……'助灵期'20年？ 嗯，采集'异灵主'的灵魂，'采灵期'10年？"

"'采灵人'就是我，灵魂采集者；'异灵主'就是你，给我提供灵魂的人。 你今年18岁，毕业后进入芭蕾舞团，开始舞蹈生涯，作为一名芭蕾舞演员，20年是一个很合理的时间，甚至超出合理的时间，这20年就是'助灵期'。 我可以保证，在我的帮助下，你在这20年里会不断进步，成为中国的顶尖舞者，甚至世界级的芭蕾明星，你可以跳你喜欢的所有作品，只要你愿意，你还可以登上国际舞台。"苏克解释道,"作为回报,20 年后,也就是你 38 岁的时候,我作为采灵人,需要采集你的灵魂为我所用,你也可以理解为租用,也就是'采灵期',期限为 10 年。"

"采集我的灵魂? 我会疼吗? 我会死吗?"我突然胆怯地问道,我设想着万箭穿心般的疼痛,我倒在血泊中,被关在暗无天日的地牢里独自哭泣……

"不会,"苏克非常肯定地答道,"你完全感觉不出来,我的做法很温柔,可能开始时会觉得有一点点冷而已,但瞬间即逝。你可以问问梅,她就是处在'采灵期'的'异灵主',她的灵魂现在就在我体内。"

惊讶让我完全说不出话,我的眼睛瞪得绝对已经占了脸的一半,我目不转睛地盯着梅。

"是的,一点儿也不疼,几乎感觉不到,你不用怕这个。"梅答道。

我感觉大脑停滞了一个世纪才开始运作:"这 10 年我会怎么样? 能走路吗? 能吃饭吗? 10 年后,我会怎样?"

苏克回答道:"在这 10 年的'采灵期'里,你会和正常人一样生活,只是你必须生活在我身边,也就是守在自己的灵魂旁边,这样才能够保证你的健康。 10 年后,我会将你的灵魂完璧归赵,你不会感到任何不适,在你的灵魂回归身体的一瞬间,你将完全忘记我们在一起的时光,也就是完全忘记我的存在,过回你自己的生活。"

"10 年在你的身边? 寸步不离?"我看着他身旁的梅,脑子飞快地转着,"睡觉也要在一起吗? 他穿睡衣吗? 上厕所怎么办? 一个卫生间两个马桶? 有隔断吗?"

"也不是，50 米之内就没有问题。"他仿佛看穿了我乱七八糟的想法，接着说，"我们虽然是同吃同住，但彼此都可以有自己的空间。"他停顿了一下又说道，"但是，因为我们会一起生活，所以这 10 年中，你不能与除了我之外的任何人，包括你的父母、孩子或者爱人住在一起，因为我们将要签署的是一份保密协议，这一项已经写在我们合约的保密条款中，这也是你为了实现自己的梦想而要做出的牺牲。"

孩子、爱人？这些对我一个 18 岁的女孩子来说太远了，只有爸妈离得近，但我从 9 岁开始就不和他们住在一起了，很难想象 20 年后我会愿意和他们住在一起。所以，这些不在我考虑的范围内。

他指了一下教室墙上的挂钟："不早了，你可以考虑一天，合约留给你，但是绝对不能让除你之外的人看到，我们明天同样的时间再见。梅，我们走吧。"

"等一下，"我喊住他们，"你说你有超能力，怎么证明？我怎么知道你不是骗子？"

苏克又学着我挑起眉毛："骗子？我？你过来。"我跟着他来到教室中间，他俯下身，突然抓住我的右脚腕，我感到好像有一股电流导入我的右腿，直冲脑门。他松开手对我说："用右腿当主力腿做一个 piqué arabesque①。"我惊讶地听他说出芭蕾专业术语，而且他的法语发音非常标准。我们把这个舞蹈动作叫作"阿拉贝斯"，苏克一说出来，很好听。我按照他的要求，顶起右脚半脚掌，同时缓缓地把左腿向后抬起。

---

① 法语，芭蕾术语，前腿作为主力腿，立起足尖或者半脚尖，同时抬起后腿，保持平衡。

意想不到的事情发生了，我的右脚仿佛生了根，半脚尖结实地扎在铺着地胶的地板上，身体重心毫不费力地推向右脚脚掌，我感到身体从来没有过的轻，仿佛除了坚如磐石的右腿，其余的重量完全不存在。我看着教室镜子里的自己呆住了，高高的后腿完全没有影响整个身体直立挺拔，太稳了！

苏克扬起略带嘲讽的嘴角，冲我挥了一下手，说："明天早上5点30分见。"

我缓缓地落下右脚半脚尖，左腿还傻傻地保持着阿拉贝斯舞姿，看着他和梅走出了教室。

第五章　孟露——我，准备好了

一整天，我都处于兴奋状态，我的右腿和左腿有了天壤之别，右腿作为主力腿的重心简直不需要去找，一键搞定！而且在右脚足尖上保持平衡也毫不费力。早知道这样，毕业演出就选《睡美人》的 rose adagio① 了，进国家剧院那就是"一块蛋糕"，英文翻译：a piece of cake②。

我哼着小曲儿走进宿舍。金子第一个分享了我的好心情："玛丽莲，你今天的重心太稳了呀，把我们甩出两站地。啥情况？啊？分享一下'武林秘籍'呗！"

我突然想起放在包里的合约，心情一下子从飘在天上唱歌坠落到井底跺脚。我摇摇头说："没有秘籍。撞大运撞上了。"

乔莎说："今天那么早就起来练功，莫非遇上了仙人指点，突然就开窍了？明天起床时叫上我啊，我也想偶遇一个仙人带我飞升。"我从乔莎的语气里竟然听出了一丝羡慕。这几年一直是我羡慕她们，今天第一次体会到被羡慕的感觉，还不错。

苏克，明天必须给苏克一个答复，我太喜欢今天的感觉了，我开始享受舞蹈给我带来的美。我第一次看着教室大镜子里的自

---

① 法语，芭蕾舞剧《睡美人》中的变奏，"玫瑰慢板"。
② 英文俗语，小菜一碟。

己，忽然觉得：孟露好美！我绝对不去上别的大学，我要进国家剧院，我要登上更大的舞台，把我的美展示给观众，让爸妈为我骄傲。

"睡吧睡吧，各位未来的一姐，明天又是新的一天！"雯雯作为我们的头儿，每天都为监督大家的起居操碎了心。

"遵命，头儿！"金子向雯雯敬了个礼，第一个钻进被窝。等到寝室的三位大咖都各自归位后，我偷偷拿出合约，签好自己的名字，放进我的"百宝箱"，然后爬上我的上铺小窝，将手机闹钟设定到早晨5点15分，铃声设置为振动，随即，秒睡……

第二天，我准时来到教室，苏克悠扬的琴声已经在教室响起，我多想一直听他弹奏下去，但他的琴声在我推开门的时候戛然而止。梅还是那么端庄地坐在一旁，注视着他。

苏克站起身，向我优雅地行了一个男舞者向观众行的礼。他今天的穿着和昨天完全不同，一件白色薄款连帽卫衣，配一条军绿色的休闲阔腿裤，感觉年纪好小啊，我不会是把我的命运交给了一个弟弟吧？我目不转睛地盯着眼前这个——采灵人！我的性格比较内向，不善社交，一般情况下也很难相信他人，但不知为什么，自从昨天听到他的钢琴声，我对他的信任甚至超过了对自己的信任。他走到我身边，非常自信地问道：

"So？"[①]

我坚定地回答："我签！"

其实他应该从我走进教室时的兴奋程度就已经猜到了这个答案，他拿出一支老式钢笔，说道："你一定仔细看了我们的合约，但我还是要再次重申，我们将要签订的是一份保密协议，合约的内容，包括我们彼此的身份，绝对不能向第三方透露。"

[①] 英语，怎么着？

"那梅女士呢？"我看了一眼坐在一旁敲打着笔记本电脑键盘的梅。

"她不能完全算第三方，因为她也是我的'异灵主'。她早就知道我的身份，况且她并不知道我们合约的具体细节，每一份合约的具体细节都会根据不同的需求去制订。而且我和她的合约到期后，她将完全忘记关于我的一切！"苏克回答道，眼里的一丝黯然一闪而过。

"我的这份签好了，给你。"我递给苏克昨天就已经偷偷签好的合约。苏克签署好另外一份合约后递给我，郑重说道："今天是6月10日，也就是说20年后的6月10日，你38岁的时候，你的灵魂将开始被我租用，租期10年，你48岁的时候我会将你的灵魂完璧归赵！赶紧把这份合约收起来开始热身吧，我们今天就开始训练。"

我心想："38岁、48岁，实在太遥远了，先把考团应付过去再说。"于是我放下"百宝箱"，准备开始热身，但好奇心驱使着我做了一个昨天的动作——阿拉贝斯。嗯？怎么回事？重心不对呢，今天怎么做不好了？其实不是今天做不好了，是昨天做得太好了，今天我又回到了从前的状态。我懊恼地问："你这个特异功能是有保质期的吗？只保一天有效？保质期也太短了吧？"

苏克回答："所以，我们才需要一起训练、磨合，直到你可以把我输给你的能量锁住并转换为自己的力量。否则我输入的能量就会慢慢流出你的体外。"他紧盯着我，漆黑的眼睛仿佛在问：你，准备好了吗？

"我准备好了，我们开始吧！"我坚定地答道。

第六章　苏克——大眼睛的魔力

孟露的身体条件非常出色，腿和胳膊都非常长，天生软开大脚背，加上这么多年的专业训练，她能够非常轻松地完成各种adagio[①]组合。但是最抓住我眼球的还是她的脸，她绝不是眉清目秀类的女孩子，她的脸很小，更突出了她那双异于常人的褐色的大眼睛和两片非常丰满的嘴唇。当我第一次和她交谈并透露我的身份后，一般人，包括梅在内，都会非常紧张，想要出逃，我只有在他们平定心绪后才会再次现身。但是孟露，她竟然大胆地向前迈了一步，和我的距离近到我几乎可以听到她的心跳。她就是用那双褐色的大眼睛目不转睛地看着我，丝毫没有退缩，反倒让我第一次感到有些不知所措。

孟露学得非常快，理解能力也在其他常人之上，才两天时间，她已经能够基本掌握如何运用我的能量，并将其锁在体内。下一步，可以试试用她积攒的能量来提高自己的技巧和核心力量。

我一边在钢琴上弹奏着第一个进入我脑海的旋律——柴可夫斯基的《四季》中的《六月船歌》，一边等着孟露完成热身。可能是我弹得太入神，竟然没有察觉她已经站在我身旁。

[①] 法语，芭蕾术语，慢板，主要是抬腿动作的组合。

"Bravo①！你弹得太好了！我从来没有听过这么好听的钢琴曲，要不是咱们得训练，我还想一直听下去。你开音乐会的话，我一定会场场不落地去给你捧场！"孟露那双绝对藏不住任何心绪的大眼睛里流露出钦佩和赞赏。

"我不会开音乐会，也不能。"我躲闪着她褐色的双眸说道。

"为什么？"孟露问。

我说："因为那样对常人不公平，我们与常人不同，你们练习很多年才能够完成的作品，我们几个月就可以完成，加上常人的寿命连我们的一半都不到，也就是说，按照常人的生命轨迹，我们20岁就可以完成常人50岁才可以完成的事情。况且我们采灵人也有规定：不能与常人存在任何竞争关系。我现在的工作是一名钢琴教师。"

"你也需要工作吗？钢琴教师？用你的超能力教吗？"孟露满眼的问号。

我笑着回答："当然需要工作，我又不是神仙，我也需要生活，但是我们不能使用超能力谋生，我在用自己30多年的弹琴经验教课。"

"30多年？你今年多大了？不会已经是位大叔了吧？"孟露惊讶地看着我问道。

"好了，今天已经说得够多了，还练不练了？你不想进国家剧院了？"我看到孟露脸上露出失望的表情。她拉伸着手臂，活动了一下脚腕后，冲我点了一下头。

我们采灵人的第一条规定就是：禁止与异灵主在助灵期内，也

---

① 英语，真棒！

就是我们帮助他们实现梦想期间，发生与工作无关的接触。所以，我一般很少与我的异灵主们谈及我的个人生活，除了梅，她这个大作家太擅长洞察人心，她察觉到我对于常人生活的好奇，就会经常讲故事给我听。久而久之，尤其是最近两年，我也开始给她讲我的故事。虽然采灵人的生活非常统一和单调，但她听着也觉得有趣。和她在一起，有一种莫名的亲切感，有点像常人口中的与家人在一起。

但是我刚开始与梅接触时，我们的谈话内容也从没涉及能量之外的事情。而今天，第一天和孟露接触，我就回答了她一连串的私人问题，除了我自己吃惊以外，梅也数度停下敲打键盘的手指，抬起头，惊讶地看着我。

肯定是因为孟露的眼睛，当她用那双充满好奇的大眼睛看着我时，我就会情不自禁地回答她想知道的所有问题。

第七章　孟露——强大的灵魂

这两天虽然我还没有实质性地在我的变奏里运用苏克的能量，但是我已经明显感到体能在不断提高。苏克说我还需要彻底掌握且完全锁住他的能量，才可以开始运用，这样能量就不会流失。

我按照他教我的方法，每天努力地练习，但是每次练习的时候，他那张精致的脸都会浮现在我眼前。我看不懂他，也许永远都不会了解他，他那谜一样的身份勾起了我无穷的好奇心。可惜我们每天在一起的时间太短了，加上训练很紧张，他几乎没有时间解答我的疑惑，也许根本不想解答。除了上次他偶尔心情好，告诉我他的职业是钢琴教师之外，就再也没有回答过我其他有关他个人的问题。

今天我热身的时候，苏克没有弹琴，而是在教室外面接电话，我趁机走到梅的身边。每天我们训练时，梅都会安静地坐在教室镜子前的长凳上，敲打着她的键盘，直到苏克唤她离开。我坐在梅面前的地上，一边用弹力带拉伸着脚背，一边问："我们第一次见面时，我问采集灵魂时会不会疼，您回答我说'不用怕这个'，这是什么意思？难道我需要担心什么别的？"

梅抬起眼睛，犹豫了许久才答道："我没有别的意思。"

"您和苏克在一起多长时间了？他，好相处吗？"我试探地问。

梅放下她的笔记本电脑："我们认识12年，住在一起则有两年了，苏克非常好相处，生活很简单，训练，训练，教课，回家。"

"两年？也就是说还有8年您就可以重获自由了？"

"嗯。"梅的眼神里没有一丝兴奋。她什么意思？难道不想获得自由，宁愿天天被苏克控制在身边？

我又问："我的灵魂是20年后才会被苏克采集，那8年后，他怎么办？"

梅答道："据我所知，他们并不需要体内一直有一个辅助灵魂，两个辅助灵魂之间可以相隔一年的时间。我之后的'异灵主'，苏克早就已经找到了，因为保密协议，我不能告诉你他是谁，所以你不用担心他会提前采集你的灵魂。他们采灵人向来都非常有计划，按部就班地履行合约，你放心。"

我想了想说："哦，对，你刚才说'训练，训练，教课，回家'，说了两个训练，也就是我之后还有一个训练。"

梅看了我一眼，似乎有些后悔和我说了那么多，重新拿起笔记本电脑，像是自言自语地说了一句："苏克是个可怜的好人。"

"可怜？"我好奇地追问。

"他回来了。"梅头都没抬地回答我。

"开始吧，今天我们可以试着把能量运用到你的变奏里。来吧。"苏克用鼓励的眼神看着我。他走到钢琴旁，弹起了我的变奏音乐。

音乐响起，我立刻忘记了刚才和梅的谈话，身体仿佛被这段熟悉的旋律唤醒，自动根据肌肉记忆完成着所有的舞步。

"现在把你的能量调动出来，"苏克喊道，"孟露，不要害怕，把能量调出来。"

我听到了苏克的喊声，但是我的四肢好像并不受支配，除了感觉有使不完的劲儿，还是照原样完成了所有的动作。我想调动能量，但是能量好像被一把锁牢牢地锁在体内无法释放。

我喘息着，坐在地上，突然眼泪不自觉地涌入眼眶。我失败了，能量完全调动不出来，我每天那么努力地练习锁住能量，确实锁住了，但却锁得死死的！这几天都白练了。我突然感觉好累，一阵眩晕倒在地上……

我再度睁眼时，感觉自己被苏克背着，梅在旁边拎着我的"百宝箱"，我们正快速地走出校门。我刚要提问，苏克说："不要说话，再睡一会儿，马上就到了。相信我，没事的。"不知为什么，我对这个才认识了几天的采灵人格外信任，我又闭上了眼睛，可能是因为太累了，马上就又昏睡过去。

我缓缓地抬起沉重的眼皮，发现我躺在一间陌生的房间里，我打量着四周，奶油色的墙面，现代简约的装饰。我被裹在一床柔软的鹅黄色的真丝被里，枕头和床单也是同样颜色和质地的面料。

"你醒啦？没事的，你有点儿营养不良，加上过度劳累，刚才晕倒了。为了履行'保密协议'，我和苏克才把你挪到这里，快把这个喝了，这是苏克自己调制的能量饮料。"梅走到我身边，递给我一杯饮料。

"谢谢！这是哪儿？"我一边问，一边坐起来接过饮料。

梅回答："这里是'灵音公寓'，这是我的房间。苏克在楼下教课呢，一会儿就上来看你。"

"几点了？我得去上课。"也许是因为口渴，也许是因为这是我有生以来喝过的最好喝的饮料，我一下子把整杯饮料一饮而尽。

"已经是下午了，你已经睡了好几个小时了，肯定是最近排练太辛苦了。没事，苏克替你请了假，病假，休息一天。"梅拿过我喝光了的饮料杯子，说道。

"苏克？"我惊讶地问。

梅说："对，他给你的老师打电话了。苏克也是一位全科医生，有主任医师证书，他每周都会去医院出诊，医院遇到疑难杂症的时候，也会给他打电话请他去会诊。他和老师说他是你的医生，你去看病时晕倒了，他发现你营养不良，需要在医院接受治疗，替你请了一天的假，还给你开了一张假条，我放在你的包里了，明天你可以给老师。"

这世界上还有他不会的吗？我心里想着。梅仿佛看出了我的疑惑，继续说道："采灵人有自己的学院，他们从5岁起就会到'灵魂学院'开始学习。他们的能力比常人强很多，所以学习的速度非常快，为了今后能够通过实现常人的愿望来采集灵魂，他们需要学习掌握常人所有的课程。"

"那就是上知天文下知地理，各科各类样样精通吗？"我羡慕地问。

"是的，但是有一类他们不学，就是金融财经类，凡是有关钱财的，他们都不能碰，否则就会使灵魂感染。他们也不会去帮助常人实现任何与钱财相关的愿望。"梅一边走进旁边的浴室，一边回答道。

"灵魂感染？是一种病吗？"我大声问，怕梅进到洗手间是为了回避我的问题。

"对他们来说是致命的，如果染上，他们就会死亡，无药可解！"梅走了出来，手里拿着一条浸湿了的毛巾，"这也是他们唯一可能感染的疾病，而我们的灵魂作为他们的辅助灵魂，可以帮助他们不被感染，所以他们才会采集我们的灵魂入体。"她一边说一边温柔地帮我擦着挂满汗珠的脸和脖颈。

"只有碰钱财类的事物才会被感染吗？"我迫不及待地问着下一个问题，都忘了感谢她的照顾。我突然觉得有点儿不好意思，尴尬地低下了头。

梅好像并不太在意我的无礼，她继续像妈妈一样为我擦拭着手臂，答道："不是的，如果违反了采灵人制定的规则，比如上次他和你说的在任何情况下都不能和常人存在竞争关系，或者任意使用超能力等，也可能会被感染。还有，就是如果我们的灵魂在他们体内未满10年就被取出，也会导致感染。"

"哦，"我抬起头，想象着苏克的生活，"听着他们的生活也不怎么样啊，不能随意运用超能力，还得每天上班来养活自己，和我们常人的生活也差不多嘛！"

"是啊！采灵人的主体灵魂之所以那么强大，就是因为他们的灵魂绝对干净、纯粹！而我们常人的灵魂有不少是被污染过的，采灵人绝对不会碰。采灵人的思想比我们单纯，他们完全没有私心杂念。但是也有不如我们的地方，比如，他们从未感受过爱！"梅拿起毛巾重新走进浴室。

"为什么啊？"我又大声喊道。

这时，外面传来开门的声音，苏克急匆匆地走进来，非常严肃地看着我说："什么为什么？现在你认真听我说，从今往后必须好好吃饭，不许节食，听见没有？"

第八章 苏克——常人的亲情

我取出我的医药箱,给孟露重新测量了一下血压,听了肺部和心脏,又仔细查看了她的眼底,都还算正常,我的能量饮料对她还是很有效的。

"你刚才喊什么为什么?"我一边收拾着医药箱,一边问道。

"我……"孟露咬着她厚厚的嘴唇,犹豫着。

"她在问我为什么得喝那么难喝的饮料。"梅接过我的医药箱,替孟露答道。

"噢。"我点着头,心里却想着:难喝吗? 常人的口味和我们这么不一样? 下次我可能需要重新调整一下配方。"总之,"我继续说道,"一定不能节食了,现在我的能量在你体内也需要营养,你今天无法调动我的能量,就是因为你营养不足,严重低血糖。"我看了一眼她体脂率不超过18%的身躯,继续说:"你也不胖啊,为什么还不好好吃饭?"

孟露的面颊突然泛起红晕,双手不自觉地挡在胸前。 我看了一眼她隆起的胸脯,确实比一般的芭蕾女孩要高一些。 以往我们训练的时候,她都会在练功衣外面套上厚厚的保暖外套,我还真没留意。 今天梅为了让她更舒服地休息,帮她换上了自己的 T

恤，她高耸的胸脯在梅的 T 恤衫里面挺拔地站立着。

我拿下她挡在胸前的手，解释道："你担心你的胸部会堆积脂肪吗？放心吧，女人的乳房不是用来储存脂肪的，胸围的大小不代表……"

"我该回学校了。"孟露的脸更加红了，她匆忙打断我的话，拿起自己的衣服走进卫生间。

我担心孟露发烧了，她的脸怎么那么红？我看了一眼梅，认真地说："把体温计拿出来，让孟露量一下，脸那么红，不会是发烧了吧？"

梅突然扑哧一声笑了出来，梅非常内向，平时都是喜怒不形于色的，可能我的口气太像教授讲学了，毕竟孟露是一个刚成年的女孩，我的教条口吻比较可笑吧？

孟露走出卫生间，刚刚用水冲洗过的脸颊还在滴着水。她把叠得整整齐齐的 T 恤放在床上，不顾我让她量一下体温的要求，谢过我和梅之后就走了。与其说走了，不如说跑了，有点儿像逃跑，这个孩子真是有意思，急什么呢？

我看了一眼梅，她又回到了原来那种安静的状态。梅作为我的"异灵主"，已经跟我共同生活两年了。离我听到她内心的祈祷已经过去 12 年了。那时，梅正处在才思枯竭阶段，虽然比不上孟露，但是梅学习控制能量的速度也相当快，用很短的时间就冲破瓶颈，她的作品也越来越受欢迎，很多已经成为国际上的畅销书，前两年获得的国际文坛大奖更是坚定了她继续写作的决心。

我和梅的合约是 10 年的助灵期，换 10 年的采灵期。因为作家是独立脑力劳动者，一般需要孤军奋战来完成自己的作品，而且不太受外界环境的限制。不像芭蕾舞演员，他们必须群体工作，而且对工作条件和环境的要求非常高。所以像作家这种独立脑力劳动者，10年的助灵期已经足够了，另外10年的采灵期，虽然他们24小时在我们身边，但照样可以工作，而且还能够时常得到我们的专业提点和帮助，可以说从专业角度讲，和助灵期相差无几，只不过失去了独处，或与父母、爱人一起生活的权利。

而芭蕾舞演员的艺术生涯非常短，一旦他们的灵魂离开身体，他们就必须告别舞台，终止演员生涯，和我们一起生活，无论从专业角度还是个人角度都是一个重大的改变。所以我们的合约会针对不同的职业来调整条款的内容。

表面上看，10年助灵期换10年采灵期，理论上更加合理，但对于采灵人来说，我们其实更喜欢这种20年助灵期换10年采灵期的合约。因为我们的能量在20年里滋润的灵魂会与我们自己的主体灵魂结合得更加完美，它为主体灵魂释放的养分自然也更加充足。这就好比通过橡木桶蒸发和吸收的单一麦芽威士忌，在橡木桶里存留的时间越长，口感越醇厚和滋润。

孟露是我第一位助灵期为20年的异灵主。在梅的灵魂返体后，孟露的灵魂被我采集之前，我将注入另外一位异灵主的灵魂作为辅助灵魂，也就是说现在我需要同时辅助两位异灵主来实现自己的梦想。虽然比较辛苦，但是我也异常兴奋，因为我相信现在的辛苦将换来20年后孟露的灵魂进入我的体内时那无与伦比的美妙！

梅特别喜欢听我给她讲一些我的生活和经历，她经常会说要不是保密协议的限制，她真想把这些写进她的小说里。但我还是会在她的作品里找到蛛丝马迹，倒不是什么需要保密的内容，只是我遇到的一些梅认为是奇闻的趣事而已。

我并不觉得我的生活有什么值得写进文学作品里的，对于我来讲，常人的生活更有意思。比如，常人会和父母生活在一起，直到他们成人，像孟露这样的专业人员会从小住校，但节假日也会回家和父母团聚。而我们5岁进入"灵魂学院"寄宿后就开始了独立生活，再也不会见到我们的父母。虽然说是父母，但其实只是母亲，我说过我从来没见过我的父亲。我出生后，只有母亲和她的异灵主，在我身边照顾我到5岁，然后就消失了，我已经记不太清她的模样。我只知道她是我们采灵人亚太地区的主管，而我的父亲，我根本不知道他是谁、在哪里。我的五官告诉我，他应该不是亚洲人。我是典型的混血长相，除了一双眼睛的颜色，其他部位对于东方人来讲都太过立体了。我和梅偶尔也会提及我的童年，但每每讲到这里，梅都会眼里含满泪水地看着我，有时还会慈爱地摸一下我的头。我不知道她为什么难过，但她的抚摸会让我感觉异常的温暖和舒适。

梅当然也给我描述了她的童年，提到父母、亲友、爱人……父亲的慈祥，母亲的伟大，朋友的两肋插刀，小人的阴险狡诈，初恋时的甜美，激情期的冲动，失去孩子时的万念俱灰，被丈夫抛弃时的撕心裂肺……

梅年轻的时候有过一段失败的婚姻，同样年轻的丈夫以没有能力抚养孩子为理由，逼着她打掉了他们的孩子。当时他们在老家的县医院做的手术，不知什么缘故，梅的身体一直恢复得不好。后来，医生告诉她，她无法再生育了，丈夫又以无法给他生孩子为由和她离了婚。由于采灵人的词典里没有"堕胎"一词，所以梅给我讲述这段过去时，我听得似懂非懂，尤其是不懂她丈夫前后矛盾的做法和说辞到底是什么意思。我们的智商也许高于常人，但我们的思维比常人单纯得多。反正从此以后，梅不再考虑结婚。于是她拿起了笔，用她的笔尖逐渐丰富着她不能圆满的人生。但是我从她看小孩子的眼神里还是能感觉到她的失落。我甚至觉得她把自己无处释放的母爱，全部运用在对我的照顾上，她把我当成了她的孩子！

在梅之前，我的异灵主是一个赛车手——洪波。虽然我也很喜欢听洪波的故事，但是他的叙述不像梅那样生动，可能因为梅是作家的关系，她的故事总是讲得扣人心弦，有时甚至能让我感觉身临其境。

"吃饭了，苏克。"梅从厨房走了出来，手里端着两个盘子。梅还有一点很让我感动，就是她每天都换着花样做各式菜肴给我吃，虽然并不是每道菜都好吃——甚至大部分都不好吃。因为据她讲，和我住在一起之前，她从未下过厨，所以厨艺并不精湛，但是我还是感激她的辛苦。

我在桌子上摆放着碗筷，今天我们吃一条烧得有点儿散了架的黑乎乎的鱼和一些看着还不错的炒蔫了的青菜。她又回厨房拿出一盘超市买的加热过的饼倒在那条黑乎乎的鱼身上，笑着说："梅式鱼头泡饼！"哪里有鱼头？那条黑乎乎的鱼只有身子，没有头，估计鱼头早让梅大厨用菜刀剁掉扔了，因为凡是梅认为不能下咽的食物，她都会——用她的话说——提前处理。包括上次我买回来一只鸡，最后摆在盘子里的只有鸡胸肉和两个鸡腿，其余的部分，包括鸡翅、鸡爪都被她"提前处理了"。

我笑嘻嘻地说："闻着真不错！谢谢梅大厨！"

"你呀，有时候说话真的是……没看到今天孟露都被你吓跑了。"梅一边往我碗里夹着鱼肉和饼，一边说。

我问:"我说什么吓到她了? 不就是让她测一下体温吗? 她不愿意我也没坚持。"

梅瞟了我一眼,摇摇头说:"虽然你看着只有 20 岁,但是毕竟活了 40 年,你不知道女孩子,尤其是像孟露这样没有社会经验、单纯的女孩子都特别容易害羞吗?"

我一头雾水地看着她,梅用筷子敲了敲我的碗,长叹一声,说:"你没救了,傻孩子,算了,吃饭!"

我看着梅,把不知道是什么的食物咽了下去,心里想着:梅,再过 8 年,你就会忘记我们在一起的时光,而我不会,我会想你的! 难道这就是常人口中的"亲情"?

第九章　孟露——我飞起来啦

我从苏克和梅住的那个叫"林荫公寓"的地方跑下楼，看见楼前面是一个空旷的小停车场，周围一棵树都没有，心里想着"林荫"的由来。苏克好像完全不知道是什么让我脸红，还坚持让我测体温。好吧，他不是常人！

我走出楼门，回头一看，才发现原来这是一幢两层的小楼，苏克和梅住在第二层，一层的屋檐上挂着一个巨大的 logo[①]，上面用中英文写着：Soul Music 灵音琴房。

"哦！"我恍然大悟，自言自语道，"不是'林荫公寓'，是'灵音公寓'！"然后心领神会地点了点头。这个"灵音琴房"一定就是苏克教课的地方吧。我审视了一下这幢小楼，琴房的外墙运用了大量的落地玻璃，二层则是红砖外墙，镶嵌着结实的铝合金玻璃窗，典型的现代简约工业风，楼顶上还摆了一些绿植，估计夏天在上面小酌应该很惬意。

我偷偷地靠近一层的落地玻璃，看到里面是一个个隔出来的单间，单间里面摆放着各种乐器，还有一个面积很大的大厅，里面摆放着许多架不同品牌、不同款式的钢琴。我伸着脑袋看见一间

[①] 英语，标识。

隔出来的房间里，有一个老师正在教一个小朋友拉小提琴。老师用严厉的目光瞪了我一眼，我赶紧灰溜溜地收回了伸出去的头，快步走到下一扇落地玻璃窗前，这次我再也不敢窥视，只用余光扫到一个学生好像在吹长笛。最后我停在了一间暂时空着的、稍微大一点的房间窗前，看到里面摆放着一架三角钢琴、一个琴凳和一把椅子，苏克大概就是在这里教课吧。我真想看看他怎么教课。他的学生都是什么人？会不会有漂亮女生？一定会，苏克长得那么好看，估计很多女孩子都会愿意上他的课吧。能够天天看着他那张精致的脸和那双修长的手，我也愿意。

想什么呢，孟露？清醒点，他不是正在教你吗？我摇晃着脑袋，赶走那些不现实的想法，跑出了"灵音公寓"，伸手拦下一辆出租车。

我走进宿舍时已经是傍晚，室友们正准备去食堂吃饭。

"玛丽莲，你好点没？说是住院了？吓死我们了！正准备给你打电话呢，你就回来了。"金子跑过来，拉起我的手像审视陌生人一样上下打量着我。

"我没事了，就是低血糖，营养不良，所以有点儿晕，就去医院看了一下。"我故作镇静，半真半伪地回答。

"赶紧地，走，去吃饭！"雯雯把我的大包一把拉下来，运用她专业的投篮技巧使劲一抛，背包带正好扣在我床尾的挂钩上。然后和乔莎一起把我推出了寝室。

我拿着盛满食物的托盘坐到几个室友旁边。

"呀，玛丽莲！宫保鸡丁哎！今天开荤啦？和各位白灼蔬菜说拜拜啦？"金子像发现新大陆一样地嚷道。我咀嚼着久违的美味，第一口几乎没嚼就吞了下去，紧接着又往嘴里塞了一块肉，一边嚼一边回答:"嗯,医生让我多吃点,不能节食。"

"医生说话就是比我们说话管用呗! 你这么听他话,你那位医生肯定超帅吧?"乔莎问。

我已经等不及一筷子一筷子地夹那些肉丁,厨师们也是,干吗把好好的肉切这么小的丁? 我得去拿个大勺子,那样吃着才痛快。 我站起身看了一眼乔莎,答道:"已经是大叔啦,你别惦记啦!"

连续两天,我大鱼大肉地吃着,甚至还去小超市买了块巧克力。 也许是食物给我带来了快乐,虽然离考团的日子越来越近,但感觉心里的压力好像小了很多,体力恢复得也特别快。 今天和孙天霖的双人舞排练非常顺利,丁老师抓着孙天霖的手,但目光却转向我说:"今天还不错,孟露的独舞进步很大,你俩的双人舞很稳,我看托举可以试试加一些难度了。"

来了,来了,我突然想起孙天霖他大伯的狗,心仿佛被揪了一下。"要不,再等等吧。"我胆怯地建议,眼睛盯着站在丁老师旁边的田老师求助。

"不用,我今天感觉超级棒,交给我,你就放心吧玛丽……孟露。"孙天霖看了一眼丁老师,骄傲地说,"来吧,咱俩试试。"

丁老师不等我回答,冲着钢琴老师点了点头,我俩的双人舞音乐就开始了。 说来也奇怪,音乐一响,我立刻忘记了恐惧,跟随着听了不下百遍的音乐,立起了足尖。 我和孙天霖舞动着,我双脚一推,孙天霖自然地将我抛起,被抛在空中的我感觉腹、背、腰肌立即收紧,有一股无形的能量驱使我的核心力量爆发,稳稳地落在孙天霖的双手上,一次,两次,三次……随即,他轻松地将我放在足尖上,毫不费力地完成了搓圈,最后结束在我高高的后attitude① 舞姿上。

"好!"丁老师和田老师都激动地鼓着掌。

"我们成功啦!"孙天霖将我抱起来转着圈。我也兴奋地在空中手舞足蹈地喊着:"耶!"

"你俩别掉以轻心啊!要记住刚才的感觉,把它无数次地重复,考试时才能够有底,知道吗?"田老师眼睛里都是笑,和我们说道。

我俩同时像小鸡叨米一样地点着头,兴奋地喊着:"一定一定,谢谢老师!"

排练结束后,我从"百宝箱"里掏出手机,迫不及待地拨通了苏克的电话。铃声响了三声都没有人接,才三声而已,我居然感觉像等了一个世纪。我正打算挂掉给他发短信,突然听筒里传来了梅的声音:"喂,孟露?苏克正在训练,你有急事吗?需要我叫他吗?"我从听筒里能够听到呼呼的风声,他们应该是在室外,可能是在山上或者其他风很大的地方。

"不用不用,请您告诉他我飞起来啦!今天我调动了我的能量,完成了那个抛举,"我兴奋地大声说道,"还有,老师还夸我进步特大,独舞和尾声都有进步,还有我的圈儿……"我语速飞快,还没有说完,就听到了远处苏克的声音:"梅,快,把电话挂了,赶紧把我包里那捆绳子拿给我。"

梅立刻打断了我的话:"苏克那边有事,我让他晚一些打给你吧。"还没等我回答,电话就断了。

---

① 法语,芭蕾术语,主力腿直立、立足尖或是半脚尖,动力腿向前或后抬起,膝盖微微弯曲。

我失望地看着挂断了的电话，但转念一想，我们不过是在履行合约，人家正忙着，为什么非要第一时间和他分享我的喜悦？我拨通了妈妈的电话。

"露露宝贝，今天排练完了？该去吃饭了吧？累不累……"妈妈像往常一样，不等我做任何回答就一下子甩出十万个问题。

我不得不打断她的话，说："妈，我告诉你一个天大的好消息……"我眉飞色舞地给妈妈夸张地描述着今天神奇的抛举和我的进步。

"太好了，太好了！"我听见妈妈向坐在她身旁的爸爸重复着我刚才的话，听筒里传来爸爸的掌声。"我和你爸为宝贝女儿骄傲，"妈妈接着说，"但一定要注意身体，赶紧去吃饭，多吃点。你最近体力消耗大，周末回家，我给你做牛腩，好好补补！"

"嗯嗯，我先洗澡，洗完就去。周末不回家，得趁着热乎劲儿赶紧练练，等我考完得吃一锅牛腩，对，还要加一盘炸薯条！已经好多年没尝过薯条的滋味啦！现在想着都咽口水，拜拜爹爹和娘亲！"我哈哈地笑着挂断电话。

我顶着湿漉漉的头发走出浴室，准备去食堂与雯雯她们会合，电话在桌子上振动起来，我拿起来一看是苏克，突然莫名其妙地不太想理他，是因为刚才的冷落吗？也许吧。我一边想着"我也有比接你的电话更重要的事要做"，一边按掉电话，走出宿舍往食堂走去。手机又振了一下，是苏克的短信：

恭喜你！明天见。

我盯着手机看了半天，就这几个字？会不会没写完，还在写？等了一会儿发现并没有后续之后，我更加失望了，甚至有些懊恼，我也不明白我在气什么，反正就是生气。我愤愤地收起手机，走进食堂。

我突然失去了食欲，在回答了金子一连串技术性的问题，又应付了乔莎阴阳怪气的祝贺后，无味地咀嚼了两口不知道是什么的饭，就走出了食堂。

第十章　苏克——采灵人不该犯的错误

我看了一眼手表，5点45分了，孟露第一次迟到。我坐在琴凳上，打开琴盖，弹奏起贝多芬的《月光奏鸣曲》。

昨天在和另外一位异灵主——许磊训练的时候，出了一个小意外。他是一名植物学博士研究生，无论导师怎么辅导，他都无法写出一篇高水平的论文。在他向上天祈求的第二天，我出现在他面前……

我们采灵人其实特别不愿意接触科学专业的异灵主，因为当他们所学的科学知识无法解释我们的存在时，他们就会通过各种渠道和手段，来寻找我们存在的科学依据。说服他们相信在这个世界上有许多科学解释不了的事物是非常困难的。

我记得我在"灵魂学院"的时候，教授讲过一个案例，是我们荷兰的一位同族，与一位生物学家签署了灵魂契约，结果这位生物学家差点把这位同族解剖做实验。幸好我的这位同族及时发现，用他强大的能量扼杀了生物学家那个邪恶的想法。也幸好训练科学家们不需要太长时间，大多和梅一样，10年的助灵期换10年的采灵期。

我一边看着许磊运用我给他输入的能量寻找山上的稀有植物，

一边想着和这位植物学家相处一定没有和梅在一起有意思，却没有注意到许磊突然踩空，摔下去五六米，幸好被茂密的灌木丛接住。我立刻让梅把绳子递给我，我俩一起把许磊拉了上来。还好我的药箱在身边，虽然许磊的伤势不算严重，但脚踝还是肿了，明天要带他去医院拍个片子看看是不是骨折，但是就算只是皮外伤，也需要静养一段时间才能继续野外的工作。

是我的疏忽，因为在和他一起训练的时候，我听到梅接听了孟露的电话，如果没有走神，我一定能够提前发现危险并阻止他。虽然梅一直在安慰我，让我不必自责，这种意外经常发生，而且人也没事，但我还是生自己的气。为什么会在训练异灵主时出现走神的不专业行为？孟露怎么迟到这么久？才刚刚开始掌握使用能量的要领就骄傲了吗？我越想越生气，手指在琴键上弹奏的速度也越来越快……

"咣"的一声，门被推开，孟露跑了进来，她气喘吁吁地说："对不起对不起，我迟到了。"然后把她的大包扔到地上，开始活动。

我盖上琴盖，走到她面前用冰冷的语气对她说："你刚刚开始掌握如何运用能量就骄傲了是吗？在我这里，你顶多算是个初级掌握者，离你的目标还差得远呢！你根本没有资格骄傲！"

孟露抬起头惊讶地看着我，突然，她那双褐色的大眼睛里噙满了泪水。我看得出她正努力地忍着，不让它们掉下来。她"嗖"地一下子站起来，噙着眼泪迎着我的目光说："我没有骄傲，我早就起来了，想着昨天没有回复你的电话和短信觉得太不礼貌了，我想送你一份道歉礼物。但学校的超市还没有开门，我跑到外面那个24小时便利店给你买了一块巧克力。给你！"她从包里拿出一块巧克力塞到我手里，掉头跑出了教室。

我盯着手里的巧克力不知所措地站在那里，直到梅走过来，拉着我走出了教室。

教完今天的钢琴课，我疲惫地上楼，走进了梅精心布置的"灵音公寓"。我们住在一个敞亮的平层，打开大门，左右两边各有两个小门，我和梅一人一套由一间卧室、一个小门厅和一个卫生间组成的套房，她的是奶油色调的简约风格，我的是浅灰色调的现代风，套房中间是共用的带壁炉的大客厅。梅非常聪明地在壁炉旁边摆放了一张长方形的餐桌，这里也就成了我们的餐厅。我俩冬天的时候就会点燃壁炉，烤着火吃饭。旁边的厨房是梅做各种菜肴的实验室，我很少进去。

我推开门，看到梅穿戴整齐地坐在客厅的沙发上等我，旁边还放着一套我的衣服。

"我们今天出去吃？要不，点外卖吧？我有些累。"我疲惫地把自己摔进沙发里。

梅回答："不，今天你要请孟露吃饭，餐厅我替你订好了，起来，去换衣服。"

我从来不喜欢别人安排我的生活，我们采灵人从进入"灵魂学院"就开始独立生活了，学院的老师们除了教课，不负责我们的起居，所以我们每个人从小就练就了非常强的独立生活能力，不喜欢听别人摆布，但是梅是一个例外。自从她搬进来，就开始像长辈一样照顾我，虽然她只比我大10岁，但是从外表上看，我更像是她的孩子，她像照顾孩子一样地照顾我，而我，也欣然接受了。可能是因为她没有孩子，而我，从某种意义上讲，没有妈妈。

我换上梅为我准备好的湖蓝色的亚麻西装外套，搭了一件白色的T恤、一条白色牛仔裤。梅平日看惯了我的穿着搭配，所以特别了解我的喜好。我偏爱蓝色，因为我的头发几乎一半蓝色一半黑色，常人都以为我做的挑染，其实这是我头发的自然色。我记忆中妈妈是黑色的头发，那我的蓝色部分可能与我从未谋面的父亲有一定的关系吧。

我看着镜子里面的自己，20岁的脸，40岁的阅历……随后，我从兜里拿出手机拨通了孟露的电话，几乎还没有听到铃响，孟露就接起了电话。

"对不起。"我们俩几乎同时说出了这三个字。我紧接着说："是我不好，今天早上不应该骂你，我也不知道自己怎么会这么无礼，我必须向你道歉，请你原谅。晚上请你吃饭赔罪，有空吗？"

"我也不对，"孟露真诚地说道，"我昨天没有回你的电话，也没有回短信，今天还迟到，我回去想了想，你生气也是应该的，只是我昨天……有点儿失望，加上今天早上你……所以我跑了，没完成我们的训练，是我不对。"

我听完她的话，不知道她为什么失望。她不是已开始运用能量完成以前做不了的动作，而且还得到老师表扬了吗？难道是因为我今天早上的态度让她失望了？

"没关系，"我说道，"明天早上我们再训练，而且你一旦掌握了运用能量的技巧，我就不需要每天都来辅导你练习了。以后我可以每周来一次给你输入能量，之后每个月一次，再之后……"

"不要，"她突然打断我，"我是说，我现在还差得远呢。你说得对，初级掌握者的水平我都还没到呢，还是请你每天来辅导我可以吗？起码到我考团之前，行吗？"

　　我回答："嗯，可以，我们都签了合约了，你放心，我一定让你进入国家剧院！但是现在我们去吃饭，我把地址发给你，我们半个小时后见。"

第十一章　孟露——最好的礼物

手机振了一下,是苏克发来的短信,我看了一眼,是离学校比较近的那家五星级酒店里的法式餐厅。"哇!"我兴奋地从宿舍的椅子上跳起来,跑到浴室,取下吹风机,快速吹干了刚刚洗过的头发,然后从我的小壁柜里挑选出那条我最喜欢的由两条粗粗的白色针织编花吊带吊着的白色蛋糕裙。我从桌上拿起一支不知是雯雯还是乔莎的口红,在我的厚嘴唇上画了两下,看着镜子里的自己——太过分了!整张脸好像就只长了这张嘴!我赶紧又跑到卫生间,抽出纸巾把嘴巴上的口红擦掉,摇着头自言自语道:"不适合,不适合!当玛丽莲当上瘾了啊?"

虽然学校经常组织演出,演员必须上妆,但我站在一堆化着浓重舞台妆的人群里,完全不觉得自己的血盆大口有多吓人。擦掉口红的我又照了照镜子,嗯,舒坦了!我从小壁柜里又取出一条粉红色的缎带,把刚吹干的头发用皮筋扎起来,再把缎带缠在皮筋外面绕了两圈,随后把缎带和头发一起编成一条粗粗的长辫子搭在肩膀上。我在镜子前看着自己,发现我高耸的胸脯在我的小白裙里面起伏着,赶紧找了一条丝巾搭在肩上,盖住前胸,嗯,看不到了,可以了。

我看了一下时间,这么一折腾已经半个小时了。我一溜烟地跑出宿舍楼，到达餐厅时，已经满脸是汗。

"孟露，这边。"我看到梅笑嘻嘻地向我招着手，"别着急，看你跑的，全是汗，还不把丝巾摘下来？"梅一边说一边取下我搭在肩膀上的丝巾。我又热又渴，一口气把面前的一杯水全喝光了，才想起来，怎么没看见苏克？我抬起眼睛四处搜寻着。

梅仿佛看懂了我的心思，轻声说："苏克马上就到，他要给你一个惊喜！"

哇，惊喜？我想象着苏克手捧一大束鲜花走来，我浸泡在现场所有女生羡慕的目光里，接过苏克递上来的鲜花！我必须要做出特别吃惊的样子啊，要演得逼真，对于舞蹈演员那也是"一块蛋糕"……

"孟露，"苏克的声音将我从白日梦里唤醒，"这个给你，恭喜你能够开始调动体内能量！"

我接过他递给我的一个夹子，里面夹着一张A4纸，上面写着：

奖　状

特授予孟露小姐"最棒的初级能量掌握者"称号！

签章的地方没有任何单位名称或者个人名字，只有一个红红的指纹印在纸的右下方。苏克用纸巾擦着手指，并把一支口红交给还在嘻嘻笑的梅。

我扑哧一下笑出了声，说："谢谢！"然后站起来抱了一下苏克，才小心翼翼地把纸放回夹子里面夹好，心里想着：这是我收到过的最好的礼物！

第十二章　苏克——能力强大的露珠

梅给我讲了孟露为什么会失望，很可能是因为没有收到我的表扬。

"要知道，"梅解释道，"孟露还是一个小姑娘，她是你所有异灵主里面最年轻的一个吧？ 小姑娘都需要得到别人的鼓励和认可，否则她们很容易失去自信。 尤其是得到你——给她输入能量的人的认可。"

我觉得梅说得有道理。 我们的规定是不允许和未成年人签署合约，以及摄取他们的灵魂。 所以孟露确实是我签署的异灵主里面最年轻的一个。

看到孟露接到奖状后哈哈大笑，我轻轻地舒了口气。 一张小小的奖状就能够让孟露如此开怀，看来，梅说得对，必须经常鼓励嘉奖一下这个小姑娘，才能让她重获自信，更好地运用能量。

孟露今天穿了一件白色吊带连衣裙，非常活泼，宽松的剪裁，衬托出她那两条没有多余脂肪的细胳膊；搭配了一双嫩粉色的高帮帆布球鞋，尤显俏皮；头发用和球鞋一样颜色的丝带编扎成一根辫子搭在右肩上，一直落到胸前。 孟露很美，不是那种小家碧玉的美，也不是大家闺秀的美，她的美有一点点野性，是一种非常独特的美。

"你不应该总跳白天鹅，一定要挑战一下黑天鹅，你的外形非常适合！"我脱口而出。

"是因为我黑吗？哈哈哈！"孟露咧嘴笑着说，"以前能力不行，黑天鹅那32个fouetté能给我转趴下，所以只能跳白天鹅，靠扇呼膀子和撩腿通过考核。"

"现在不一样了，你有我，"我又赶紧补充了一句，"我输入的能量。"

孟露又哈哈地笑了："可不，我有你，啥变奏都是'一块蛋糕'！"

我一脸疑惑："一块蛋糕？"

她向我和梅挤了一下眼睛说："翻译成英文。"

我想了一下，和梅一起大笑了起来。

"你笑了？"梅惊讶地说道，"以后要多请孟露吃饭，我也沾点光，不然总是看你那张扑克脸。"

还有两天孟露就要毕业考核了，我能感觉到她的压力越来越大，从她眼睛下面的黑眼圈也能看出她睡眠不足。其实她准备得已经相当充分，进入国家剧院不成问题。虽然我告诉她已经不需要我每天都过来和她训练，她可以多睡一个小时，但是她坚持让我每天辅导她练习，可能是心理安慰吧。我不再每天给她输入能量，大多数时间只是陪伴，有时会稍做指导，有时干脆充当钢琴伴奏。

她热身的时候，会先躺在地上活动膝盖、脚腕和腿部肌肉。这时候，我就会随着当天的心情弹奏一首曲子。她做拉伸的时候有时会闭上双眼，我甚至觉得她可能睡着了。这时，我就会弹奏柴可夫斯基的《睡美人》中王子亲吻公主后的那几小节音乐。她会笑着睁开双眼，随着我的音乐，比画着睡美人醒来后的一举一动，假装唤醒正在敲打键盘的梅和正在弹琴的我，然后开始自己的训练。

她的能力得到大幅度的提高，这并不让我感到惊讶，毕竟我已经是 40 岁的采灵人，已经历过两轮对异灵主的培训了。让我惊讶的是她的热情，她对芭蕾舞的热爱可以让她，一个刚刚成年的女孩子，放弃她这个年纪的女孩子们都追逐的时尚和娱乐，而把自己的美丽浸泡在汗水里。

有一天她对我说："苏克，你知道吗，昨天我完成了 32 个 fouetté！黑天鹅，我来啦！"她语气里充满了骄傲和喜悦，那双褐色的大眼睛愣是笑得眯成了一条线。然后她又加了一句："下次我要试试 fouetté 挂双圈！"我知道，如果这个 fouetté 双圈成功了，她绝对是世界上最幸福的人，而我，一定会帮助她，让她梦想成真！

梅在突破瓶颈，完成她的获奖作品时，也是兴奋的，但是她的目光里没有孟露那样"再上一层楼"的渴望。可能是因为年龄的关系，梅像是一棵成熟的、挂满梅子的梅子树，历经风雨后，每一颗梅子都饱满美味。而孟露则是清晨的露水，每天都会随着小草、叶子或花瓣的形状来调节自己的轮廓，更新着自己的形象，用最美的姿态在人间舞动。我突然想到唐代诗人韦应物的诗《咏露珠》：

　　秋荷一滴露，
　　清夜坠玄天。

将来玉盘上，

不定始知圆。

这就是孟露，一颗能力强大的露珠！每天我见到的，都是一个崭新的她，因为她永远有新的梦想，永远想完成新的挑战。我甚至感觉被她感染了，每天见到她都会弹一首不同的曲目。不知道她会不会给埋头写作的梅也带来新的灵感。

完成了今天的训练，我看着孟露脱下足尖鞋，套上保暖棉靴。我走到她面前，帮她从地上拿起那个占了她身体一半比例的大包，说："还有两天，不要紧张，你一定没问题。"

"你能来吗？后天下午3点，学校礼堂。"她的目光里充满期盼。

"我的日程可能够……"我的"够呛"还没说完，梅就替我答道："他的日程能够排开，我们一定来给你加油。"

"太好了，我一定不让你们失望！谢谢，明天见！"孟露给我们做了一个芭蕾舞演员的行礼，撇着芭蕾舞演员特有的八字脚走出教室。

梅看着我迟疑的眼神，说："是不是害怕违反了你们'与工作无关不得接触'的规定？这与工作有关啊，检查你的工作成果！"

我忍不住笑了，说："你自己是芭蕾迷，别拿我当幌子。好吧，谁叫你正在'采灵期'，你必须去采风的话，我也没别的办法，只能陪你去。"

我俩心照不宣地互相点了点头，走出舞蹈学院。

第十三章 孟露——一口仙气

有人不紧张吗？我看着后台小伙伴们一张张浓妆艳抹但表情僵硬的脸庞想着。

"玛丽莲，加油！"孙天霖跑过来，瞪着那双紧张得眼珠子都快爆出来的眼睛说道。

我第一次看到他一改往日的势在必得，和我说话的时候，脚下还不停地活动着，拉伸着不知道怎么才能松弛下来的肩膀。

"加油，我们一定可以的！"我压制着紧张安慰着他。孙天霖点点头，握紧拳头做了一个加油的动作，然后跑到台上热身。我也准备去舞台上踩一踩，化妆台上的手机开始不停地振动，我跑过去想抓起手机，但是我实在太紧张了，手机从我哆哆嗦嗦的手指缝中滑落到地上。一只手帮我从地上把手机捡起来，我低头一看，是妈妈的电话，就着急忙慌地接了起来，听到妈妈说："喂，露露，我和你爸到了，加油啊，我们就不多打扰你了，赶紧准备吧！别紧张宝贝，我们爱你！"

"谢谢妈，告诉我爸，一会儿看到我出色的表演千万别哭哈！一会儿见！"我假装轻松地说完并挂了电话，抬头看到为我捡起电话的是苏克。

"苏克？梅怎么不在？"我故作镇静地问道。但是我那不听使唤的手又把手机摔到了地上。

苏克再次弯下他高大的身躯，帮我把手机捡起来，说："她已经在观众席了，占了两个非常不错的VIP位置。"苏克冲我顽皮地一笑，继续说："我来就是想亲自和你说加油，音乐一响，所有的紧张就不存在了，相信我。"

我语无伦次地回答道："嗯嗯，我能行，我开场，不是我开场，我们第几个来着？呀，怎么上场来着？"

苏克握住我的手："孟露，孟露，看着我。"我盯着他漆黑的眼球，听见他叫着我的名字……

"孟露！"我仿佛从梦境中被苏克的声音摇醒，听见他说："孟露，听我说，你的排练视频我都看过了，双人舞没问题。你现在的能力很强，孙天霖也很强，一定要相信自己的舞伴。只要完成了双人舞，你会感觉你的variation①和之后的coda都会瞬间完成。'一块蛋糕'！"

我机械地回答："'一块蛋糕'，对，'一块蛋糕'！不对，这次可能是堆成好几层的那种，那种根本吃不了的蛋糕千层塔呀！苏克，我怎么办？怎么办？要不，要不……"

"孟露，别瞎想那些有的没的，你忘了，我有超能力，别怕，有我在。"苏克眯起双眼看着我说。

"对对，我有你。"我看着苏克深邃的眼神，突然发现我一直紧紧抓着他的手不放。他把我的手放在他的嘴唇前，轻轻地吹了口气。我瞬间有一种如释重负的感觉，心跳也开始恢复正常。我

---

① 法语，芭蕾术语，变奏，指古典芭蕾中男女各自表演的独舞。

下意识地紧紧拥抱了苏克，说了声谢谢，就赶紧跑向舞台。

在舞台灯光的照耀下，我和孙天霖顺利地完成了双人舞，我轻盈地跑下场，把舞台让给孙天霖。侧幕条后面挤满了人，因为我和孙天霖的双人舞是最后一个节目，所有老师、同学们都挤在这里看。金子和乔莎冲我竖起大拇指，雯雯冲她俩摇摇头，小声说："别打扰她，还没完事呢。"

我笑着冲她们比了一个心，自从苏克给我吹了那口"仙气"，并告诉我他的超能力会为我保驾护航后，我的紧张情绪就一扫而空。我站在侧幕条后面，一边用纸巾擦拭着脸上和脖子上的汗水，一边静静地等待着我的音乐、我的舞台！

孙天霖在观众的掌声中行完礼，貌似轻松地跑下台。我深吸了一口气，嘴角上扬，踮起脚尖走上舞台。

在我的记忆中，之前所有的演出都是心里数着节奏，脚下合着拍子，肢体尽量优美地跳完自己的变奏。今天，我第一次感到这一切都没有必要了，音乐就像颜料，足尖就是我的画笔，我用沾着颜料的画笔在舞台上晕染着属于我自己的画卷。当这幅画卷完全展开后，我听到了观众的喝彩……

我和孙天霖在观众的欢呼声中谢幕了两次，老师才让所有的学生都走上舞台展示我们编排过的大谢幕。当轮到我和孙天霖再一次上台谢幕的时候，观众的欢呼声震动了小礼堂。今天，我们成为舞台上的主角！

当大幕终于拉下后，孙天霖恢复了以往骄傲的表情，吹着口哨，把我抱起来转圈。

"露露，露露！"我看到爸爸妈妈从侧幕条走上舞台，孙天霖放下我，笑着喊道："叔叔阿姨好！"然后他又冲着我妈妈问道：

"您看到我爸妈了吗？"妈妈红着眼眶，带着哭腔回答道："看到了，他们在后台和你们丁老师说话呢。"

孙天霖谢过我父母，一溜烟地跑到后台找他爸爸妈妈去了。

我看着眼睛和鼻子都哭红了的妈妈，和眼睛里还含着泪的爸爸，笑着说："我就说你们别被我感动吧！"然后咧着嘴扑向他们，三个人紧紧地抱在了一起。

得到了老师和同学们的无数赞扬后，我回到化妆间，一边卸妆，一边拿起手机，翻阅祝贺和赞美的短信。但是我自己心里知道我在寻找什么。刚刚在舞台和后台接受赞扬和合影的时候，我的双眸一直在搜寻苏克的身影。尽管我知道他应该不会在这么多人面前露面，但我还是抱有一点点侥幸心理——万一他藏在哪个角落呢？我心不在焉地用卸妆棉抹去脸上最后一点残留的彩妆，突然听见两下敲门声，我的心也随之重重地跳了两下，是苏克！我看了一眼镜子里满脸卸妆油的自己，满意地跑过去开了门。

"露露，你完事了吗？我让你爸先去开车了，他马上到门口接我们。"妈妈伸手接过我的大包，拉着我就往外走，完全没有留意我失望的表情，继续说，"走吧，晚上咱们点你最爱吃的那家比萨吧，对对，我买了冻薯条，回去我炸薯条给你，不是嚷嚷着要吃薯条吗，今天管够，我宝贝真棒！太让你妈我骄傲了！我回家就和你刘阿姨、王阿姨说说你今天那段独舞，哎呀，简直……"

我听着妈妈的话，疲惫一下子控制了我的身体，感觉腿突然软得快走不动了，我赶紧打断妈妈，说道："妈，我累死了，咱们快点回家吧！"

"对对，宝贝累坏了，这阵子太辛苦了，我打给你爸，开个车这么半天，真是……"正说着，我爸闪了两下车灯，我和妈妈立刻钻了进去。

坐在车里，我继续翻阅着手机，苏克的短信跳入我的眼帘：

祝贺你，孟露，今晚表现非常好，我看到国家剧院的团长第一个鼓掌，应该对你非常满意，放心吧！

我看了一眼坐在前面、争论着走哪条路更快的爸妈，给苏克回短信：

谢谢你！要不是你给我吹的那口"仙气"和你的超能力，我也不会有今天的表现。

我想了想，又在短信结尾处加了一朵玫瑰，然后按了发送。不到几秒钟，苏克的回信就来了：

我今天什么也没有做，我吹的那口气就是平常的呼吸，只不过是想让你放松下来，我也没有运用任何超能力。今天你的整个变奏都是你自己的努力，在舞台上闪光的是你，只是你！当然还有你的舞伴孙天霖。

我看着他的回信，已经累得发木的脑子又开始转了起来。原来不是"仙气"？我自己超水平完成了这段舞蹈？我有那么强吗？我正在质疑自己的时候，手机又振了一下：

这两天你一定累坏了，周末好好休息。我的能量在你的身体内已经能够自如地流动了，你不用担心。以后我们每周见一次就可以了。暑假你要是出去玩儿也不会有事，等你回来我会给你补充能量，我们再一起调节，不用担心。晚安！另外，梅也祝贺你！

我盯着手机屏幕，突然感到特别失落，一周一次？下次是什么时候？我还不行，我不能没有他的能量……还是……我不能没有他？这是什么奇怪的感觉？爱上他了？不可能！苏克是采灵人，不是我们正常人。是依赖，这是一种依赖，害怕见不到他，我就会回到原来那个玛丽莲，而不是今天的孟露！我需要见他，每天都见他！

我按动手机键盘回复：

我们下周见？

等了足足十分钟，才看到苏克的回信：

好的，但是周一、周二我都有安排了，而且你已经放假，不需要排练了，我们下周三下午5点钟在上次那家酒店的咖啡厅见吧，可以吗？

我回了一个OK，然后失望地关掉了手机。

第十四章　孟露——我只是乙方

演出结束后，学校放了两天假，加上星期天，我们一共休息了三天。对于毕业班的我们来说，这简直是久违了的清闲！周三下午，我紧张地走进田老师的办公室，决定我命运的时刻到了！她示意我坐下，吹了吹她的养生汤，喝了一口，刚说出"孟露"两个字，就被刚入口的养生汤呛了一口，使劲咳嗽起来，脸都憋红了。

我着急地等待着"判决"，田老师又说不出话。我赶紧从包里掏出矿泉水，嘴里蹦出一句："您这养生汤太补了吧？要不您试试我这养生水？"

田老师冲我摆了摆手，憋着嗓子努力地对我说："恭喜你，成功进入国家剧院芭蕾舞团！"她递给我一张录取通知书。

我颤抖着双手接过这张来之不易的通知书，站起身向田老师鞠了一躬，说："谢谢老师，谢谢您对我的培养！我一定会继续努力，为咱们学校，为您争光！"

我说话怎么这么套路，好没水平啊，看这两句口号喊得！我使劲地想，但是实在想不到更合适的词语。幸好田老师为我解了围。

"不用谢我，"她逐渐恢复了正常的语调，"是你自己努力得来的，最后这一个月，尤其是最后两周，你的能力可以说是突飞猛进，换了变奏以后，好像以前那些技术问题都迎刃而解了。恭喜你！我应该早点让你尝试其他的风格，不应该只让你求稳。"

"不是的，老师，多亏了您这些年的培养，我才有能力改变。谢谢您！"我又给田老师鞠了一躬后，向门外走去，但是好奇心还是驱使我停了下来，转过身问："雯雯，乔莎，金子？"

田老师笑着说："放心不下你的小伙伴们？"她拿出一张表格，迅速地查询着："张雯雯，国家剧院芭蕾舞团……何金梓，北方芭蕾舞团……乔莎，乔莎，哦，找到了，她收到了金陵歌剧舞剧院的录取通知书。"

我谢过田老师，走出了她的办公室。雯雯没有任何悬念，稳稳当当的国家剧院的料，金子的北方芭蕾舞团最近从各地挖了许多高水平的芭蕾舞演员，甚至还有一些俄罗斯演员，金子在那里发光，超级棒啊！但是乔莎，金陵歌剧舞剧院，我们都简称它为"金舞"，因为演员大多是民科①的，芭科②的很少，没办法排古典芭蕾，一般都是民族舞、现代舞，还得和剧院的歌剧院分享舞台。乔莎条件不错，能力也不弱，可惜这次考试没能发挥好，不知道她会不会……

我想着想着已经走进了宿舍，一眼就撞见泣不成声的乔莎，金子也红着眼睛，搂着她的肩膀安慰着她："金舞也不错，首先气候宜人，不像我那里，冬天穿一打保暖裤都不足以热身！"

"那咱俩换啊！"乔莎哭着说，金子立刻不说话了。乔莎又哭了一会儿后，用沙哑的嗓音说："对不起金子，我知道你是想让我

---

① 民族舞专业的学生
② 芭蕾舞专业的学生

好受点，我没事，哭一会儿就好了。"

我坐到乔莎身边，拿了一盒新的纸巾换掉乔莎手里的已经空了的纸巾盒，看着突然哭得更厉害的乔莎说："对不起，乔莎，我跳了本应该你跳的双人舞，我，对不起……"看着泣不成声的乔莎，我的眼泪也哗一下子流了下来。

"说……什么……呢你？"乔莎抽泣着回答，"不怪你，是……是……我坚持换舞伴的！玛……啊……丽莲……"

乔莎又哭了好一会儿，终于哭得没劲了，喘息声也开始变得均匀……门"砰"地被踢开，雯雯捧着一大束鲜花走了进来。我们都红着眼睛盯着这束超大的艳丽红玫瑰，雯雯腼腆地笑道："告诉你们一个秘密，我其实有男朋友，这是他送的！"

这一重大新闻的宣布让我们所有人都张大了嘴，连刚才还泣不成声的乔莎都抹了一把眼泪，盯着雯雯等着她的下文。但是雯雯若无其事地放下手里的花，拿起一大瓶喝了一半的矿泉水咕嘟咕嘟地喝了起来。还是金子迫不及待地问道："你这慢性子，真是要急死谁啊？头儿，男朋友？谁呀？我们天天同吃同住，没看到你和哪个男生搞过暧昧啊？这秘密咋保的？倒是快点说啊！"

雯雯一口气几乎喝光了剩下的矿泉水，慢条斯理地拿起剪刀，把瓶口处剪掉，用手捂住嘴，打了一个嗝，红着脸说："他不是咱学校的。"然后就跑到洗手间接了半瓶水出来，扯掉包住那一大捧红玫瑰根部的包装纸，露出根部，把那捧红玫瑰放进了矿泉水瓶里，又看了看目瞪口呆的我们说："赶紧都去洗把脸，晚上我男朋友请咱们吃饭，旁边那家韩国料理，乔莎，你最爱的火锅面。到时候你们那一万个问题，自己问他。"

"晚上我有事。"我想到苏克5点钟在咖啡厅等我，但是雯雯的男朋友请客，实在是太具诱惑力，我赶紧加了一句，"你们约的几点？我争取完事赶过去。"

"什么事也没有咱们娘家人给头儿把关男朋友重要。"金子第一个冲到洗手间，打开水龙头，用手一捧一捧地往脸上泼水。

"赶紧起开，看你泼一地水，一会儿别人怎么洗啊？"乔莎已经走到金子旁边，挽起袖子，感觉不像是洗脸，而是要和金子大干一场。

金子笑着走出洗手间，拿起面巾擦拭着脸上的水珠说："大家听好了啊，一会儿都穿漂亮点，这是我们考验头儿男朋友定力的第一步！"

"拉倒吧你，"乔莎从洗手间走出来，"就咱俩这两块没料的，穿得再花枝招展，也不会有人愿意多看两眼。这个艰巨的任务交给玛丽莲。"

"对对，玛丽莲，快，把我那件能看见半拉酥胸的小裙子换上，我们要看看雯雯这男朋友还能不能坐怀不乱！"金子说着就去翻她的小衣柜，翻出一件黑色带暗花的抹胸礼服裙扔给我说，"这条裙子是我花了重金购买的，但套在我身上和挂在铁丝衣架上没啥区别，今天为了头儿，我豁出去了，借给你一晚，让我们也欣赏一下它真正的美貌！"

我拿过裙子，仔细看了一眼："这不是你去年为了去国家剧院看全明星芭蕾精品演出买的那条高定走秀款吗？我可不敢穿，穿坏了赔不起。再说了，去吃个韩国料理，再溅上点泡菜汁儿，洗不掉啊。"我把裙子交还给她。

雯雯对金子说："别闹了，又不是啥大餐，别弄坏了你的高定裙子。"然后又看了看穿着大背心、桑拿裤的我说，"但是玛丽莲确实可以捯饬一下。"

我无奈地走到我的小衣橱前，拿出一件黑色的印着米奇耳朵的宽松版大T恤，一条牛仔裤。金子一把抓过我的T恤说道："又是 Mickey[①]，你都穿好几年了吧？ Mickey 今天绝对不能跟我们吃料理，否则我就把它给烤了！"

雯雯也摇摇头，从我的小衣橱里找出一件胸前点缀着粉色烫钻小蝴蝶的黑色紧身背心说："穿这个吧。"我接过她递来的衣服说："哎呀，我好久没穿这件了。"我换好衣服照了照镜子，对她们说："这是不是有点……"然后又从衣架上拽下一件白色的衬衫套在外面，满意了。

金子摇着头说："玛丽莲真是白长了好身材，啥时候都藏着捂着的，我要是有你那身材，早就不跳舞了，当个内衣 model[②]，听说拍一张照片就顶得上群舞三个月的工资！"

正在用冰块敷眼睛的乔莎也一个劲儿地点头。 我丝毫不理会，冲她们摆了摆手，说："我先走了啊，see you later[③]！"

我走进咖啡厅，苏克和梅冲我招了一下手，我跑进去坐到他们对面的沙发上，然后拿出国家剧院的录取通知书交给苏克。

苏克看完后嘴角一扬，将通知书叠好后还给我说："恭喜你，愿望实现！"

坐在他身边的梅冲我竖起大拇指，然后站起身看着苏克说："你们聊吧，我还有些工作，我到旁边那桌等你。"说完，她端起咖啡，走到离我们比较远的靠窗的桌子旁坐下，然后把腋下夹着

[①] 迪士尼人物，米老鼠米奇。
[②] 模特。
[③] 英语，一会儿见。

的笔记本电脑小心地摆放在小咖啡桌上。

"我知道你一定能进国家剧院,所以一点儿也不惊讶。 这只是你梦想的开始。"苏克淡定地和我说。 他今天穿了一件长袖海魂衫、白色直筒萝卜裤,裤脚挽到九分裤的位置,搭配一双海蓝色高帮帆布球鞋。

我突然想起出门前金子和我说的话,直接甩给了苏克:"你为什么不去当模特? 听说拍一张照片顶得上我们群舞三个月的工资! 你身高够185吧?"

"我? 188,"苏克斜着眼睛看着我说,"我最恨被拍照,也不喜欢做模特,因为我特别不能接受沿着别人制定的轨迹行走,就算是平面模特,不用走秀,也得按照别人的要求摆各种 pose[①],穿别人安排穿的衣服,我不太适合这样的工作。 他们的拍片酬劳也没有那么夸张!"苏克非常认真地接着说,"你过两天就放假了吧? 你尽管开开心心地放松休息,我也要离开几天,但等你入团那一天,我一定回来。 而且,像我说的,你已经有能力控制我给你的能量。 我每个月都会检查一下你体内能量的流动轨迹,然后定期给你输入能量,没有我陪你训练,你自己也可以完成对新能量的控制。"

苏克真的是除了工作,不给我任何机会谈论其他。 我看着他的眼睛说:"你有188啊! 我还不到170……"

"呃,对,188,这比我刚才给你讲的咱们今后的训练计划还重要吗?"苏克不解地问。

他这个人真逗,说什么都要有理有据,而且特别认真,完全听

[①] 英语,姿势。

不出别人在开玩笑。于是我皱着眉，变本加厉地回答道："是的，这很重要，关系到地球今后的走向！"看着他更加疑惑的表情，我实在憋不住笑出了声："你太好骗了，我逗你呢。"

苏克的面部表情终于松弛了，只吐出了一个字："噢。"

我看着苏克迷人的脸，两个星期了，我们每天都在日出时分一起训练，周末我连家都没回，照常训练和排练，最后阶段的紧张加压力，竟然让我忽略了他有多好看！真舍不得见不到他，我试探地问道："那我们会有一段时间见不到了？今天算是说再见吗？"

苏克犹豫了一下答道："算是吧，你喝什么？本来可以一起吃晚餐，但是晚上我有……"苏克说着向服务生招了招手。

"不用，谢谢！我晚饭有约了，"我看了一眼手机上的时间，打断他说道，"而且，我现在就得走了。梅正忙着，你替我和她说再见吧，我不想打扰她，那我们国家剧院见！拜拜！"

我努力掩饰着自己的失落，心里不断提醒着自己：冷静，孟露，在他眼里你只是合约的乙方！绝对不能过分依赖，更不能有任何非分之想。我缓缓站起身……

"孟露，"苏克打量着我，犹豫了很久说了一句，"Bon Appétit！"①

我心里想，说的什么鬼？嘴里重复着他的话："薄那坡提？"

苏克也站起身，回答道："意思是'祝你胃口好'，再见！"

我努力克制着想要扑上前抱住他的冲动，冲他挥了一下手，甩出一句："那你们也薄那坡提了！"然后赶紧跑出了咖啡厅。

---

① 法语，祝你胃口好！

第十五章　苏克——NO！

我凝视着孟露一溜儿小跑的背影，直到她走出酒店的旋转大门才收回目光，完全没有发现梅已经站在我的身旁，她斜着眼睛严肃地看着我。

"苏克，不要！"她指着我的心说，"你，不可以！"

第十六章　苏克——巧克力效应

"宝贝，你慢点长，长大了，妈妈就见不到你了。"我从梦中惊醒，这句话伴随着那个模糊的脸庞和身影在我的脑海里挥之不去。

我看了一下床头柜上的闹钟——早上5点30分，这是我每天和孟露开始训练的时间。常人的生物钟居然在我这个采灵人身上起了作用，不可思议！我穿上外衣，轻轻地带上门，下楼走进琴房。

清晨的第一缕阳光透过窗户照射进来，这是一天中我最喜欢的时间。我喜欢看到不管是多么恶劣的天气，乌云、阴霾、雾气、雨、雪……太阳总能通过最终的挣扎，把光芒洒到地球，挣扎累了的话，它的光可能暗一些。但是今天，它的精气神儿十足，几乎一半的房间都被它的光渲染了。我凝视着自己被朝霞投射到墙面上的影子，舒展了一下手臂，活动了一下手指，坐在琴凳上，随手弹起李斯特的《爱之梦》。

我每天只会在琴房没有人的时候才会弹奏我喜欢的作品，采灵人是可以根据个人喜好和特长选择工作的。虽然我们都能够熟练掌握常人的各个工种，财经除外，但与常人一样，我们每个人都有自己更擅长，或者说更喜欢做的工作。比常人幸运的是，我们身上的超能力能够让我们有更多的选择。

刚刚进入"灵魂学院"的时候，我就知道我将来的工作一定得让我能够每天弹钢琴。不知为何，我第一次听到钢琴声，就觉得似曾相识，特别亲切。说来也怪，我不记得妈妈，或者和她一起照顾我的异灵主弹过琴，在我的印象中，她们也从不听音乐。但是自从进了学院第一次触摸钢琴，我就知道以后我做任何事，都需要靠它安抚我的灵魂。

曲终的时候，我还沉浸在最后几个音符里，听见外面有人在敲打琴房的玻璃。我站起来转过身，看见梅站在窗外，应该是刚刚从旁边的面包店买了早餐回来。她抱着一个看上去还在冒热气的纸袋，指了指手表，又指了指楼上。我知道她这是在催我，我们今天要和许磊，也就是梅的接班人、我的下一位异灵主，去外地参加一个研讨会，同时去野外采集标本。

算上孟露，我一共有过四位异灵主，我和许磊是在认识孟露的前一年签署的灵魂契约。他研究的是植物分类学，和其他植物学科一样，我们花了大量时间在野外观察植物在自然环境下的生长情况并采集标本，其余的时间他几乎生活在实验室、温室里，根据植物形态、结构、生态、地理分布等特征分门别类地做研究。许磊目前正在根据我们上次采集的几种植物的特征来研究它们的药用价值。今天的研讨会，他将和几位导师、博士研究生一起探讨他的项目。这也将是他今后深度研究的课题。

我们三人在候机厅等待着登机，梅和许磊都沉浸在自己的笔记本电脑里，只有我漫无目的地翻阅着机场书店里的图书。手机突然在口袋中振动起来，我拿出来一看是孟露的电话，迟疑着……

具有作家特有洞察力的梅，可能早就发现了我对孟露的态度和对别的异灵主不太一样。我看孟露的眼神发生了变化，可能是从她上次在教室，委屈地把巧克力扔给我的那一刻开始，那也是第一次，一个异灵主送给我礼物！那一刻，我就对孟露产生了一种莫名的感觉。每每想到她，我都觉得心中暖流涌动；每次看到她，我都会不由自主地把目光融化在她那双褐色的大眼睛里——我称之为"巧克力效应"。

前天，在酒店咖啡厅，孟露说她晚饭有约，我甚至产生了一连串的疑问：和谁？在哪？这些问题在我与以前的异灵主接触时从未出现过。疑问迫使我的目光专注地追随着孟露，直到她走出我的视线，我甚至没有发现已经走到我身边的梅。当时梅对我的提醒，立即让我心脏周围温暖跳跃的血液凝固成了冰川，把我的心重新牢牢地锁在冰山里面。我接起电话冷冷地问："喂，孟露，有事吗？"

"我挺好的，谢谢你，你好吗？"孟露语气中明显含有受到伤害后的酸楚。

我才意识到自己有些过分，连起码的问候都没有，确实很失礼。我缓和了一下语气说道："不好意思，我马上登机了，你还好吧？"

孟露回答："我的入职日期出来了，我们这批新生会在两周后正式入职，成为国家剧院的实习演员。我可能需要先熟悉一下我们的日程和环境，到时候我会打电话通知你的。拜！"还没等我多说一个字，她已经挂断了电话。

我呆呆地盯着手中的电话，她这是又生气了！在梅的帮助下，我对最年轻的这位异灵主的心情已经有所了解。今天，她的心情本应是"晴",但由于我接电话时的无礼,让她的心情转为"多云,阴"。我无奈地摇了摇头。

其实,我并没有觉得孟露对我的吸引是梅所担心的那种常人的"男女之情",因为我牢记采灵人不可以和常人发生亲密关系的规定。我无法形容我对她的感觉,见到孟露,我总会情不自禁地被她的热情带动;总是能理解她追逐梦想时的兴奋,和她摔倒时对自己的质疑;总是知道她会有不顾一切再站起来的勇气……就好像我的思想可以和她的融为一体,她的精神可以毫无阻拦地流入我的血液。我的词典里找不到一个可以形容这种感觉的词汇,但我知道这不是梅曾经给我描述过的任何一种爱,而是独一无二的,我对任何常人和异灵主都没有过的感觉:为了帮助她梦想成真,我将会倾我所有,尽我所能!

第十七章 孟露——聪明的爸爸

  我失望地挂掉电话。最近这两周，除了上周末演出完回了家，我们每天都见面，就算不需要给我输入能量，苏克也在我身边。虽然他有时不说话，或者在弹琴，但是他的目光一直追随着我，让我知道他在。放假的那三天虽然没有见面，他每天也都会发短信询问我的情况，但这两天突然音讯全无，我实在是不习惯。尽管他说过我们已经不需要像前两周那样天天见面训练，我确实也不再像以前那样需要他才能掌握能量，但是问候一下，总不会灵魂感染吧？他会死啊？

  也许这就是常人与他们这种有超能力的人的区别，常人一旦适应了一种生活就很难去改变。而他们采灵人，苏克，可以随时关上他认为已经没有必要打开的闸口，开启另外一个，以前的流量和他毫无关系，倒是挺节能的！

  我本来有一肚子的话想和苏克讲，尤其是想和他分享与雯雯男友初次见面吃的那顿晚餐，但是他的态度让我立刻失去了分享的兴趣……

  那天的晚餐，乔莎、金子和我简直就是三个多余的人，我们唯一的作用就是当灯泡，看着雯雯和吴歌眉目传情。吴歌是国家剧院芭蕾舞团的独舞演员，他俩是几年前认识的。那时国家剧院排练《胡桃夹子》，需要借舞蹈学院的学生同台。据他俩讲，两人认识之后一直保持着笔友的关系，去年才开始交往。我们三个齐刷刷地撇着嘴起哄："喔！骗子！"

第一，我们不相信这世界上还有笔友，而且是两个异性笔友；第二，我们不相信去年"才"开始交往的鬼话。不过，这两个人坐在一起简直是太养眼了。吴歌，大我们好几届的师哥，挺拔的大个子，细长的脖子，宽肩，窄胯骨，头发一看就是自己做的造型，一丝不乱又异常蓬松。虽然他的五官在我看来稍微有点秀气，不是我喜欢的健康大男孩的样子，但是和雯雯那张古典美人的脸还是挺般配的。

我看着吴歌，脑子里想还是苏克好看，他要是来，那一定是"艳压群芳"！但我立刻就制止了胡思乱想，苏克此时不知在哪里"薄那坡提"呢。明天他给我打电话，我会告诉他雯雯和她男朋友的事，还有我们一起审问他俩恋爱的过程，还有我们背后说的老师们的八卦，还有，我脑子里想的全是他！最后这一句还是别告诉他了……

但是苏克没有打电话，第二天也没打，我好不容易鼓起勇气拨通了他的电话，却被他冰冷的语气冻得浑身发抖。

"露露，吃饭啦！"妈妈在我卧室门外喊着，我一点儿都不饿，就是觉得冷。我躺在床上，缩在被子里昏睡过去。

我再睁开眼睛时，发现妈妈紧张地站在我身旁，往我的额头上放着冰袋，她看了我一眼，马上俯下身说："露露，你醒啦？你发烧了，浑身滚烫，39度的高烧。我正给你物理降温，想让你先睡一会儿，一定是排练累的，你哪里不舒服？"

我刚想说话，突然感觉嗓子火烧火燎的，我答道："嗓子疼。"

妈妈摇摇头看着我说："你从小就是这个样子，一发烧就嗓子疼，我这就去给你拿退烧药，吃了药再睡一会儿啊！"

我任凭妈妈安排，乖乖地服下药，妈妈轻声对我说："睡吧，先睡一晚上观察一下。要是明天还是不退烧，我和你爸请假带你去医院。"

第二天醒来，天已经大亮，虽然嗓子还是疼，但我感觉身体轻松了一些。我一抬眼，就见妈妈坐在床边盯着我。看到我醒了，她立刻塞给我一个体温计："快量一下，感觉不像昨天那么烫了。"她一边说着一边走进厨房，过了一会儿，端着一碗粥和一大杯水走回我的床前，说："我看看。"她接过体温计，把窗帘拉开一个小缝，借着照射进来的光线看了一下："37.8摄氏度，还是烧，我这就给你爸打电话，咱们去医院。"

她说着又要把窗帘拉上，我挣扎着坐了起来，指着窗帘说："别关上，我想晒晒太阳。"妈妈点了点头，拉开窗帘，我在温暖的阳光的照耀下又睡了过去。

在爸妈的坚持下，我被拖着去了医院。医生给我做了检查后确认只是普通的扁桃体发炎引起的发烧，但保险起见，还是开了各项化验单。我看见他胸前的牌子上写着"苏国良医生"，立刻想到了苏克，梅说过，他也来这家医院出诊，上次的病假条就是盖的这家医院的章。我脱口问道："您认识苏克……医生吗？他好像也在这里出诊。"

"苏主任吗？你认识他？他每周只来一次，都是周六或者周日。"苏医生一边往电脑里输入我的病历，一边说道，"你需要让他来看一下你的检查结果吗？"

"不用，我只是随便问问，我们是……"我想说是朋友，但想起苏克上一次冰冷的语气，觉得不是朋友，说熟人吧，也不对，毕竟才认识不到一个月。

幸好苏医生对我们的关系也不太感兴趣，他递给我们刚刚打印好的几张单子说："你们去交费吧，然后去旁边的药房拿药。等化验结果出来了，如果没有问题，我们会直接发到我们系统里登记的患者邮箱；如果有问题，会由我或者其他医生打电话通知孟小姐来复查。"

走出苏医生的诊室，妈妈警觉地问道："苏克是谁？"

"哎呀，苏医生不是说了吗，人家是主任，肯定是露露她们学校的那个校医罗大夫给介绍的呗。"爸爸根本不知道，他自作聪明的回答省了我多少麻烦。

"还是我爸聪明。"我骄傲地把挽着妈妈的手换到了爸爸的胳膊上。

第十八章　孟露——四小天鹅的归宿

三天后，我已经大好，偶尔咳嗽两声，但是完全不影响我今天晚上大吃大喝，因为金子要北上了，今晚是她的送行宴。

我穿着最爱的米奇 T 恤，就是金子要烤了的那件，和我衣柜里库存的一条金子的牛仔裤，走进了餐厅。金子一眼就认出了米奇，正要发作。我撩起 T 恤下摆，指了指身上穿的她的牛仔裤，她立刻没了脾气："在你尊重我的审美的前提下，我也只能迎合一下你的喜好。走吧，米奇，今天一定给你找到 Minnie①，然后彻底离开玛丽莲。"

Minnie 没有找到，但是今晚我们都找到了新欢——啤酒！平时滴酒不沾的我们，竟然喝光了一箱啤酒，吴歌还让服务员又加了扎啤。雯雯和吴歌在桌子下拉着的手一直没松开过，而我、乔莎和金子则是晃来晃去地碰杯，换着位子，走马灯似的，也没停过。

乔莎突然间眼圈通红，抱着金子说："金子，你一定要多穿点衣服，那边冬天多冷啊，你又是最怕冷的，千万别嘚瑟啊！"

金子的眼泪也开始啪嗒啪嗒往下掉，她搂着乔莎说："你倒是可以嘚瑟，你那里四季如春，金舞还全是帅哥，别挑花了眼。"

---

① 迪士尼人物，米奇的女友米妮。

"我不去金舞了，"乔莎突然严肃地看着我们说，"我和田老师说了，我准备继续在舞院深造，读个本科，以后争取留校当老师。"

这个重大新闻让我们所有人都大吃一惊，连泡在蜜罐子里的雯雯都松开了吴歌的手，跑到乔莎面前说："哇！什么情况？"

"你不跳舞了？"我脱口而出，随即就对语气中夹杂的惋惜感到后悔。

金子更是惊讶得说不出话。乔莎看着我们，喝了一口已经空了的酒杯。吴歌大喊着："服务员，刚才要的扎啤赶紧上来啊！"

乔莎似乎没听见，还继续喝着空杯子，然后看着我说："嗯，不跳了，我本来条件也不是那么好，个子又小，再怎么跳也成不了腕儿。不如踏踏实实为今后考虑，找个出路。不可以吗？"

虽然她已经决定了，但从她的语气里我还是听出了一丝犹豫，毕竟我们从小习舞，学了那么多年不就是为了能上台演出，就这么放弃了？

"太可……"我的嘴又开始没有把门的，刚摇着头想说太可惜，就被雯雯接下了话茬："太可以了！今后我们都得叫你乔老师了。"这时吴歌亲自端着一个放满扎啤的托盘走了过来，我们的注意力都被乔莎吸引着，没有时间为他的服务点赞。

"来，我们为乔老师干杯！"雯雯毫不客气地从托盘上拿起一杯扎啤喊道。

这时，金子突然哇的一声哭了起来，我们都不知所措地看着号啕痛哭的金子，直到终于能听清她哽咽着说出了一句："你……们……都还留在北京，只有我一个人……去那么远……的……地方。"

我们四个闺蜜，因为身高不均，从没被安排一起跳"四小天鹅"，但小时候我们经常把自己比作"四小天鹅"。虽然没有像武侠小说里描写的那样喝血酒、拜把子，但我们也曾立下誓言：一定要一直手拉手，一起展翅翱翔！但是今天，我们才意识到当时的誓言有多幼稚！

我们四人中，只有我和金子是北京人，乔莎是个川妹子，雯雯的老家在哈尔滨。说起来虽然我们从小住校，但我和金子算是从小没离开过家的人。乔莎搂着金子说："没那么远，你们团经常会来巡演的，我这个学生也会有寒暑假，放假一定会去看你。"说着又冲我和雯雯使了个眼色，雯雯立刻附和着："是呀，我们会经常见面的。你们肯定会来北京演出的，我查了国家剧院大剧场的日程，好像今年11月就有你们团的演出呢。"

"真……的？"金子带着哭腔问道。

"当然了，"雯雯继续说，"到时候我们又能像今天一样一醉方休了！"

在吴歌的建议下，我们一人端起一杯啤酒，又哭又笑地喝了下去……

我睁开眼睛，天已经大亮，昨天我们是实实在在的一醉方休，所有人，包括吴歌在内，从餐厅出来的时候都走得歪歪扭扭，我更是完全不记得自己是怎么回的家、怎么上的床。

我顶着要炸裂的头走出卧室，看见妈妈在餐桌上留了两片已经涂抹好黄油和果酱的面包、两个煮熟的鸡蛋、一盘切好的水果、一杯牛奶、一杯橙汁、一大杯水和一张纸条：

露露宝贝，多喝水啊！昨天怎么喝成那个样子？你一个女孩子,多危险啊!下次一定要注意啊!这个快递是今天早上放在咱家门口的。以后千万别再喝了啊,听话!

妈妈

我一口气喝完杯子里的橙汁,又喝光了那一大杯水,再端起牛奶一饮而尽,心里想:我可真是听话的乖宝宝啊!然后嘴里叼着面包,拆开了妈妈放在凳子上的包裹,一张纸条从包裹中掉出来。我拾起纸条,看到上面写着:

亲爱的玛丽莲:

　　这条裙子送给你,下次千万千万别再让我见到 Mickey 了,否则后果自负!祝你在国家剧院扬帆起航,大展宏图!

　　还有,穿上这条礼服裙一定记得给我拍张照片哈,它在你的身上才能证实我高级的品位!

到哪里都能照着你的金子

我笑着打开了用丝纸包裹的礼服裙,走进卧室,把它挂在一个小衣架上,再套上一个服装防尘袋,然后小心翼翼地把这条礼服裙挂到了衣柜最里面的位置。这裙子好看是真好看,但实在太暴露了,估计我这辈子可能都没机会穿。

第十九章　孟露——"爬长城"

一转眼五年过去了，我已经23岁了。我和雯雯进团两年后，就相继晋升为独舞演员。随着技术水平的不断提高，我已经主演了许多古典芭蕾舞剧，还包括一些现代作品。上周团长公布晋升我为主要演员，我成为团里最年轻的主要演员。我虽然欣喜地接受了这一切，但又完全在苏克的预言中，少了分惊喜。

雯雯身高太高，进团后她好像又长高了两厘米，能和她一起跳双人舞的，只有团里最高的——她的吴歌。但是吴歌的能力达不到主演的要求，所以在某种程度上多多少少拖累了雯雯。幸好雯雯从来不是争强好胜的性格，主要是她太爱吴歌，每天俩人甜甜蜜蜜地上下班。

刚开始苏克每周来一次，后来就减少为每两周一次，现在是每个月才来一次，像医生体检一样，检查我的能量运转情况，然后给我输入能量。每次照样是早晨5点30分，天色半黑半亮，我的心情经常是半阴半晴。他的面孔依旧迷人，但是眼睛好像更加黑了，我几乎找不到他的瞳孔，也就探不到他的心思。每次见到他，我依然会心跳加速，尽管我在团里有不少追求者，我也试着交往过两个，但没有一个人能够像苏克一样让我心动。

我和雯雯都住在团里的宿舍楼，独舞以上的演员每人可以有一间独居室，其他演员两人住一间。雯雯住二层，我正好住她楼上的三层，吴歌住四层。我们的屋子虽然不大，但五脏俱全。进门有个小过厅，右手边有一个壁柜，旁边有一个长条台面，台面上有一台嵌入式的双头电磁炉，上方还按比例嵌入了一台迷你的抽油烟机，左手边摆放了一台不大但是够用的双开门冰箱，这就是我们的"开放式厨房"。一间勉强能平行摆下两张单人床的卧室里，套着一个设计非常合理的迷你卫生间，不但有淋浴，还能摆下一台翻盖洗衣机。虽然我和雯雯都是独居，但我们都没有把两张单人床并在一起，一是因为宿舍住惯了，觉得单人床够用，最主要的还是我俩总想着乔莎和金子留宿时能住得舒服些。虽然吴歌总是抱怨床小，说等她俩来的时候再把床分开也不迟，但是雯雯不同意，嫌麻烦。所以有时吃完饭，雯雯在吴歌的"不定期要求下"，就会上楼住到吴歌的"大床房"。

只要没有演出，我几乎每天都去雯雯的屋里蹭饭，她在小过厅的墙上钉了一张简易的壁挂折叠桌，但是却买了四把非常高档的樱桃木实木椅子，椅背和坐垫处都用酒红色的丝绒面料包裹，上面还用金线绣着欧洲传统宫廷花纹，里面填充着既柔软又有弹性的材料，总之，一看就是价值连城。雯雯说："为了节省空间，桌子也就算了，但椅子一定要高档、舒适！"尽管平时只有雯雯、吴歌和我，三把高级椅子够用了，但是雯雯说我们四闺蜜聚会时，必须公平对待，都得坐在高级椅子上！所以她坚持花重金买了这四把椅子。晚上坐在这把高级椅子上，看雯雯——我们曾经的头儿做饭，成为我喜爱的节目。

雯雯简直就是男人眼里最完美的女人，上得了厅堂，下得了厨房，除了美丽，还能烧一手好菜。今天是周日，我抱着一箱昨天回家老爸给买的、我和雯雯的最爱——玻璃瓶装北冰洋汽水，脖子下夹着刚刚从楼上、吴歌的对门邻居孙天霖那里借来的开瓶器，用脚踢了踢雯雯的门。

"门没锁，进来吧孟露。"雯雯在屋里喊着。自从进团，我又变回了孟露，团里比学校严肃了许多，我们也跟着入乡随俗地成长着。

"我没有手，帮我开一下门。"我也喊着。雯雯拿着一把不锈钢炒菜铲子帮我打开了门，然后头也不回地回到"开放式厨房"继续炒菜，说："吴歌晚点来，让我们先吃，别等他。"

闻着满屋子的香味，我放下手中的北冰洋汽水，帮她打开折叠餐桌，说道："好香啊！吴歌好像越来越懒了哈，好几天都不见他帮忙。"

"他说家里来了个远房亲戚，得带着这儿玩那儿玩。"雯雯熟练地单手拿起锅，边往盘子里盛菜边和我说，"你拿碗盛饭吧，狮子头马上就好了，冰箱里有我煮好的花生毛豆，拿出来一会儿下酒。吴歌昨天带回一瓶人家送给他爸的酒，说是'30年的茅台'，老贵了，一会儿他回来，咱给开了。"

"嗯……"我咽着口水，捻起一根雯雯炒好的干煸扁豆塞到嘴里，咀嚼着人间美味的同时没头没脑地说："我刚才去楼上找老孙借开瓶器，瞥见吴歌匆匆忙忙地拿了一大包东西，进了今年刚进团的那个叫……叫……王玲玲的房间啊？我以为他送完东西，就下来帮你忙啊……"看着雯雯突然停滞在空中的炒菜铲子，我才意识到说错话了，赶紧找补："可能……送完有别的事？"

雯雯从裤兜里掏出手机拨打吴歌的电话，没人接……她又拨了一遍，还是不接。她把电话放在灶台旁边，按了"免提"键，一边翻炒着锅里的狮子头，一边重复拨打吴歌的号码。N次后，我们终于听到了吴歌气喘吁吁的声音："我正带着我表侄子爬长城呢，肯定回来晚，别等我啊！"说完就挂断了电话。

雯雯不顾还在锅里沸腾的狮子头，拿着炒菜铲子，头也不回地冲出门。我赶紧手忙脚乱地关掉电磁炉，但是这该死的电磁炉不像家里的煤气灶，关掉了依旧高温。我看着马上就要烧干了的红烧狮子头，伸手就去抓那个要煳底的锅，不锈钢的锅把烫得我尖叫一声，连锅带狮子头直接交代给了地面。我顾不得清理，赶紧追了出去。

在团里的群居生活好处是上班方便、见面容易，最大的缺点是我们如果想保住点隐私，那就是难于上青天！

我紧赶慢赶地想追上雯雯，只听见楼道里传来"砰"的一声巨响。我赶到王玲玲的房门口，看见门被踢开，门锁处还耷拉着一条被拉扯下来的门框，在伸出的锁舌上摇摆着……我们舞蹈演员虽然胳膊细点，但是腿部力量那可是童子功！我走进去，看到小过厅的地上扔着吴歌和王玲玲的外衣加内衣。电磁炉旁边的台面上放着我刚才看到的，吴歌抱着的那一大包东西。透过外面帆布袋的开口，我看到了里面藏着的红玫瑰，和若干年前他送给雯雯的那束红玫瑰一模一样！今天吴歌为了掩人耳目，还特意在红玫瑰外面罩了个大布袋，因为急着钻进王玲玲的房间"爬长城"，他没有看到刚从楼梯拐角处上来的我……

雯雯脸色苍白地站在王玲玲的卧室门口，盯着满头大汗、惊慌失措的吴歌和王玲玲双双裹在被单里。王玲玲被吴歌压在身下，使劲把脸往被单里面藏。他俩浑身战栗地蜷缩在卧室里靠墙的那张单人床上。王玲玲躲闪的脸直接蹭到了墙面，外面的那张床估计是王玲玲室友的，上面整齐地摆放着各种玩具熊，观赏着他们的表演。

说时迟那时快，雯雯用尽全力，"嗖"的一下把手中的炒菜铲子砸向吴歌的脑袋，嘴里大喊着："爬长城？！"我们芭蕾界的投篮冠军——张雯雯的炒菜铲子，在空中优美地旋转着直奔吴歌的额头，在他眉毛上方一寸的地方落地开了花，血立刻顺着吴歌的脸流了下来。

吴歌一声惨叫双手捂着头，重重地砸在王玲玲身上。王玲玲尖叫着推开吴歌跳下床，光着身子跑出了房间。我和雯雯都呆住了，麻木地站在原地，看着满脸是血的吴歌不知所措。这震天动地的声音招来了楼里所有同事，我听见有人喊了一句："赶紧打120！"

雯雯的眼泪这时才夺眶而出，但是她的哭泣没有一点儿声音。我搂着泪流满面的雯雯，把她拉出了门外，看见孙天霖正光着膀子给急救中心描述我们的具体位置。他的T恤衫已经转移到了瑟瑟发抖的王玲玲的身上，这让我对这个平时没个正形的"老孙"有了新的认识。此后，王玲玲也有了一个新的外号——"长城"。

我半拖半抱地把雯雯扶回房间，安顿在门口的高级椅子上，递给她一盒纸巾。她没有接，呆呆地盯着地上的红烧狮子头，然后蹲下来，认真地一个一个捡起来，把它们放回躺在旁边的不锈钢锅里。全部捡完后，她拿着锅站起来，开始傻笑，然后一声怒吼连锅带狮子头一起甩到房门上。可怜的狮子头再度滚到地上，这只锅估计也得壮烈"牺牲"了！

我跑过去抱着她,任由她在我的怀抱里声嘶力竭地号啕痛哭……等她的情绪稍微缓解了一下后,我把她再次安顿在小过厅的椅子上,抽出几张纸巾替她擦着眼泪。我看到卧室的小床头柜上放着一个杯子,就走进卧室,拿起杯子想给她倒杯水,突然想到也许这是吴歌用过的杯子,立刻感到一阵恶心,赶紧跑到卫生间打开水龙头认真地洗着杯子……雯雯的哭声好像停止了,我猜想她应该正在平复心情,就继续洗杯子,洗好后,我用纸巾把杯子里的水擦干,回到小过厅想给她倒水,却被眼前的一幕惊呆了:

雯雯打开了那瓶高级茅台,站在过厅中央,仰着头咕嘟咕嘟地喝,然后被呛得玩命地咳。她发现了我,好像怕我抢走她的宝物一样,又背对着我,抱起茅台瓶子极速地往嘴里灌,直到被这瓶高度酒精液体憋得实在无法喘息了,才让瓶口暂时离开嘴,打一个嗝,继续喝……

我缓过神来,扔掉手中的杯子,赶忙跑过去,却被她高大的后背挡住。雯雯的身高让我很难接触她手里的瓶子,几番拼搏,我终于趁她再一次喘息打嗝的时候夺下她手中已经空了的酒瓶吼道:"你干吗?不要命了?为了一个混蛋,值得吗?"

雯雯仿佛听不到我的声音,一把抱住了我,嘴里叽里咕噜地说:"玛丽莲,千万别爱……"

她贴着我滑到地上,我摇晃着她瘦弱的肩膀,喊着:"雯雯,雯雯!听得见吗?快醒醒!"看着双眼紧闭、一动不动的雯雯,我慌忙从兜里掏出手机拨通了孙天霖的电话:"喂!老孙,120到了没?赶紧再叫一辆,找个人来雯雯屋,帮忙一起送医院。"

我和孙天霖忙忙叨叨地把吴歌和雯雯送进医院,又马不停蹄地把俩人一个急诊缝针、一个急诊洗胃安顿好了,才走出急诊室准备松口气。孙天霖从兜里掏出包烟,问:"来一根?"我深吸了一口气,点点头,和他一起走出医院,在院子里点燃了我有生以来的第一根烟。

"孟露?"我听见一个熟悉的声音,回头看到了苏克那张无数次出现在我梦里的脸。跟在他身旁的梅,一个箭步跑过来,夺下我手中刚刚燃起的烟扔到地上踩灭。

"怎么抽上烟了?我们……"她迟疑地看了一眼孙天霖,接着说,"抽烟对你们舞蹈演员的心肺功能可是不太友好的。"

孙天霖看了一眼累得不想做任何人物介绍的我,知趣地说要去看看那两位的情况,就走进医院。

梅等到孙天霖走到听不到我们谈话的地方时才开口说:"抽烟会对我们的能量流动造成影响,对不对苏克?"

我抬起头看到了苏克久违的关切的目光。他低下头盯着连我自己都没有察觉的被烫伤了的手指,回答:"没事,偶尔抽一根,没太大瘾,问题就不大。你的手怎么了?是烫伤吗?怎么不处理一下?"我这才想起上次苏医生说的每周六或者周日苏克都会来这家医院出诊的话。今天正好是周日,看着他穿着便装,我想他一定是准备下班回家,正好碰到我。

"我不抽烟,今天有突发情况。"我简单地向他俩描述了今天惊心动魄的一幕。说完,我感觉稍微轻松了一些,肚子却开始不争气地咕咕叫起来。今天是周日,睡了个懒觉到中午,然后想到为了多吃点雯雯做的红烧狮子头,干脆就一个酸奶解决了早午餐,一直到现在。怪不得我饿得眼前直冒金星。

"我去问一下当值医生他们的情况,你等我一下。"说完,苏克和梅一起走回医院。我拿出手机,拨通了乔莎的电话,告诉她今天戏剧性的一幕，乔莎在电话那头跳着脚地骂："龟儿子吴歌，骗子！老子从一开始就觉得这个人不靠谱，但是雯雯……"

我打断她说："看雯雯这个样子，估计今天出不了院。紧急联络人，我留了咱俩的手机号，今天晚上咱俩手机都别关机。"乔莎骂骂咧咧地答应着："放心，我随时保持警醒！吴歌这个乌龟王八蛋，我这就告诉金子，老子一定要给头儿报仇！"

我挂下电话时，看到孙天霖扶着头上缠着绷带的吴歌走了出来。孙天霖说："医生说吴歌可以走了，雯雯还得等等，要不我先送吴歌回团里？"我点了点头，尽量不去看吴歌那张恶心的脸。雯雯还是手下留了情，如果瞄准的是他的眼睛，以雯雯的身手，估计吴歌的右眼再也见不到天日。

我走进雯雯的病房，看到苏克正在和雯雯的医生交流。雯雯躺在床上昏睡，梅把我拉出病房，说："正在给她输液，估计一时半会儿醒不了，你进去也没用。"

过了一会儿，苏克走了出来，对我说："刚刚洗完胃，今夜需要留院观察，但问题不大，放心吧。你可以明天再来接她。"我点点头，伴随着咕噜咕噜的肚子叫声回答道："好！"

梅心疼地看着我说："一起吃饭吧，看把你饿的，我们今天吃饺子，独门秘制'梅式速冻饺子'，回家一煮就能吃。"还没等我回答，梅就拉着我走到医院的内部停车场，等着苏克打开车门。

第二十章　苏克——不可以被融化的冰山

我给孟露的手简单做了一下处理,每只手都烫出了两个大水泡,加上刚才的慌乱,水泡全部被蹭破了。俗话说十指连心,这个孩子真的是,难道不知道痛？我给她消毒、包扎的时候问她疼不疼,她笑着回答我:"我们跳芭蕾的,痛感都不强,这比起长期被足尖鞋摧残的脚所受的痛差远了。没事。"是啊！芭蕾女孩的脚从小就一层皮一层皮地掉,脚趾关节经常会磨出泡,指甲盖掉了也是常事,而且还会不可避免地出现膝盖、腰部等处的职业病痛。所以她们比一般人更能承受劳累、疼痛和酸楚。

孟露狼吞虎咽地吃完一大盘"梅式速冻饺子",对梅说:"真好吃！这是您做的吗？"

梅高兴地点着头说:"是啊！我经常下厨做饭,原来没有机会,因为总是不停地处理各种琐事,自从搬来和苏克住在一起,安静了许多,才开始学做饭。苏克是我唯一的食客,品尝过许多我做的那些难以下咽的食物。你是第二个。"梅看了我一眼继续说:"我发现,在厨房里做饭烧菜,是唯一能让我的脑子彻底放松、暂时忘记写作的好方法。听音乐、阅读都不管用,脑子里还是会随时充满我刚刚写的东西。所以需要换脑子的时候,我就会去厨房研究新的食谱，就是难为苏克了，这些年强吞下不少'梅式烂肴'。"

我微笑着说道："还是有成功的作品，比如'梅式速冻饺子'！"我这并不是礼貌性的恭维，所有的"梅式菜肴"中，当然，也是在经历过无数次难以下咽的尝试后，饺子，确实最为出色！

"咦？ 苏克笑了哎！"梅和孟露说，"你可不知道，这两年他脸上的笑容越来越少，难得今天高兴，要不我们喝一杯？"

孟露说："对不起，我不太想喝。"我猜想她一定是想起了她的同学喝了一整瓶茅台后躺在医院洗胃的样子。 孟露接着说："我该回去了，太晚了，可能已经打不到车了，明天一大早还要去医院接雯雯。"

"要不今晚你就住在这里吧，离医院比较近，明天我们送你去医院。"我脱口而出，立刻看了看坐在旁边的梅，应该先征求她同意的。

我正在思索万一梅不同意的话，如何和孟露解释的时候，听见梅说："对啊！ 今晚就在这里睡吧，我有多余的睡衣借给你。 你就睡我房间，我睡客厅的沙发。"她指着我们身后的沙发继续说："这个可以打开，是个沙发床。"

孟露回答说："不行，不行，已经够麻烦你们了……"她看了一下手机上显示的时间，继续说："但是，确实太晚了，主要是我怕明天早上从团里过来堵车，接雯雯会迟到，不能让她一个人在医院里等我……"孟露咬了一下她厚厚的嘴唇，指着沙发说："要不，我睡沙发吧，比我宿舍的小床还宽敞呢！"

我干咳了一声说："喂，两位女士，我这么高的个子站在这里，你俩看不见哈？是想让我无地自容吧？我一个 gentleman① 怎么可以让你们两位女士睡沙发？"我转向孟露用命令式的语气说："你睡我的卧室，我睡沙发。"

早晨 5 点 30 分，我和往日一样自然醒了。我轻手轻脚地穿上昨天的牛仔裤和套头衫，去厨房煮了一杯咖啡，然后还是和往常一样，端着咖啡来到琴房。我望着透粉色的天空，伸了一个懒腰，走到钢琴前，突然听见敲门声。我打开琴房的门，看到孟露抬着小脑袋看着我。

"进来吧，这么早就醒了？"我问道，"是我吵醒你的？"

"不是的，"她走进琴房，随手关上门，接着说，"心里有事睡不着，加上你的咖啡香味太销魂了，我刚偷偷把你咖啡壶里剩下的咖啡都喝了，现在就更不可能睡了。"她指着我的钢琴说："你每天来练琴吗？我可以当听众吗？好久没有听到你弹琴了，还真挺想的。"

我点了点头，示意她坐在我平时教学生的椅子上。孟露兴奋得几乎是又蹦又跳地跑过来。我活动了一下手指，看着她充满渴望的大眼睛，弹出了肖邦的《小狗圆舞曲》。

昨天晚上，孟露穿着梅的大睡衣，小胳膊在袖子里晃里晃荡地摇摆着，和我们说过晚安后就关上了我的卧室门。我看着她缠着纱布的手指，突然有一种想把这只手捧在自己手里的冲动。封锁住我心脏的冰山，仿佛融化了一个小角，感觉有一股温暖的细流淌进我的心房。

梅看着我说："你还是很喜欢这个小姑娘对不对？只要你把握

---

① 绅士

住你们应有的距离，多一个朋友能让你开心也未尝不可？"她试探着问："我也希望你的脸上能多一些笑容，只有她在的时候，我才能看到。我一个常人不懂你们的规矩，你们是完全不能和常人谈情说爱吗？"

"停留在精神层面的应该可以，但是我们不能和常人有更深一层的交往，肢体上的。我记得和你讲过，你懂的。"我回答。

"那还是尽量保持距离吧，我怕你害了孟露！"梅凝视着我疑惑的眼神解释道，"你作为有超能力的人，可以随时关掉你心口的闸门，我们常人做不到，孟露会疼死！"听着她的这句话，我心口融化的那一角冰山又重新凝固了，我知道此生再也不会给自己握住孟露小手的机会！

"你弹得太好了！"孟露一边鼓掌一边和我说，"我知道这句话我都说了无数次了，但我嘴笨，除了'太好了'，不会说别的形容词。在我的字典里，太好了就代表，嗯……"孟露思索了一下接着说："好得出类拔萃！"

"谢谢！你看，你不是蹦出一个形容词？还是个成语呢！"我笑着答道。梅说得没错，我的笑容好像只有孟露在场时才会经常出现。孟露也灿烂地笑着说："真的耶，我再想想：marvelous，splendid，amazing，wonderful①，嗯……"孟露随口说出一串英文"赞美"的形容词，接着质疑地看着我说，"怎么感觉英文更容易脱口而出呢？是我的中文太烂啦？"

"不是的，是因为中国人的表达一般比较含蓄，尤其是口语表达的时候。你看梅笔下的那些美妙词汇，都很少能从她嘴里说出

---

① 英语,绝妙,灿烂,了不起,美好,都是表示高度赞美的形容词。

来。中国人在当面夸赞人的时候不会像西方人那样直接，所以你评价我的琴艺时就觉得'言穷词尽'，"我继续笑着说，"你看，'言穷词尽'这个词写在纸上就会觉得很合适，说出来就觉得怎么那么别扭？"

孟露的大眼睛笑成了一条缝，她使劲点着头说："我知道了，下次你夸我的时候就用英文吧，夸张点也不会觉得别扭。否则我跳得再好，也只能听到团领导的'不错''挺好''有进步'，挺没意思的，下次你用英文就可以用一些类似'仙女下凡''美轮美奂''闭月羞花''沉鱼落雁'之类的形容词，啊哈哈哈……"

我也扑哧一下笑出了声，说："某些人和'谦虚'两个字真的是无缘啊！"

看着孟露如清晨露珠一样透亮的笑脸，我感觉有一只手在用力捶打围堵在我心口的冰山。

第二十一章　孟露——雯雯的"帕瓦罗蒂"

"爬长城事件"已经过去三年了，我们26岁了。这三年，雯雯好像改变了对生活的态度。上班时，她还是一丝不苟的，但是她不再像以前那样在演出结束后，和我们一起去吃夜宵，聊当天的演出和团里的新鲜事。她每次都说累了或者不舒服，然后直接回宿舍。开始的时候我都会陪着她，后来她就不让我陪了，说回去洗洗睡了，我也就不再坚持。

十月的一个星期天，我照常带着昨天老爸买的北冰洋汽水去雯雯屋里吃饭。走到门口，听见雯雯屋子里传出了久违的欢声笑语，我正纳闷谁来了的时候，门开了，雯雯笑着把我拉进屋说："你的脚步声把我的耳朵都磨出茧子了，一听就知道是你，来，我给你介绍，"说着，她拉着旁边陌生男子的手和我说，"孟露，这是张医生，我的男朋友。"说完，又对旁边的男子说："这位就是我每天都会和你提起的玛丽莲，孟露，我最好的闺蜜。"

那位雯雯口中的张医生，友善地向我伸出右手说道："你好，玛丽莲·梦露。"我也伸出手，与其说我们在握手，不如说我只是指尖碰了一下张医生的手，就立马抽回了。我双手做出掐雯雯脖子的样子，对她说："张雯雯，你什么情况？还最好的闺蜜？你今天不把事情说明白，后果自负！"

雯雯笑着说："这不是第一时间介绍你认识吗？张医生定居在巴黎，今天刚到，就介绍给你认识，还要咋地？"

我这才仔细观察了一下张医生，看样子不太年轻，怎么都得35岁以上了，但是身材保持得很好，中等个头，无奈雯雯是模特身材，所以两人站在一起时，感觉张医生比雯雯矮了大半个头。他长着一双细细的笑眼，高鼻梁上架着一副无框眼镜，皮肤很白，手指修长，刚才握手时就发现了。他穿了一件浅灰色的衬衫，后背上还搭了一件淡蓝色的羊绒衫，两条袖子在胸前随意打了个结，配了一条深灰色的直筒西裤。他比我想象中的医生要时髦许多。

"张医生和我们家雯雯是本家啊！"我对刚才的无礼略表歉意地笑了一下，继续说，"您住在巴黎？是回来休假？"

"不完全是，"张医生说，"我来开一个研讨会，顺便看看父母，尤其来看看她！"张医生深情地望着雯雯。

雯雯的脸红扑扑的，眼里盛满了微笑，对我说："今天我没做饭，张医生说他要露一手。"

我看了一眼张医生，听到他说："对对，叫我 Eric[①] 就好，叫我张医生，让我觉得好像还在上班。"张医生接过雯雯递来的围裙，对她说："你俩坐在旁边陪我聊天就行，不需要帮任何忙，我来做 spaghetti bolognese[②]。刚才买的甜品放冰箱了吧？还有那瓶香槟，打开吧，给我也来一杯。"

我看着雯雯问："张医生说的啥玩意儿？做帕瓦罗蒂还是波罗

[①] 法文名，埃里克。
[②] 法语，肉酱意大利面。

乃兹？"

雯雯笑着回答："你个土包子，人家说的是意大利面的一种，不过帕瓦罗蒂也是意大利人，多少沾点边。哈哈！"说着她从壁柜里取出三只我俩上周末逛街时买的高脚杯，现在想想，她可能早就知道会有这么一出，否则买啥高脚杯，我俩平时也不喝洋酒。

张医生打开香槟，和我俩碰了一下杯，喝了一口，就把自己的那杯香槟放在冰箱顶上，开始忙活。只见他熟练地把洋葱切成丝，番茄去皮，又从冰箱里取出一袋牛肉馅和一块干奶酪。地上的购物袋里装满了他买的各种东西：意大利面、橄榄油，还有许多我没见过的调料。

我拉着雯雯的手，示意她到卧室里接受我的审讯。雯雯笑着摇摇头。既然这样，就不要怪我不给情面了，张雯雯！我看着忙碌的张医生问雯雯："说吧，什么时候？咋认识的？别再扯什么'笔友'之类不靠谱的，咱节省点时间。"

雯雯的脸上洋溢着幸福，她开始向我坦白。

她和张医生是同乡，今年春节回家的时候，在高铁上偶遇的，两人当时相聊甚欢。张医生有三周的假期，听说雯雯一周后就要回北京上班了，他立马更改了原定计划，与雯雯同一班高铁回京；5月份的时候，又凑出了一周的假期来看雯雯。怪不得5月份我们演出时，我发现雯雯妆都没卸就跑了，还以为着急回家洗洗睡呢，原来约会去了。算起来两人交往也有半年多了。

我看着张医生走到冰箱旁边，拿起香槟喝了一口，随即又回到自己的"工作岗位"。我不出声音地张大口型问着雯雯："他多大了？"雯雯看懂了我的唇语，用手指比画了一个"三"，一个

"八"。好家伙，比雯雯整整大一轮。我用手使劲拍了一下自己的额头，夸张地做了一个吃惊的表情，正好被转过身来的张医生看到。他笑着问："什么事？这么大动静？"

雯雯尴尬地笑了笑，我抢着回答说："我太期待吃您做的帕瓦罗蒂波罗乃兹了，我们家雯雯真是太有福气了！"

张医生站在雯雯身旁，用手捋着雯雯耷拉在脸庞的一缕头发，说："不是，是我太有福气了！上辈子我肯定是做了什么天大的好事，这辈子老天爷才会把雯雯送到我眼前！她是我生命中全部的光！"

我心里想着，看看人家的表白，上次团里一个男生和我表白说："孟露，我觉得咱俩挺合适的，做我女朋友呗？"人和人的差距怎么这么大啊？不知道苏克有没有和谁表白过？他会说什么呢？我赶紧赶走脑子里这个不着边际的想法，拿起手机说："来，给你俩拍个合影发给乔莎和金子，金子下个月就来演出了，到时候你接受她俩的审讯吧！她俩可不像我这么温柔，张雯雯，你等着受酷刑吧！"

张医生一把把雯雯护在自己的臂膀里，说："冲我来吧，雯雯不可以受一丁点儿伤害！"

齁死算了！我看着幸福的雯雯，心里真替她高兴。

第二十二章　孟露——四张宝座

一个月后，金子坐在雯雯的高级樱桃木椅子上，盘问着正在往一锅红烧肉里下煮好的鹌鹑蛋的雯雯："你那个张医生那么大岁数，结过婚没？"

雯雯这四把高级椅子，真的成了我们四闺蜜聚会时的宝座。每次金子休假，或者演出回京，我们四个人都会抓紧一切时间在"雯大厨"这里聚会。只要第二天没有演出，我们一般都是聊到深夜，乔莎睡我的"官邸"，金子在雯雯的卧室还要聊到天明。

"结过，前妻是个法国人。"雯雯一边麻利地收拾着小操作台上的狼藉一边回答，"他让你们叫他 Eric，说叫张医生显得生分。"

"他休想！Eric 是我家'小美人鱼'的老公，他，或者任何人都不能冒充！"金子最钟爱的电影就是迪斯尼的动画片《小美人鱼》，这些年了，看了没有一百遍也有几十遍了。金子一边说一边把她的一条腿搭在我的腿上，另一条腿搭在乔莎的腿上。

怪不得外人一进我们屋子，看见的全是腿。别看我们在舞台上高贵优雅，平时我们是没有坐相的，只要能把腿伸直，绝不弯着，只要能把脚架起来，绝不沾地，除非是那些必须端着的公共场合。

"喂,"我叫着把金子的腿搬开,拉过雯雯那把暂时空着的椅子,把她的腿放上去,"就你的腿是金子做的吗? 咱这双腿现在也很值钱啊!"然后我也把自己的两条腿搭在了雯雯的椅子上,接着说:"张医生做的帕瓦罗蒂还是挺好吃的!"

乔莎抱着金子的另一条腿说:"玛丽莲你个'吃货',一顿帕瓦罗蒂就被收买啦? 一进门就提帕瓦罗蒂,说了起码三次了!"乔莎用手指比画了个"三",气愤地说:"下次必须带上我哈,让张医生多做点,我现在吃得多,先预定两碗帕瓦罗蒂!"

"你俩别打岔,"金子瞪了我们一眼说,"现在是审讯时间,我说头儿……"金子还一直沿用着我们在舞院时对雯雯的"尊称"。"我怎么那么不看好异地恋呢? 这楼上的都动不动就'爬长城',"她愤怒地指了指头顶上,接着说,"离这么老远,会不会时不时地去河里游泳啊?"

"Eric?"雯雯转过身,"他不会的,他不会游泳,哈哈哈!"边说边从冰箱里拿出了一瓶张医生上次给她带回来的伏特加酒,"我不爱喝酒的,但这个酒还挺好喝。"说完,自己先倒了一小杯,一饮而尽,然后接着说:"放心,我再也不会干上次那种蠢事了,为谁都不值!"

雯雯烧了一锅红烧肉,做了西红柿炒鸡蛋,白灼了一个我一口都没碰的、在学校吃伤了的西蓝花,乔莎用她妈给她寄过来的自制辣酱给我们做了四川口水鸡和麻婆豆腐,我们每个人都吃了两碗米饭,幸好明天没有演出,否则这顿吃完了,估计都得被 tutu 勒背过气去。 乔莎不上台更是肆无忌惮,不管瘦肉肥肉,一个劲儿地猛吃,这两年她确实圆润了一些。

吃完饭，乔莎羡慕地看着我们说："哎，想当年，我也是骷髅身材啊，如今成'杨贵妃'了！"

金子搂着她的肩膀假装带着哭腔说："你必须得杨贵妃，我们这些骷髅才好有个依靠！"随后又摸了一下肚子，吸了口气靠在椅背上，转向雯雯说："别说，头儿这高级椅子是真舒服，这把归我，一会儿我就把名字刻上，别人谁都不许坐，你家张医生也不例外。"

"我买的时候就想着这是咱四位'上神'的'坐骑'，不信你问玛丽莲。"只要我们四人聚会时，我就又变成了"玛丽莲"，估计只要有她们在，"玛丽莲"这个名字会跟我一辈子了。雯雯指着我说："她陪我买的，当时她还嫌贵，说买两把就行，给我和'爬长城'的用，她自带折叠板凳。幸好没听她的。"

我摇摇头说："你这个没良心的，我不是心疼你吗？花掉了整整一个月的工资就为了这四把椅子！"

金子站起身，说："来来来，为了我们头儿的仗义，干杯！"我们刚要举起杯，她又加了一句："我不管，反正这把椅子归我哈，千万别让'乔贵妃'给我坐塌了。"

"明天老子就开始猛吃，吃成个大胖子在你的椅子上蹦跶，不坐塌你的椅子誓不为人！"乔莎捶打着金子。

"'乔贵妃'你休想，臣妾要誓死捍卫'宝座'，死都得把它带走，一起追封！"金子与乔莎拉扯着说。

等她俩终于安静下来了，乔莎又举起酒杯说："来，为了我们的友谊干杯！"

"妈呀，还当老师的呢，这祝酒词，怎么那么俗啊？"雯雯说，"咱也别诌了，都不是那块料，以前玛丽莲还算是咱班的状元,如今除了 glissade、jeté、coupé、assemblé①也不会说啥别的了。"

"谁说的? 我现在就吟诗一首让你们开开眼!"我举起酒杯,摇头晃脑地说道,"桃花潭水深千尺,不及头儿送我们情! 干杯!"

---

① 法语,芭蕾术语,芭蕾舞几个基础小跳和连接动作的名称。

第二十三章　苏克——采灵人的眼泪

今年出了两件事，第一件是梅的灵魂返体了，第二件是随之而来的我的空魂年开始了。

梅"还魂日"的前两周，我们两人已经把她的所有东西全部搬到了她自己的公寓里。过去的十年，梅的公寓一直在出租，直到今年年初她才把自己的公寓收回来，重新装修，为的就是我俩都不愿提及的这一天。但是梅的"还魂日"还是到来了！

那一天，梅站在这套她既熟悉又陌生的公寓里，一直拉着我的衣袖，好像一松手自己就会走丢。我递给她一片"还魂片"，这是还魂时异灵主必须服用的，可以让他们进入深度睡眠。在睡眠中我们将归还他们的灵魂，等他们醒来，就会忘记有关采灵人的一切！

"等等，"梅抬起哭红的双眼看着我说，"我真的会什么都不记得吗？能不能给我保留一点点有关你的记忆？"

"不可以。"我无奈地回答，"有关我的一切你都会忘记，包括与我相关的人，比如孟露、许磊。但是你会记得其他发生在你身上的事情，比如你的写作，和你日益精进的厨艺。"我微笑着，试图缓解一下紧张的气氛。

"你知道,"梅继续说,"我其实特别喜欢照顾你,喜欢和你分享我的生活,也喜欢听你谈及你的过往,你已经像家人一样成为我的寄托,忘掉这一切,我真的,很难过……"

我用手指擦掉了梅脸颊上的泪,对她说:"没事的,我都记得,我会替我们两人记得。"我停顿了一下,接着说道:"有时间的话我会来看你,尽管那时你不知道我是谁。"这句话完全是为了安慰她,因为我不可能去看她,这样会违背我们的规定。

"你是不是永远都不会有朋友?"梅问道。

"是!"我回想了一下我过去50多年的人生,鉴于采灵人的规定,除了异灵主,我没有办法和常人走得太近,比如我的同事以及学生们,以免他们察觉我是采灵人的端倪。我想了想继续说:"也不是,我有朋友,就是你们,只不过每个朋友都有固定期限。"

梅的情绪稍微缓和了一些,她抬起头看着我说:"我很高兴能够成为你20年的朋友,够了。在我们常人的世界里,20年算老朋友了,你稍等我一下。"她去洗手间洗了把脸,重新走到我面前,犹豫了一下,从我手中接过"还魂片"吞了下去……

就这样,梅像我之前的异灵主洪波一样,永远地忘记了我。和上次不同的是,我失去了上次迎来空魂年的喜悦,反而觉得有些失落。上一次空魂年到来后我立即安排了环游世界的旅行,去瑞士滑雪,在巴黎的塞纳河边散步,听我喜欢的音乐家的演奏,去我喜欢的餐厅吃饭……充分享受了我宝贵的单身时光,但是现在,我站在空荡荡的客厅里,第一个愿望是吃梅做的那些不太好吃的食物。梅经常给我灌输的常人的爱的理念,让我第一次感觉到作为采灵人的孤独。对于梅来讲,她永远地忘记了一个她视如己出的孩子；而对于我来讲，我会永远记得我又一次失去了母亲。有时，记得会比忘记更痛；有时，患健忘症的常人会比记忆力超群的采灵人更加快乐！

我打开电脑，看到每个空魂年总部都会发来的内容基本一致的邮件：

恭喜你苏克，又迎来了一个空魂年！希望你今年能够为我们采灵人的繁衍做出贡献！如果同意造灵，请回函确认，我们将会把你的资料和照片发布在我们的官网上。得到你确认的同时，你也将收到今年同意造灵的所有处于空魂年的采灵女的资料、地址及联络方式。

请你慎重考虑，为我族的未来做出贡献！

我关上电脑，走进卧室，一头倒在床上，希望能够通过睡眠来赶走我第一次体会到的寂寞。凌晨时分，我又做了同样的梦，梦见面容模糊的妈妈清晰地说出让我不要太快长大。

早上我给孟露打了电话，告诉她到了检查她的能量的时间了。我们约在第二天，老时间，早晨5点30分，老地点，她的排练教室见面。

孟露走进教室的一瞬间，就看出了异样。"梅在哪里？"她四处搜寻着。清晨的光线突然刺得我的眼睛好痛。

"苏克，你怎么了？你的眼睛怎么好像……变了颜色？"孟露把我拉到镜子前的长条凳子上，让我面对窗外，仔细地观察着我的眼睛。"你原来的眼睛是漆黑的，今天怎么好像变浅了？"

我这才意识到在她询问我梅在哪里时，我忍不住哭泣了。我们采灵人没有眼泪，常人难过的时候会流泪，而我们流的，是眼睛的颜色。每到此时，我们的眼睛就会失去保护膜，即使一点点光线都会刺痛我们的瞳孔。

我示意孟露坐在我身边，和她说梅的合约到期了，她走了。说到这里，我知道我眼睛的颜色一定又浅了一度。孟露突然一把把我抱在她瘦小的臂膀里，说："你是在难过吗？你们也是有感情的，对不对？我一进门就发现你和平时不一样。"

我闭上疼痛难忍的双眼，一动不动地躲在孟露的怀抱中，仿佛这副小小的臂膀是我避风的港湾，难道这就是梅经常说的常人的亲情？

孟露拍打着我的后背说："别难过，你还有我呢。以后我陪着你，苏克，我喜欢你！"

我被这突如其来的表白搞得不知所措。虽然我能感到孟露在看我时，眼睛里经常会流露出爱慕，但我都会尽量装作视而不见。如今，躲在她瘦小的臂膀里的安逸，让我忘却了我们应该保持的分寸和距离。

"我没事，我们开始吧？"我强迫自己从孟露的手臂里抽出身体，接着对她说，"我会离开一段时间，但下个月的今天我一定赶回来给你输入能量。"

孟露失望地点了点头，我检查了孟露体内的能量运转情况，接着握住她的手腕、脚腕，给她输入了新的能量。一切操作完成后，我说："我不能喜欢你。"我迟疑了一下，接着说："你有空的话，我们一起吃个早餐，我解释给你听。"

我们在国家剧院旁边的早餐店吃着早餐，孟露一直低着眼皮听完我说的话，然后抬起头，把我装进了她那双清澈的大眼睛，问道："你说不能有身体接触，你给我输入能量的时候不是经常会抓住我的手腕或者脚腕吗？"

我回答道："皮肤表层的接触没有关系，我指的是更深一层的接触，我不可以把我身体的任何部位介入到你的体内，比如……"我解释到这儿，发现孟露的耳朵根像火一样红，随即她的双颊也变得绯红，像今天早晨的朝霞一样。她示意让我不要讲了，但是我还是说出了让所有采灵人都胆战心惊的四个字："法式接吻！"因为常人的唾液可以立即结束采灵人的生命，这是我们采灵人的软肋，所以总部有明确规定，在任何情况下都不可以向常人透露这一秘密。我当然也不会告诉孟露。

孟露突然松了口气，说："哦，接吻……"她的脸色恢复了正常，接着说："我明白了，你放心，我不会让你越界，因为我绝不希望你灵魂感染。毕竟，"她转过头，避开我的视线，"我们签过合约，你还要帮我完成我的梦想！能经常看见你，够了！我们可以当最好的朋友，放心吧！"

孟露的态度让我轻松了许多，回到家我把已经准备好的行囊又放了回去，突然哪里都不想去了。下周，孟露在国家剧院首次主演《吉赛尔》，我要去给她加油。她说了，能经常见面就够了！我打开电脑，点开总部的邮件，毫不犹豫地按下了删除键。

第二十四章　孟露——罪恶的根源

　　转眼间三年又过去了，自从苏克给我解释了不能喜欢我，准确地说是不能"介入"任何常人后，我反而觉得心理上得到了某种平衡。他一定觉得我满脑子龌龊想法，但任何正常的人听到他的那种说法，第一时间一定想到的是"做爱"，而不是什么"法式接吻"吧？他好像完全不了解我这个常人为什么在他提及"身体介入"时会面红耳赤，而当他提到"法式接吻"的时候，我感觉到他语气中带着以前我从未发现过的恐惧，我也很不解。唉，常人和采灵人实在是太不一样了。

　　我突然想起听完他那天的解释后，我问过他有没有采灵人女友。他对我说："还没有过！"不是没有，而是"还"没有"过"。因此，我得到了一个让我震惊的答案：身体年龄20多岁，而实际年龄50多岁的苏克从没"介入"过任何女人的身体，他还是个处男！这让我更加不介意他对我表白的拒绝，因为他没有喜欢过任何女人，他不是不喜欢我，而是不可以喜欢我！从那天起，我们的关系发生了变化，我们相处得反而更加自然。尽管让我忘记对他那种懵懵懂懂的感情可能还需要一些时间，但紧张的排练和演出已经让我无暇顾及其他。

苏克正在履行他的承诺，这三年，我在国际上有影响力的芭蕾舞大赛上屡次获奖。去年，我晋升为国家剧院芭蕾舞团的首席舞者，除了主演团里的所有剧目外，还开始接到国外舞团的邀请，我自己也感觉儿时的梦想正在逐渐实现。我对舞台的眷恋更是有增无减，只要登上舞台，我就会忘记一切，让剧中的角色鲜活出场。

这一个演出季刚刚结束，一月初，雯雯就动身去了法国，现在应该已经在法国的阿尔卑斯山上和她的张医生滑雪呢！他俩已经谈了三年的异地恋了，虽然刚开始，由于距离、年龄和成长背景的差距等原因，我们都觉得他俩长不了，但谁想到，距离产生美，这句话有一定的道理。三年后的他们依旧如胶似漆，张医生的嘴还是像抹了蜜一样的甜，时不时齁我一下子。他利用法国的所有假期来中国看雯雯，幸好法国的假期多得不像话；雯雯去年春节也去了一次法国，这次是她第二次和她的张医生在浪漫的国度团聚。

在这个寒冷的一月，团里破例给我们放了一周的假，正好赶上金子随团来国家剧院演出。昨晚我看了金子的最后一场《胡桃夹子》，约好了今天中午去学校看一下马上退休的田老师，然后一起逛街，晚上乔莎下了课也会加入我们大吃大喝。

金子在舞台上真的是"金子在发光"，进步非常大，她已经晋升为北方芭蕾舞团的首席，四个闺蜜中，反而是我俩现在全身心地投入到舞台上，更有共同语言。雯雯坠入爱河后，除了爱看法国电影，爱读法国文学，对探讨芭蕾完全不感兴趣。乔莎虽然早已成为舞蹈学院附中的骨干教师，但还在拼命进修，争取升到主任，所以也不喜欢加入我和金子对团里的演出和对变奏的"无聊"探讨。

"咱们去哪儿逛？还去西单？"从舞院出来后我问金子。

"我这个东北人哪儿知道啊？你定吧，我跟你走。"金子拉着我的胳膊回答。

我说："要不，咱俩去国贸吧，那儿新开了一片商区，带你看看高大上的地界，晚上我请客，请你和'乔主任'吃顿高级的。而且地铁也方便，现在北京可堵了，坐地铁吧。"

金子摇头晃脑地回答："头儿不在，跟玛丽莲走！"

我俩一边聊着北方芭蕾舞团和我们团《胡桃夹子》各自版本的优缺点，一边下到了地铁站台。今天是周一，又是刚过中午，地铁里难得的清净，我俩压低了声音，继续讨论着 Clara① 的变奏，金子轻声在我耳边说："马林那个版本我不太喜欢，一幕的变奏节奏太慢了，还是双人舞，你看过没？他们找了一个学校的小姑娘演，和二幕的不是一个人。"

我轻声回答："是啊，那个节奏简直了，愣是把小姑娘拖成了大妈的节奏，荷兰那一版的一幕也是小孩儿演的，还穿软鞋，不过起码节奏不拖沓，小孩儿灵一点就能驾驭……"

这时，我俩的"学术交流"被旁边一个高嗓门打电话的女人给打断了……

"喂，李姐，我马上到哈，我还在等地铁呢，这不是刚才那趟地铁没赶上嘛……"

---

① 克拉拉，芭蕾舞剧《胡桃夹子》的女主角。

打电话的女人看样子像个保姆，胖胖的身材，纹了两条深咖啡色的眉毛，厚厚的羽绒服外面挎着一个一看就是仿名牌的包。她推着一辆童车，童车里穿得滚圆的宝宝一边吃着安抚奶嘴，一边与自己千斤重的眼皮做着顽强的抗争。可能是为了让宝宝快点入睡，打电话的女人，把电话夹在那张胖脸和肩膀中间，一只手不停地摇晃着童车，另外一只手还在自己的包里翻找着什么。

我们听见她说："他妈给了打车钱，但打车多贵啊，还堵车，地铁更方便，还能把省下来的钱寄回家。对了，上次和你说的帮我攒打车票攒了吧？……太好了，过会儿我到了，就给我吧。"

"什么人呢？财迷也不能惦记给孩子打车的钱啊！"金子鄙视地低声说。我也气愤地摇摇头。

突然，从我们身边蹿出一个头戴棒球帽、脸上罩着口罩的年轻小伙子，一把就抽走了保姆夹在肩膀上的电话，扯下她肩上背的那个假包，撒腿就跑。保姆大叫一声："站住，抓小偷啊！"然后就不顾一切地追了过去。站台上所有人的目光都追随着大声喊叫的保姆和她身前的那个飞贼，还有几个人跟着追了过去。本来就空旷的车站，就剩下包括我和金子在内的四五个人只移动目光没挪动位置，也就没有人发现保姆一直在摇晃的童车，由于她在激动状态下的突然发力，飞速地向前冲了出去，直接跌入了地铁轨道。直到听见婴儿的哭声，我们才转过头，看到发生了什么……

我还处于惊愕状态，站台上另外两个人已经边喊边直奔远处正在努力抓小偷的保安。金子这时以芭蕾舞演员特有的轻盈矫健，一个箭步跳下站台，我正要跳下去帮她，她说："别，你在上边帮我拉这个车。"

我和站台上仅剩下的两个等车的乘客一起使劲往上拽童车的把手，金子在下边抬，但是童车的轮子死死地卡在地铁轨道里，我们使出了浑身的力气，试了几次，童车都纹丝不动。这时，我听到了世界上最恐怖的声音：列车逼近的轰鸣！我声嘶力竭地喊着："金子，快上来！"

金子好像听不见我的叫喊，努力试着解开绑住婴儿的安全带，但由于宝宝不停地挣扎，让金子本就异常紧张的戴着手套的手，完全没有用武之地。她急忙用嘴扯掉一只套在手上的手套，释放出灵活的手指，另一只手还在试图解开安全带。我和另外两名乘客在站台上茫然无措地看着金子用一只戴着手套的手和一只没有手套的手同时飞速地寻找着能够解开安全带搭扣的机会。轰轰的列车声越来越近，我绝望地叫着："金子，快上来，快上来。"虽然我想说别管了，但是看着啼哭的小宝宝，却怎么都说不出口。

当列车头进入我的视线时，金子终于解开了这条被上了诅咒的安全带，她把宝宝抱起来，转头看了一眼急速驶来的列车，我想她一定知道晚了，太晚了，她已经没有时间走到站台边，更别说还需要跳上站台才能安全。我使劲赶走脑子里的念头，立刻俯下身伸出手想要抓住金子的手，也许一切还来得及！金子摇着头，两行眼泪不自觉地从她的眼眶流出，她用尽全身的力气把宝宝抛给了我，同时喊出了她这一生最后的三个字："替我跳……"

飞驰过来的列车带走了双手还在空中做投抛动作的金子。我发誓，在列车头接触金子的一瞬间，一道金光照亮了整个站台……

我本能地，几乎用一个鱼跃接起金子抛过来的宝宝，然后立马站起身，顾不得被磕得钻心痛的膝盖和手臂，近乎疯癫地抱着宝宝追赶着列车头，一遍遍地喊叫着："金子，快上来，快回来……"

我迈开大步奔跑着，眼前浮现的是金子一只戴着手套和一只没有手套的手在空中的挥舞，耳边回荡着她最后喊出的那三个字："替我跳……替我跳……替我跳……"

泪水彻底遮挡住我的视线，但我顾不上擦，抱着婴儿继续跑，直到列车停下，我跑到列车头的位置，不顾一切地想跳下站台去寻找金子……

但是我被追赶过来的保安和乘客团团围住，所有人都拉着我，挡着我，让我无法前行。这时，那个保姆不知从何处蹿了出来，一把夺过我怀里的宝宝，微笑着说："谢谢啊，哎呀，谢天谢地，吓死我了！这要是出点事，我怎么和他妈交代……"

"出点事？"我吼着，还没等她说完，就做了这辈子从未想过自己会做的动作。我抬起手，用尽浑身力气扇了她一个结结实实的耳光。

"你干吗？我不是说谢谢了吗？神经病吧？"保姆被我扇得晕头晕脑，眼泪汪汪地向旁边的人控诉着我的"罪行"，"我也是受害者啊，那个小偷才是坏人，干吗打我啊？幸好保安已经把小偷抓起来了，我还得让他赔偿我精神损失呢！对不对？"

站台上没有任何人搭理她的这一串独白，都用同情的眼神看着我，我用我这辈子用过的最狠毒的目光瞪着这个灵魂肮脏的保姆，双手抓住她的肩膀拼命地摇晃着，用已经喊哑了的嗓门怒吼着："你还我的金子，把金子还给我！"

宝宝在保姆怀里大声地啼哭起来，我不得不松开了抓着保姆肩膀的手。保姆卑微地说了一句:"金子? 宝宝的妈妈有钱,你要多少克,我和她说,她一定会给你。"

　　我鄙视地看着她,她不值得我再多说一句话! 此时我突然特别理解采灵人为什么从不碰和钱财有关的梦想,它是一切罪恶的根源!

第二十五章　苏克——最美的照片

　　我在梦中被一阵急促的敲门声惊醒。自从我和孟露坦诚相待后，我的睡眠就开始恢复正常，常人的生物钟不再打扰我，我也不再会每天早上5点30分就起床弹琴。我看了一眼床头柜上的闹钟，才6点30分，我套上一件卫衣，穿着短裤打开了房门，看见许磊站在门外，我吃惊地看着他。

　　自从梅走了以后，我就很少去她原来的，也就是现在许磊的房间，估计那个小套房已经成为他的植物实验室了。除非必要我们才会碰面，比如我去给孟露检查能量，或者出诊等。许磊也很少出来，更不会来我的房间。我俩一般都是各自叫不同的外卖，送到各自的房间，梅精心布置过的大客厅兼餐厅几乎就没用过。

　　"孟露来了，在客厅坐着，她，好像……不太对……"许磊紧张地指着外面说。

　　我随手抓起一条裤子套上，走出房门，看见孟露穿着羽绒服，戴着帽子和手套，抱着一件套在服装防尘袋里的衣服，肩膀上还背着她的大包，纹丝不动地坐在沙发上，又红又肿的大眼睛呆呆地看着前方。看见我来了，她抱紧了衣服说："不好意思，这么早打扰你们。我，有件事求你们，你，苏克，你不是什么都会吗？是不是也学过摄影？拍照？就是能把衣服拍得特别好看的那种。"

我点点头，不解地看着她。孟露接着说："我想穿上这条裙子，你帮我拍一张照片，要显得这条裙子特别好看！"说到这里，孟露的眼泪涌了出来，她一边用手擦一边说："不好意思，我，对不起……"

我递给许磊一个眼神，他会意地走到餐桌那里，拿了一盒纸巾递给了孟露。孟露接过来，谢过他，又转向我问："可以吗？我还需要打印两张出来，后天就需要。"

我从她的肩膀上取下那个大包交给许磊，摘掉她的毛线帽子，又拍着她的后背，轻声地对她说："可以拍，也可以打印照片，但是如果你想要拍出比较美的大片，我还需要借一些灯光，或者我们去影棚拍？"

"我不想去影棚，影棚会有好多人，闹不好还会有小宝宝哭。"孟露又开始流泪，这次她哭出了声。我情不自禁地将她搂在怀里，安抚道："好，那就在这里拍，许磊可以帮我打灯，那我们晚一点拍行吗？我来借灯。"

孟露点着头，继续擦着流不完的眼泪。许磊不知所措地说："要不，我点个早餐？我们边吃边聊？"

我指了指孟露抱在怀里的衣服，示意让许磊拿走。许磊刚触碰到那个服装袋，孟露立刻抱得更紧了，用充满敌意的眼神盯着许磊。许磊立刻抽回双手求救般地看着我。我轻声对孟露说："孟露，这是一条裙子吧？抱这么紧，服装会皱的，穿上可不好看。"

孟露这才一点点松开手，我慢慢地从她怀里抽出了那个服装袋，交给许磊，说："先挂起来吧，如果皱了，我来熨烫。"然后我替孟露解开羽绒服的拉链，摘掉她的手套，拍着孟露的肩膀说："我们先一起吃点东西，然后等租赁灯光的公司上班了，我就给他们打电话。以前给琴房拍宣传片的时候我租用过，他们离得不远，应该来得及，别担心。"

许磊说："要不我去旁边的早餐店买点吃的吧，更快。"

孟露抬起挂满泪花的眼睛看看他又看看我，说："我去吧，你不是不能离开苏克？"

我摇摇头说："没事，暂时性的十几分钟，或者半个小时都没事，况且早餐店很近的，就在楼下。原来梅每天都出去买早餐，早餐是她唯一不喜欢做的饭。"随着我的苦笑，孟露点点头。许磊已经穿好大衣，拿起手机走了出去。

我帮孟露脱掉羽绒服，把她领进我的洗手间，打开水龙头，递给她一条新的毛巾。她顺从地接过来，说："我自己来吧，我可以。"

我刚要关上洗手间的门，听见孟露说："苏克，别走，就在外面陪着我可以吗？"

我回答："当然可以。"

孟露打开洗手间的门，说："就这样，我能看见你。"

我看着用冷水拼命地冲洗面庞的孟露，虽然心里有无数的问号，还是决定什么都不问。等她冷静下来，愿意说的话，她自己会告诉我的。

我拉着稍稍冷静了一些的孟露走出我的房间，把她领到餐桌旁让她坐下，又从冰箱里取出一个冰袋交给她："用这个冰敷一下眼睛，要不一会儿拍出来，套上一件红裙子就是大锦鲤。"孟露脸上闪现了一丝瞬间即逝的微笑，接过了我递给她的冰袋。

我们吃过早餐，连许磊都没有立即回他的"实验室"钻研，而是坐在餐桌旁，等着孟露开口。孟露深吸了一口气，说："金子，就是我舞院的闺蜜。"我冲她点点头，这么些年，孟露经常会提及她的三个闺蜜，对于她们的名字我太熟悉了。此时孟露突然哽咽着说："她被列车头给带走了……"

我和许磊都吃惊地看着孟露，客厅里所有的气息都凝固了，等着她继续说下去。孟露重复着："她，她被列车头给带走了，我，我站在站台上什么也做不了，我看着她被带走，我看着她……"孟露已经泣不成声，我和许磊无助地坐在她身旁，看着她，直到她平静下来，给我们讲述了何金梓惊心动魄的壮举！讲述中，由于哽噎，孟露不得不停下来数次，每次都是许磊抽出纸巾递给她。我第一次看到许磊的眼眶里也浸满眼泪，上次在山上他摔下去，脚踝肿成面包，都没见他掉过一滴眼泪。

当孟露讲到金子的遗言"替我跳……"的时候，我感到我的眼睛被光刺得好痛。孟露抬起一直低垂的眼帘看着我，我知道她肯定看到了我眼睛颜色的变化，才缓缓地松开了她一直抓着的我的手。

"这条裙子，"孟露指了指挂在客厅里的那件她带来的衣服，"是金子去北方芭蕾舞团的前一天送给我的，她让我穿上它的那一天一定要拍一张照片寄给她！"孟露缓步走到挂着的裙子前面，用手抚摸着那个服装袋，转过身说："所以，苏克，请你一定要把这条裙子拍得好看点。可以吗？我要'捎'给在那边的金子，她收到了一定会说：看，我多有品位啊！"

我点着头，觉得光线又开始刺痛我的眼睛。许磊腾地一下站起来，喊道："那个该死的保姆呢？那个小偷呢？"

孟露又开始抚摸着那个服装袋，平复了一下心绪，说："保姆，我再也不想知道有关她的任何消息；那个小偷，我和乔莎去拘留所见过他一面。乔莎还准备了一个红包，想学电影里那样贿赂一下看守，如果可以，把那个小偷拳打脚踢一顿，实在不让打，就大骂一顿。"孟露转过身，面向我们继续说："但是，我们看到的是一个未成年的、十五六岁的孩子，蜷在角落里一直哭，还不停念叨着'姐姐，对不起，姐姐，我没想到会害死你，请你原谅我'，我们什么也没说就走了。"

我看着孟露，第一次体会到常人的"原谅"需要多大的勇气！

我租了比实际需要的灯光多出一倍的灯，手把手地教许磊如何安装和操作。我们把沙发和餐桌全部移开，只留下地上的一块米色的真丝地毯，给壁炉前面的客厅腾出了最大的空间。许磊一丝不苟地按照我要求的位置，安装摆放了我需要的灯。等我们准备就绪，孟露从我的房间走了出来，她美得令人窒息，我和许磊都目不转睛地盯着她：那条裙子是一件黑色真丝提花的抹胸版高定礼服，合体和低胸的剪裁完美地衬托出孟露的胸部轮廓，仿佛是为她量身定制的，刚刚盖住膝盖的大摆裙，内衬了几层网纱，更突显出她那盈盈一握的细腰。为了遮掩哭红的眼眶和黑眼圈，孟露化了一个比日常妆重一度的烟熏妆，和她丰满的双唇相互衬托，简直是美艳绝伦！

"我忘带高跟鞋了，所以只能光脚了。"孟露略带羞涩地说，"行吗？我有一张我特别喜欢的玛丽莲·梦露在舞蹈教室拍的海报，她就是光脚穿礼服的。"

"我看过你说的那组照片。"我终于缓过神来，假装随意地说，"是不是她穿一条白色的衬着网纱的礼服裙，在把杆前面拍的那组？你今天的裙子和她那条很像，就是颜色不同。"

"对对，我有一张，金子也特别喜欢，我那个'玛丽莲'的外号就是因为我把这张海报贴在了宿舍墙上才得来的。"孟露脸上露出了久违的微笑，低下头看了看她涂着红色指甲油的脚趾，"正好指甲油也是同款。"

我发现孟露的右腿膝盖红肿，右臂的肘关节也有一处乌青，估计是扑出去救孩子时留下的。我心想，幸好是冬天穿的比较厚，否则一定会擦破流血。孟露随着我的眼神看了一下自己的膝盖说："没事，不疼，这里更疼！"她指了指自己的心口，接着说："对了，能把我的伤修掉吧？我不想让金子在那边还替我担心！"

我点点头，让孟露站在壁炉前，随意摆她想要的姿势，我直接抓拍。她递给我一个 U 盘说："这里面是金子最喜欢的歌，能放一下吗？要不，这么摆拍，我还挺紧张。"我接过 U 盘，插到我连好音响的笔记本电脑上，客厅里立即响起了 The Little Mermaid[①] 的金曲 Part of Your World[②]。

没有鞋子的束缚，加上这条能够解放双腿的大摆裙，孟露仿佛化身为小美人鱼，在空旷的客厅里，尽情地展示着她专业芭蕾舞演员的功底。从摆拍到开始舞动手臂，再到忘情地翩翩起舞，我不停地按动着快门，直到最后一个音符消失，她才一屁股坐在壁炉前面的地毯上，高耸的胸脯随着她急促的喘息一起一伏。她伸直双腿，双手撑在身后，转过微笑中点缀着汗水和眼泪的脸，死死地盯着我的镜头，说："金子，你能看到吗，我在替你跳！我会一直替你跳，直到我跳不动为止！"

我最后一次按动了快门，拍下了这张我此生最得意的作品。

[①] 英语，迪士尼动画片《小美人鱼》。
[②] 英语，《你世界中的一员》。

第二十六章　孟露——金光闪烁

每次苏克按动快门，我都能看到一道金光闪烁。我知道一定是金子在陪着我，所以我一直不停地跳，生怕一旦停下来，就看不到金子了。这么做最大的问题就是当苏克把所有照片导入到他的电脑，让我选择的时候，我完全失去了审美标准，束手无策。我毫不犹豫地把这个艰巨的任务交给了苏克，让他替我挑选"捎"给金子的照片。

金子被地铁列车带走的第五天，她的家人在北京陵园举办了遗体告别仪式和追悼会。到场的除了北方芭蕾舞团的领导，还有他们团的所有演员。金子的人缘本来就好，加上领导对她"英雄事迹"的大肆宣传，北京甚至外省的各大媒体的记者也到场了，现场异常拥挤。这两天何金梓的热度如日中天，媒体版面被"芭蕾女英雄""北方芭蕾舞团首席舍身救宝宝""英雄何金梓一路走好""北方芭蕾明星何金梓辉煌的一生"等标题所占领，金子生前一定没想到她最辉煌的时刻不是在舞台上……

金子的家人、被救婴儿的父母和团领导们被安排在第一排。雯雯为了参加追悼会，昨天晚上也赶回了北京。本来我也被安排在第一排，但是我拒绝了，我的位置必须是和雯雯、乔莎在一起。

首先是领导讲话，致悼词，随后是婴儿母亲声泪俱下的感谢，最后是仿佛一下子老了十岁的金子的爸爸，他驼着背走到话筒前面，清了清嗓子，说："首先感谢各位领导、看着金梓长大的叔叔阿姨们，以及她的同事、同学、朋友们，来参加我女儿何金梓的追悼会。金梓是我们唯一的女儿，她做了一件她认为对的，也是应该做的事情，我不想多说什么，也不想追忆她生前的故事和什么事迹，因为有许多回忆我和她妈妈只想留给我们自己。请原谅我们的自私，我们也不接受任何采访，还请媒体朋友们给我们和女儿留下最后的清净，谢谢大家！"他转身走下台，将他佝偻的肩膀留给了无声哭泣的金子的妈妈……

遗体告别仪式开始了，乔莎已经哭得走不动路，我和雯雯不得不一边一个搀着她，艰难地走到金子遗体前。化妆师们的工作完成得非常出色，美丽的金子安详地躺在那里，一点儿也不像已经离开了这个世界，更像睡美人，只要王子深情一吻，她就会睁开眼睛。

按照规定，我们不能在遗体上放置任何东西，但是乔莎还是把自己脖子上的羊绒围巾摘下来搭在金子的身上，哽咽着说："你最怕……冷了，这个特别暖……和，你带……上……"然后乔莎又摘下一只自己的手套放在了羊绒围巾旁边，继续哽咽着说："听说你走的时候只戴了……一只手套，别怕……我给你补上……"工作人员刚要上前阻止，金子的爸爸拦住了他们，金子的妈妈也冲我们点了点头。乔莎看了金子最后一眼，就哭得晕了过去，幸好后面跟上来的孙天霖帮了一把，我们三个人一起把乔莎抬到门外的台阶上坐下。

等到乔莎恢复了意识，我对她说："我和雯雯还有东西'捎'

给金子，要不你在这里歇会儿等我们？或者让老孙先送你回学校？"我看了一眼孙天霖。

"开什么玩笑？我就是爬，也要和你俩一起去。"乔莎固执地回答。

陵园不允许烧东西，还是乔莎打听好了，只要给在陵园旁边的花店老板塞一个红包，他可以帮我们给逝者"捎"东西。雯雯跟着孙天霖到车里取她要"捎"的东西，我从包里拿出了一打照片，说好了挑个两三张打印出来，结果苏克快递给了我二十几张，每一张都把我的伤修得干干净净，我也就不挑了，都给金子"捎"过去，让她挑。

我们和花店老板等了好久也不见雯雯回来。乔莎可能刚才哭得太厉害，累得有点儿站不住，说："我的东西就是那条围巾和那只手套，已经让金子戴着走了，我也放心了。头儿拿什么东西这么半天？"

"我也不知道，早上我出来时，她和孙天霖已经在车里等我了。"我正说着，看到雯雯满头大汗地拖着一个超大的编织袋走了过来。我赶紧跑过去帮忙，看了看她身后，问："老孙这个家伙也不帮个忙啊？不像话！"

"是我没让他跟过来，给金子'捎'东西还是就咱仨吧。"她看了一眼花店老板，抱歉地说，"对不住，等半天了吧？咱走？"

花店老板带着我们来到陵园的后门，那里摆放着一个个巨大的废弃了的汽油桶："就在这里烧。"他拿出打火机，点燃了我们刚买的一些纸钱，直接扔进其中一个桶里，接着说："把你们要'捎'的东西给我吧。"

我把那一打照片递给他，他嘴里念叨着："何金梓，你的朋友们给你'捎'东西来了，你收好哈……"然后一张张地往桶里扔着照片。

雯雯打开那个编织袋，里面放着一张被"解剖"得七零八碎的樱桃木椅子，说："刚才就是锯这个家伙耽误了时间，老孙问他一个朋友借了把电锯，我俩找了块空地锯……"话才说了一半，雯雯突然哽咽着说不出话。从昨天晚上回京，到今天的追悼会，我都没有看到雯雯流泪。为了安慰我和乔莎，我们的头儿，一直在努力克制着，直到现在。

我和乔莎同时上前紧紧地抱住雯雯。看着花店老板把这把贵重椅子的"残骸"一块一块地丢进汽油桶里，乔莎认真地问："不知道金子能不能收到我们'捎'的东西？"这个问题既像是问我们，又像是问老天。

"能！"花店老板肯定地回答道，"你们看，这火烧得多旺。你们的朋友收到你们给她'捎'的东西，正在笑呢！"

第二十七章　孟露——孤独的"宝座"

今天是金子的周年祭日，30岁的雯雯、乔莎和我去陵园看完她，就一起回到雯雯的"开放式厨房"。雯雯不知使用了什么"法术"，不到一个小时，就变出了四菜一汤。她家张医生酷爱红酒，每次回国都带两瓶法国红酒，雯雯还会去北京的法国食品超市再给他买两箱红酒。为了伺候这些酒，雯雯还特意买了一个小恒温酒柜。

雯雯从酒柜里取出一瓶看着就价格不菲的红酒，熟练地打开瓶塞，给我们各自倒了一杯，然后举起杯说："这第一杯，当然是要敬咱们在那边发光的金子。咱也不兴什么往地上洒了，替她喝了吧！"

"要得！"乔莎说，"金子也一定不会同意把这么好的酒洒一地。金子，看，我们替你喝酒呢！"

我们都喝了一口，刚要动筷子，雯雯又举起酒杯说："这第二杯，敬我自己，我要走了，辞职信昨天已经交给团长了，下个月我就去法国了。Eric向我求婚了！"

我和乔莎被这突如其来的新闻震惊了！呆了不知多久，才同时抛出了一串问题。

我："你不跳了？才30岁就挂靴了？去法国跳？"

乔莎："结婚？马上？婚礼在哪里办？"

雯雯脸上挂着一丝装出来的懊恼，看着我们说："喂！我现在最应该听到的是你俩的祝福吧？"

我俩突然缓过神来，一起扑向雯雯，把她抱起来，喊着："恭喜恭喜，真受不了你这惊喜，糊涂了！"由于乔莎比我矮很多，所以当我们一人抱着雯雯的一条腿，把她抬起来时，雯雯高大的身躯在空中倾斜得很厉害。她笑着喊道："快放我下来，好久没跳过三人舞了，你俩这业余托举我受不住。"

之后的一个月，除了我和乔莎，我们舞院的同学、团里的同事都排着队请雯雯吃饭给她践行，每次雯雯也都拉上我和乔莎作陪。雯雯临行前一天，我和乔莎请她去了一家超级昂贵的川菜私厨，雯雯哭得稀里哗啦地对我说："咱'四小天鹅'，现在只有你一个人还在舞台上，我们所有人儿时的梦想都靠你一个人完成了，玛丽莲，我看好你，加油啊！"

"喂！今天是我和玛丽莲吐血请你吃的大餐，能不喊口号吗，头儿？除了月底信用卡还款的压力，就别给玛丽莲施别的压力了，行吗？"乔莎一边给自己添酒一边说。

我心里更是五味杂陈，百感交集，只能频频举杯，耳边又回荡起金子的遗言："替我跳……"自从金子走的那一日起，我就更加勤勉努力，除了吃饭、睡觉，几乎都泡在教室和舞台上。当然，功夫不负有心人，除了能力有所提高，我对人物的刻画也更加细腻，连团长都称赞我的角色有了灵魂。本想着和雯雯一起在国家剧院的舞台上替金子发光，但是她的决定让我感到特别失落。虽然我很为她高兴，找到了自己的另一半，但是同时，又有一种被

"遗弃"了的感觉。想到这里，我的泪水竟然溢出了眼眶。

乔莎赶紧递给我一张纸巾说："你看，你看，都是头儿说的，把玛丽莲说伤心了！"

雯雯把手搭在我肩膀上说："对不起，对不起，不说了，咱不说跳舞的事儿了！"

我抱着雯雯哭着说："不是我不想跳，是我不想只剩我一个人！"

雯雯和乔莎都搂着我，雯雯说："你不是一个人，除了舞台上的小伙伴，你还有舞台下的我们！"

乔莎也接着说："是啊，玛丽莲，我们会一直和你在一起，虽然不在舞台上，但是我们会一直在台下给你加油、鼓劲，金子的遗言再加一个字——'替我们跳'！"

我和乔莎都拒绝去机场送雯雯，她也不让我们去，因为我们都知道这种离别肯定会让我们又忍不住哭的。雯雯临行的头一天，她把家里所有的家具和电器都搬了上来，包括那个新买的小酒柜。她应该是希望我的小门厅成为我和乔莎的"小厨房"吧？可惜她高估了我的厨艺。那天晚上，雯雯睡在了我的房间，因为第二天还要上班，我没有喝酒，只能看着雯雯喝着她库存的红酒。喝到脸颊泛红的时候，她说："你知道吗玛丽莲，其实我对芭蕾的热爱一点儿不比你少。舞台，是我魂牵梦绕的地方！"

我赶紧抓着她的手说："那要不别走了吧？再跳两年，咱俩一起，我去和团长说，取回你的辞职信！"

雯雯摇了摇头，说："但是，Eric 需要我，我一直犹豫不决，金子的离开让我下定了决心。我们的世界不仅仅是那一小块裹着地胶的长方形，我的心告诉我，Eric 的世界是我更应该去的地方！"

　　第二天一早雯雯就走了，没有叫醒我。所有的家当，她只带走了一把樱桃木的椅子，另外两把，一把在乔莎的办公室，一把在我的小门厅，孤独地立在那里。

第二十八章　苏克——有温度的惊喜

自从孟露的闺蜜张雯雯去了法国以后，她仿佛一下子成熟了许多。在专业方面，她的技术技巧、核心力量保持得非常稳定，而且我发现她在舞台上，已经可以赋予人物生命；在生活上，她也一下子变成了一个更加善解人意、不再那么自我的大人。

可能是因为张雯雯走了，她会经常抽空到我这里来，以听我弹琴为由，请我们吃饭。虽然她从不下厨，点的都是外卖，但是我们的大客厅兼餐厅终于又恢复了作用。自从上次在客厅拍摄后，她和许磊也不再那么生分了，许磊竟然开始看一些芭蕾舞的视频，孟露也开始愿意了解一些芭蕾以外的世界。许磊还邀请孟露去他小套房里的"植物园"参观。连我也只进去过一次。久而久之，我们也开始习惯了孟露的"访问"，甚至开始期待那一天的到来。我逐渐将"禁止与异灵主在助灵期内发生工作以外的接触"这一条规定从我的脑海中删除。

那天，孟露邀请我和许磊去看她首演的 John Neumeier[①] 版的《茶花女》。相比于其他的古典芭蕾舞剧，《茶花女》更多的是对人物复杂情绪的表达，尤其是约翰·诺伊梅尔版的《茶花女》，没

[①] 美国芭蕾舞男演员、著名芭蕾舞编导约翰·诺伊梅尔。

有太多华丽的舞美，肖邦的音乐虽然细腻，但不像柴可夫斯基的那样大起大落，加上很多变奏都非常具有挑战性，如果舞蹈演员只是跳舞，而没有展示人物的精髓，就很容易让观众看得昏昏欲睡。

我和许磊刚刚入座，一个熟悉的身影突然进入我们的视线，是梅！她和身旁的一位比她年轻很多的男生寒暄着，径直走到了我身边落座，还礼貌性地向我们点了点头。我和许磊却都很没有礼貌地、目不转睛地盯着完全不认识我们的梅，看得梅有些不知所措。直到我感到口袋里的手机在振动，才移开目光，原来是孟露发来的短信："我给你的惊喜，喜不喜欢？"我刚要回复，孟露又发来一条："昨天她和我舞院的一个朋友来团里找我，为她的下一部小说做调研，我就顺带请她们来看演出。马上开始了，演完一起吃夜宵，我都约好了。"我顺手发了一个："Break a leg！"①然后关了机。

孟露的 Marguerite② 虽然还略显稚嫩，毕竟她还太年轻，但是基本把握住了这个复杂人物的性格，没有太生硬地展示舞技，而是把一个善良的交际花的人生悲剧，没有太多浮夸地展示给观众。

我和许磊站在后台门口，揉搓着由于长时间鼓掌而红肿的手掌等着孟露卸妆，梅和她的年轻朋友也走了过来。我主动伸出了手，说："你好，梅女士，我是苏克，这位是许磊，我们都是孟露的朋友。"

梅凝视着我的眼睛，若有所思地回答："你好……你的眼睛颜色好深啊，我好像也认识一个人，他的眼睛……"梅不好意思地收

---

① 英语,祝你好运。
②《茶花女》中的女主人公玛丽格特。

回了目光，说："抱歉，抱歉，唐突了，这位是顾燕云，小顾是孟露小姐的同学和朋友，他介绍我认识的孟小姐。"梅回过头指了指她身后的那位男生，接着说："我的下一部长篇小说是关于芭蕾舞演员的，昨天请孟小姐做了个调研，所以今天我请客，很高兴认识孟小姐其他的朋友。"

这时，孟露背着她的大包，捧着一大束花，撇着八字脚走了出来。还没等我们说完祝贺的话，孟露就毫不犹豫地把包甩给了我，打趣道："谢谢！谢谢！但今天的行头能否请大师帮我背一下？《茶花女》真的是不仅考验体力，而且费神！还有，烦请您最近请肖邦大师休息一下，别弹他的作品了，我现在一听肖邦就想哭！"

孟露假装做了一个擦眼泪的动作，随后又笑嘻嘻地转向梅，介绍道："苏克是我认识的最棒的、大师级的钢琴家！许磊是一位植物学博士，在他们专业领域发表了好多论文呢，也是大咖。"孟露冲我俩做了个鬼脸，我们也会意地递给梅一个微笑。

梅在剧院旁边的一家火锅餐厅订了一个包间，虽然不是很高档，但是离剧院很近。热气腾腾的火锅，迫使许磊好几次摘下眼镜擦拭上面的雾气。

"咦？"孟露夸张地喊道，"许博士，您这双丹凤眼还挺迷人的呢！"

许磊红着脸答道："什么丹凤眼，别瞎说。"然后又转向我笑着说："苏克，你给孟露恶补一下为什么吃火锅不能戴眼镜的科学常识吧！"

许磊虽然不像梅那样照顾我，也没有梅的幽默和善谈，但是只要我需要，他都会尽他所能地帮助我。我以往出诊时，会把梅安排在护士站后面的那间小办公室，梅会一直待在里面工作，直到我下班。而许磊，可能是因为他最近一直钻研的植物药理课题，对我的工作特别感兴趣。我通过院长特批，给许磊要了一件工作服。我每次出诊的时候，他都会饶有兴趣地像听课一样坐在我身旁，听我给病人讲病理，看我开药，有时我出诊到很晚，他也从无怨言，甚至还会去医院的自助饮料机帮我买一杯咖啡，然后默默地递给我，仿佛能随时洞察我的需要。和我一样，他话不多，但每一句都能说出我心里所想。久而久之，我们处成了知己。

梅仿佛没有听见我们之间的对话，时不时地盯着我的眼睛看。她在饭桌上不停地照顾着我们所有人，让我们吃这吃那，尤其是对身旁的顾燕云，更是像照顾孩子一样，不，是像照顾曾经的我一样，帮他涮，帮他夹。而小顾显得有些不自然，估计他还没有适应梅随时释放的"母爱"。

席间我问梅为什么会选择芭蕾题材作为她下一部小说的主题，梅回答："这个，我真的说不清，就是突如其来的一个想法。你们说奇怪不奇怪？我从来没有接触过芭蕾舞演员，但是当我动笔的时候，却仿佛特别熟悉，尤其是描述芭蕾舞女演员时，我好像对她们的生活了如指掌。"

我和许磊、孟露都会意地笑了笑，没有说话。梅又接着问孟露："孟小姐，昨天你和我讲了为什么选择这个行业。我还想了解一下你作为专业演员这些年，对芭蕾的概念，或者说'感觉'有没有什么变化？"

孟露思考了一下，说："当然有，在学校的时候，我们都还是孩子，对芭蕾的定义仅限于我能转几个圈、能抬多高的腿、能把动作做得多标准。那时的我们，昂首挺胸，只想告诉人们我们将成为世界上最美的芭蕾舞演员！现在想想，那时的高贵和傲气不过都是装出来的，对芭蕾的理解仅限表面。舞台是让我真正脱胎换骨的地方，我发现它可以让我把芭蕾真正的美融入血液中。这种美不只是人们想象中，芭蕾舞演员应有的身材、气质以及漂亮的裙子，更是借助音乐、舞美、灯光、'服化道'等，把一个人的故事通过我自己的芭蕾语汇讲给观众听。比如今天的《茶花女》，约翰·诺伊梅尔真不愧是大师级的编导，他竟然想到运用《曼侬》的故事来做戏中戏，让'玛格丽特'从一开始就感觉到她会和同样为交际花的'曼侬'有同样的命运和结局，这也让我在饰演玛格丽特时能够有更多的发挥空间，比如人物性格之间、现实与虚幻之间的转换。我尤其喜欢'玛格丽特'与'曼侬'共舞的那几段，'曼侬'是舞剧中的人物，'玛格丽特'是现实中人，虽然有相同的动作，但我们尽量通过我们各自的芭蕾语汇表达出不同的含义。这个非常难，不能只是在跳舞。但是相比之下，我本人其实更喜欢英国皇家芭蕾舞团的镇团之宝——麦克米伦的《曼侬》[1]，就是今天《茶花女》戏中戏里的那个'戏'，您这个大作家肯定知道《曼侬·莱斯科》的故事吧？"

梅正在她的小本子上迅速地做着笔记，她点了点头，示意孟露继续说下去。

孟露接着说："我第一次看《曼侬》的时候，激动得浑身战栗，真的，一点儿也不夸张。那段'卧室双人舞'把马斯奈[2]音乐里面的抒情发挥到了极致。还有最后一幕，曼侬的头发被剃，

---

[1] 英国皇家芭蕾舞团肯尼斯·麦克米伦创作的芭蕾舞剧。故事讲述了一个叫"曼侬"的姑娘在爱情与金钱中做出了错误的选择，最终自食其果被流放，在逃亡的路上气绝身亡。

[2] Jules Massenet，法国作曲家。

穿着破烂的裙子，卸掉了脸上的浓妆，有些演员甚至还会把脸涂抹出一块块的黑渍，并不是人们想象中的芭蕾之美。但是，观众的情绪会随着音乐的起伏、剧情的突转和演员的表演，在这时被推上高潮。那一刻的芭蕾，对我来讲才是真正的美！"

孟露喝了一口玉米汁，自言自语："不知我有没有机会跳《曼侬》？这可能是所有芭蕾舞演员都想征服的角色吧？如果有机会，哪怕只演一场，我也无憾了！"

我们都很安静地听完孟露的陈述。我第一次发现，孟露对芭蕾如此之爱，真可谓"爱之入骨"！我默默地想：我一定不会让孟露在舞台上留有遗憾！

梅写完笔记，不好意思地看着我们说："不好意思，打扰各位了，工作到此为止，到此为止！赶紧吃吧！"

梅又开始让我们大口吃肉，然后不停地打量我。终于，她的好奇心战胜了礼节，说："苏先生，您给我一种特别熟悉的感觉，但我肯定这是我们第一次见面，否则我一定会记得的。"

我笑着回答道："我也是，可能是缘分使然吧，认识您真的很高兴！"

坐在我身旁的孟露，举起手中盛着玉米汁的杯子说："来来来，为了缘分干杯！"但是她碰杯太用力了，一个不小心，玉米汁溅到我的袖子上。

"呀，对不起苏克！"孟露向我道歉的同时，梅立即跑了过来，拿着餐桌上配置的擦手毛巾，仔细地擦拭着我的袖子，然后她自然地拉起我的手，带我走到了旁边的洗手间，把毛巾冲洗干净后，一点一点地清理着袖子上残留的玉米汁。这一举一动都是那么熟悉、自然，每擦拭一次，我都觉得有一股暖流涌入我冰冷的心房。我用感激的目光看着她，顺从地任由她摆布。

"好啦！这下彻底干净了。"梅满意地看着我的袖子，拉着我回到桌前，笑着说，"你们吃不饱吧？来点主食？烧饼还是饺子？他家的烧饼还是不错的，但是饺子一般，不如我包的好吃。"

我脱口而出："梅式速冻饺子！"

梅诧异地看着我，笑着说："对，我经常一次性包好多，然后冻起来，苏先生怎么知道？"

我尴尬地不知如何回答，孟露替我解了围："啥时候能再吃您包的饺子啊？好期待！"然后指着我说："下次我们去苏克家包饺子吧，他家很大，怎么样？"

梅拍着手说："没问题，没问题，我来给你们露一手！"

我知道孟露这么做是为了我，让梅再一次以常人的身份走进我的生活。我用感激的目光看着梅说："期待！"

然而孟露不知道，这将是我最后一次见到梅，因为我们的规定中，也包含禁止和曾经的异灵主接触，就算不是我主动创造的机缘，也不可以，否则会导致他们的记忆产生混乱。可惜了孟露安排的"饺子宴"，但是无论如何，我还是非常感激她。能够再次见到我曾经视为母亲的梅，我已经很知足了。

在餐厅外，我紧紧地握住梅的手，我知道这一握将是永别。我看着她，任由眼睛的颜色变淡，我努力克制住想要拥抱她的冲动说："再见，梅女士，我永远不会忘记有您这样一位朋友！"

"说什么呢你？下次包饺子不是又见了吗？"孟露的笑容，在看到我的眼睛时凝固了……当梅和顾燕云走远了，孟露用瘦削的手臂搂住我的肩膀，在我耳边轻声说："没事的苏克，你还有我！"站在我们身后的许磊，坚定地加了一句："还有我！"

我眼前浮现的是：孟露通透的充满关怀的大眼睛，许磊从无怨言地跟随我的身影，还有梅为我清理衣袖的双手……异灵主们通过运用我输入的能量而实现梦想时带给我的成就感，与现在他们注入我体内的暖流相比，我更倾心于后者，围绕在我内心周围的冰山再度开始融化……

第二十九章　孟露——偷拍事件

我33岁那年的10月，巴黎歌剧院邀请我作为客座明星与他们团的演员合作演出《吉赛尔》。第一次去我最喜欢的舞团，与我最崇拜的老师和演员们合作我最喜爱的舞剧，我兴奋得两天都睡不着觉。当然，最主要的是，还可以见到已经怀孕近9个月的雯雯。

走之前，苏克检查了我体内的能量流动情况，还特意为我补充了一些能量，确保一切正常后，他说："Bon voyage！Mademoiselle！"①

我说了一个我为了去法国，刚刚学会的几个词汇之一："Merci！"②反正他说的大概意思我蒙出来了，就是祝我一路平安。因为第一个词，在我爸最爱的电影《热情似火》中，被玛丽莲·梦露说过无数次，记忆力再差的人，上百遍的洗脑后都能记住，何况是我这个曾经的学霸！

苏克惊讶地挑起眉毛说："你听懂了？我以为你只会讲芭蕾专业术语的法语。"

"我过人之处还多着呢，留着让你慢慢仰慕吧！"我毫不谦虚

---

① 法语,祝你旅途愉快,小姐。
② 法语,谢谢。

地回答。

许磊默默地从包里拿出一个像手机一样的东西交给我，说："这个送给你，小翻译机，去哪个国家都不怕。"

"哇，"我感激地接过来说，"谢谢许博士，这个太有用了，教教我怎么用呗？"

许磊耐心地教我如何使用，最后怕我忘了，还在我手机的备忘录里重新写了一遍使用说明。

自从上次在苏克家拍摄后，许磊和我的沟通顺畅了许多。他虽然话不是很多，但他以自己的方式告诉我，我又多了一个朋友，一个可以无所顾忌地谈论苏克的朋友。

由于保密协议的规定，我从没向任何人，包括我那几位最好的闺蜜谈起过苏克，天知道我有多想把苏克介绍给她们认识。但是和许磊，就像之前和梅一样，我们可以畅谈苏克以及采灵人一族的故事。只有和许磊在一起时，苏克才真正地存在。

苏克和许磊的关系，虽然不像和梅那样亲近，但是多了一层对彼此的欣赏。许磊告诉我，苏克对植物学的研究和了解和他相比那是有过之而无不及。对此，我一点儿也不惊讶，自从梅告诉我他是主任医师后，我就知道采灵人都是无所不能的"超人"。

许磊告诉我，采灵人出生后，父母的能量能够保护他们在30岁前不会"灵魂感染"，也就是在这之前，他们的体内并不需要辅助灵魂的介入。采灵人从9岁开始就被视为成人。一般来讲，他们的第一个异灵主是从"灵魂学院"毕业后，大概20岁的时候遇到的。许磊羡慕地说："苏克在采灵人中天赋异禀，他17岁就完成了学业，一毕业就捉梦捉到了他的第一位异灵主——赛车手洪波。有一次和洪波从赛车场出来，二人都穿着赛车服，手里拿着头盔，一定是因为苏克高挑俊朗的外形，不知谁偷拍了苏克的照片，并在网络上为某头盔品牌做宣传，结果苏克收到了采灵人总部发出的严重警告！"

我不解地问："苏克也是受害者啊？为啥要对他发出警告？"

许磊回答："他们好像有规定，不许在常人的社交网络上现身，更不许用自己的形象为常人的产品代言。他好像是忘了开启一个什么功能，所以才被人偷拍。反正，后来洪波还为此跑到那家头盔公司大闹，差点没拿头盔砸他们的经理，直到他们赔礼道歉，删除了所有苏克的照片，采灵人总部才撤销了对苏克的警告，'偷拍事件'也才告一段落。"

我入迷地听着许磊讲述这一幕，想象着苏克穿着赛车服，提着头盔的样子该有多帅，随口说道："我要是在，可能也会偷拍苏克呢！"

许磊突然冲我做了一个禁言的手势，看了一眼在一旁看书的苏克，低声说："千万别提偷拍哈，从那以后，苏克最恨的就是别人的偷拍行为！"

"哦！"我轻声答道，也看了一眼显然没有听到我们谈话内容的苏克，知趣地点了点头。

绝大部分时间，苏克都在我们身边，听我们谈论有关他以及他们种族的话题，有时他实在无法忍受我们可笑的见解，要么到楼下弹琴，要么坐到沙发上看书。一旦他打开房门准备下楼，我就会立即结束与许磊的讨论，像跟屁虫一样尾随他到楼下，任由他魔术师一样的手指把我带到琴音营造的梦幻之境。

第三十章　孟露——偶遇

我只有 5 天的短暂的巴黎之行，被紧张的排练和两场演出占满了，根本没有时间仔细欣赏一下这个我一直向往的城市。来到巴黎的第二天，挺着大肚子的雯雯开车带着我，走马观花地在这个浪漫之都逛了一圈，我立即明白了为什么那么多人会在这里陷入爱河。

十月的巴黎，下着蒙蒙细雨。雯雯说这是巴黎的招牌天气，我们的车轮轧在有着几百年历史的钉子式石头路面上。我摇下车窗，透过雨雾，听到了巴黎的呼吸声。

这座城市本身就是爱的定义。架在塞纳河上的每一座桥，铺在巴黎街道上的每一块砖，洗刷着奥斯曼建筑的每一滴雨，都催促着你和这座城市谈个恋爱。

要不是时间不允许，我真想踏进藏满宝贝的卢浮宫与蒙娜丽莎一起微笑；在华丽的亚历山大三世桥上做几个 grand jeté[①]；和游客们坐在圣心教堂前面的台阶上俯视整个巴黎……可惜我只能坐在车里，任由金色的荣军院和震撼的埃菲尔铁塔在我的眼前一闪而过；看着人流涌到凯旋门前合影；在巴黎最美的一条街——香榭丽

[①] 法语，芭蕾术语，直腿大跳。

舍大街上游个"车河"……我透过敞开的车窗，不停地用手机拍着进入视野的景致，脸上早已被飘进来的雨水贴上了一层水膜，我感慨道："巴黎真美啊！美得都让我无语了！"

雯雯在一旁笑着说："你这不是一直在说吗？嘴就没停，还无语？"然后拍了拍自己的肚子说："是不是宝贝？你的玛丽莲阿姨太能说了！"

我瞪了她一眼说："什么玛丽莲阿姨，多难听啊！赶紧改口吧，否则宝贝就会记住这么难听的名字了。"我想了想说："嗯，就叫我露妈妈吧！这个好听，顺口！啊，小宝贝，是你的露妈妈来看你了呀！赶紧出来，你干妈绝不会逼着你跳芭蕾，放心吧。"

雯雯无奈地摇着头说："行吧，当干妈可是得给红包的，你确定？"

"确定！"我坚决地回答，"我早就决定不要小孩，起码目前绝不会要孩子，生一个孩子，连怀孕带产后恢复，起码两年不能上台，咱在团里已经算是高龄了，绝不能让一个小家伙耽误本来就短暂的艺术生命！"

雯雯瞥了我一眼，说："切，主要是不知道孩子的爸爸姓什么吧？"

我看着雯雯认真地说："反正你的女儿就是我的女儿，不光是红包，我所有的宝贝都会给她！"

"你怎么知道是个女儿？我和 Eric 都不想提前知道，我们想等待惊喜，所以做 B 超的时候没让医生告诉我们。"雯雯幸福地用一只手抚摸着肚子说。

"一定是个女儿，我到时候定制一条最美丽的小天鹅裙送给她。"我沉浸在自己的幻想里答道。

"小天鹅裙长啥样？你脑子里想的是 tutu 吧？还说不会逼她跳舞，哼！"雯雯气哼哼地说。她已经把车开回了歌剧院。

巴黎所有的建筑里，我最爱的还是巴黎歌剧院。从外观看，一层拱廊，二层柱廊，屋顶左右两侧两组镀金雕刻，让人目眩；进入歌剧院后，壮观的大理石巨型楼梯披着金色的光，闪耀的镜廊富丽堂皇，数不胜数的象征着音乐、舞蹈、文学的雕塑和色彩鲜艳夺目的壁画更让我感觉仿佛置身于另一个世界！听说歌剧院的地下，还有一条 6 米深的暗河，可惜我没有去过，《歌剧魅影》的故事就发生在这座金灿灿的剧院里。作为在巴黎歌剧院演出的演员，我最大的优待就是可以去歌剧院的房顶，俯视剧院前方的几条大道。我刚到歌剧院就享受到了这种待遇，被带上了房顶，但个人感觉，真的到了房顶上，反而感觉不到歌剧院的雄伟和华丽，还不如站在下面仰视。

我恋恋不舍地下了车，时间过得太快了，我和雯雯都还没怎么叙旧呢，就到了排练的时间。幸好歌剧院的美和我的"吉赛尔"让我暂时忘掉了其他遗憾。

第三天，也就是首演当日，也是我 33 岁的生日。因为时差，我一大早就醒了，看了一下手机，已经收到了无数的生日祝福。第一条是银行的自动短信，我兴奋地点开，仔细阅读后，并没有删除，银行发来的祝福也是祝福；随后点开的是爸爸妈妈的祝福，我回国后一定得回去补吃一个蛋糕；之后是乔莎、孙天霖、各路同学朋友，苏克和许磊两个人分别给我发了一段语音祝福。我回复苏克的同时，顺便问了一句：

你的生日是什么时候？

苏克秒回：

对不起，我不能告诉你。我们有规定，采灵人不得向包括异灵主在内的常人透露自己的隐私，生日就是我们的隐私之一。再次祝你生日快乐！

我摇了摇头，采灵人怎么有那么多不近情理的规定？过了一会儿，手机又响了，是雯雯的短信：

生日快乐，她露妈妈！加油，晚上见！

没想到孕妇这么早就醒了，我高兴地逐一回复了朋友们的祝福，磨磨蹭蹭地收拾好我的"百宝箱"，然后出发去歌剧院上课。我住的酒店离歌剧院很近，走路十来分钟，也可以打车，只是巴黎各种岔路和单行道，绕来绕去的，还不如走路快；也可以坐一站地铁，但是自从金子走了以后，我就再也没坐过地铁。尽管我被告知，为了安全起见，现在的地铁站都设有安全护栏了，但我还是无法接受列车奔驰而来的声音。有时过马路需要走地下通道，我宁愿绕路，去走斑马线或者过街天桥，地下一层将永远是我不能走进的阴影。

可能因为是我的生日，老天爷格外开恩，巴黎竟然阳光明媚。时间还早，平日里繁华的奥斯曼大道上还没有什么人，我走在高大的悬铃木行道树旁，尽情地沐浴着巴黎罕见的阳光。拐角处一家小咖啡厅释放的阵阵香气，才让我想起早上一忙碌，忘记吃早餐了。一看时间还早，我便走进了咖啡厅，要了一个牛角包和一杯咖啡，坐在一个比我过厅的小桌子还小一半的小圆桌前，脑子里浮现出昨天雯雯教我的一个词——La vie Parisienne①！

我观察着咖啡厅里的客人，不论性别、年龄，都打扮得很时尚，其中坐在我斜对面的一对中年人更是让我移不开眼睛。一位亚洲面孔的女士，看样子不到50岁，身材保持得特别好。她穿一件黑色羊绒开衫，里面是一件白色圆领紧身T恤，戴了一条超长款黑珍珠项链，一条紧身白色七分牛仔裤，一双黑色小短靴，虽然休闲但黑白相间的搭配衬托出她独特的高雅气质。旁边坐着一位和她年龄相仿的同样是亚洲面孔的男士，一件艳丽的亮橙色高领毛衣，一条蓝色水洗oversize②牛仔裤，肯定是时尚圈人士。但吸引我眼球的并不是这二人的穿着，而是这位女士的眼睛，漆黑色，像墨一样黑，几乎看不到瞳孔……苏克的眼睛一下子跳进我的脑子，我无法自控地干了一件特别不应该干的事：我拿出手机，偷偷地拍了一张这位女士半侧面的照片。由于心虚，我根本不敢看我拍的照片，直接发给了苏克，然后又补充了一条短信：和你有点儿像。发完短信，我一抬头，发现被我偷拍的那位女士正盯着我。

我的第一直觉是应该赶紧溜出咖啡厅，刚刚的行为让我的手心冒汗，万一被人家发现，我就完蛋啦！但是左等右等，服务员就是不把账单拿来，巴黎什么都好，就是服务速度太慢了。也是，整个咖啡厅只有两个服务员。这时，被我偷拍的女士竟然站起来

---

① 法语，巴黎人的生活。
② 英语，超宽松版。

走到了我的面前，那双漆黑的眼睛不停地打量着我。我心想：完啦，被她发现了！大不了当着她的面，把手机里的照片删除，再好好地道个歉，她应该也不会把我怎样吧？冷静！冷静！

她叽里咕噜地和我说了一大串法语，除了学过的 bonjour①，我一个字都没听懂。我从包里拿出许磊送我的翻译神器，对着它说："你好！对不起，我不会说法语。"然后按下自动翻译功能，随即翻译神器里发出了一个温柔的机器人的声音："Bonjour, je suis désolée, je ne parle pas français."②

站在我旁边的女士笑了，她舒了一口气，说："不需要它，我可以讲中文。"

她的笑容让我心里一大块石头落了地，她，没发现！可能就是来聊几句的？她接着问："我可以坐下吗？"

我点点头，把旁边的椅子拉出来说："当然，当然，您请坐。顺便说一句，您真美！"

"谢谢！"她又从上到下地打量了我一番，然后说，"您也很美，您是芭蕾舞演员吧？"

我越来越放松地笑着说："很明显吗？"

"是的，而且这里离歌剧院很近，我猜，您来……实习？"她问。

"不，来演出，今天首演……"还没等我说完，她就答道："《吉赛尔》？我看到巴黎歌剧院的宣传广告了，您是特邀明星孟露？"

我回答："不是什么明星，就是芭蕾舞演员孟露，您也不必和

---

① 法语，你好。
② 法语，你好，对不起，我不讲法语。

我这么客气。我年纪轻，不必用什么尊称，叫我孟露就可以了。"

可能由于我刚才的行为让我胆怯，所以我对她格外地礼貌热情。我看了一眼手机，是苏克的短信，但是我不能打开看，万一被这位女士发现里面的照片就完蛋了。服务员终于拿来了我的账单，我一边拿出钱包一边说："不好意思，我得去上课了……"

我的话还没说完，身旁的女士就挡住了我拿钱包的手说："别，我请客，能够认识一位中国芭蕾明星让我特别高兴，也很……"她犹豫了一下说："意外，不知今晚演出之后，你有没有时间？我们一起吃夜宵？"

我不可能答应她的邀请，毕竟才认识 5 分钟，而且早就和雯雯约好了给我庆生的。我刚要回绝，她突然小声地在我耳边说道："你身上流动着苏克的能量，对吧？"

我浑身都僵住了，拿着钱包的那只手停在了空中，嗓子也完全发不出声音。不知过了多久，我深吸了一口气，才让嗓子解了锁，回答道："不好意思，今天晚上我有安排了，不知您明天下午有空吗？明天我没有演出，可以喝个咖啡？"

"明天早上我们就离开巴黎了。"她指了一下还坐在她桌子旁边的那位男士说道。

我思索了一下说："那好吧，演出后，请到歌剧院后门的艺术家入口处等我。"我看了一眼手机时间，必须抓紧了，否则上课要迟到了，我问道："不知您贵姓？"

"我叫 Sue Koller[①]，你可以叫我苏。"

[①] 英文名，苏寇乐。

第三十一章　苏克——可耻的行为

孟露前几天发来了一张照片，一看就是在别人不知情的情况下偷拍的，还莫名其妙地说和我长得像！那个穿得特别艳丽的男士，看上去起码比我大20岁吧，哪里像了？我在孟露的眼里难道真的这么老？对面还坐着一位面部模糊的女士。这种侵犯别人隐私的行为在法国可不是小事！

我想起刚从"灵魂学院"毕业的时候，我找到了我的第一任异灵主洪波，在他的助灵期内，我的照片曾莫名其妙地被当作头像粘贴在一个陌生企业的微信公众号上，还被当作图片为某个品牌进行宣传。我也因此收到了总部的严重警告！

我们的超能力中包含先知感应功能，启动这个先知感应功能，就可以感应出周围的任何摄像、录影设备，让我们的面孔在常人的镜头下变得模糊而无法辨识。但是，初出茅庐的我，完全没有想到会有人偷拍我，还会用我的头像去为某个品牌做营销，因此忽略了启动这个功能。

后来通过无数次交涉和投诉，最后还是在洪波歇斯底里的咆哮下，我的照片才被撤回，总部也终于撤销了对我的警告。这件事让我到今天都记忆犹新，也让我对一切偷拍行为痛恨至极！

我看着孟露偷拍的照片，立刻回了条短信，口气强硬地命令她赶紧把照片删掉，绝对不可以再偷拍，侵犯别人的隐私！

但是这两天一直没有收到她的回复，我想起了梅曾经的教导，可能我的语气太重了，又伤害她自尊心了。但是她已经长大了，不再是那个18岁的少女，我确定我并没做错什么。况且今天她就回国了，到时候当面沟通更容易解释清楚。

刚想到这儿，孟露的短信就来了：

苏克，你晚上有空吗？我刚刚落地，晚上一起吃饭？
你必须请客，我有惊喜！

她没有生气，我心里一下子踏实了许多。惊喜？上次孟露制造的和梅的偶遇已经让我喜出望外了，这次又不知是什么。

我敲了敲许磊的房门，问："晚上没订餐吧？孟露回来了，我请客。"

我们三个人在我订的一家孟露很喜欢的上海本帮菜的小包间坐下，孟露疲倦的脸上绽放着笑容，说："馋死我了，这家的糖醋小排！嗯！想想我都咽口水！"

许磊笑着说："我今天也托孟露的福，点一个我喜欢的油爆河虾，行吗苏克？"

"什么行不行的？我给苏克带的礼物是无价的，今天点什么都行。"孟露神秘地眨着她那双充满血丝的大眼睛，一看就是在飞机上没睡。

我看着她的眼睛说："你都困成这样了，还赶来吃饭？睡饱了再给我惊喜不行吗？我的能量再强也经不起你这么折腾！"

孟露掩饰不住她的兴奋，掏出手机对我说："我给你看一张照片，你认不认识她？ 就是我偷拍的那个，都发给你了，才发现我拍虚了，我又拍了一张清楚的……"

还没等她说完，我的脸色立刻阴沉下来，我推开她递过来的手机，愤怒地冲她吼道："我不看，不是告诉你不能不经过别人允许，就随便拍人家吗？ 这是侵犯别人的隐私权你知不知道？ 你自己不会为这种行为感到羞耻吗？ 我都替你脸红，你怎么会有这种嗜好？"

孟露委屈地看着我，眼泪在她的大眼眶里滚动着，牙齿使劲咬着她厚厚的下嘴唇。 看得出，她在尽力把即将涌出的眼泪憋回去，在做了两次深呼吸后，她站起身说："对不起，我不饿了，有点儿累，回家睡觉了。"说完，转身就走了。

许磊沉默地看着我，欲言又止。 我愤怒地把菜单摔到了桌子上，我必须严厉制止她这种行为，以免她再犯。 我没有错！

第三十二章　苏克——救赎

孟露连续两周都没有消息，也没有像往常那样来我家听免费"音乐会"。我打开手机的频率一天天地增加。最后我终于忍不住编辑了一条短信：

对不起，我那天的语气不太好。我不是你的老师，没有资格教导你，请你原谅！

我犹豫了许久，把"我不是你的老师，没有资格教导你"删掉后，按了发送。

一整天我都有些心不在焉，练琴的时候也总是看表，时不时就拿出手机查看有没有信息，但每次都失望地把手机放回口袋。

幸好今天的课程安排得很满，可以分散我集中在手机上的注意力。最后一节课上完，已经晚上 7 点，我一边上楼，一边拿出手机，孟露终于回复了，但是没有文字，只有一张照片。我打开那张照片，两条腿突然好像被钉在楼梯上。

这是一张合影，看样子是在一家餐厅拍的，几个人围着一张小圆桌举着香槟杯面对镜头微笑。沙发卡座上坐着孟露，坐在孟露身旁的，应该是已经临近预产期的张雯雯，张雯雯旁边是一个戴着眼镜的很斯文的男子，估计是她的法国医生丈夫，他的旁边则是一个不那么斯文的穿着一件黑色西装礼服外套，里面大胆撞色了一件粉红色T恤衫的中年男士，就是孟露偷拍的说像我的那个人……但是坐在孟露另一侧的那位女士，她的眼睛……我拿着手机的手开始颤抖，那是，那是……我梦中的那张模糊的脸，逐渐变得清晰，同样的眼睛，同样的面容，她喊着："宝贝，你慢点长……"她是——我的母亲！

我强迫自己爬完了最后几节楼梯，打开房门，直接走进我的卧室，把自己锁了进去。

孟露在巴黎给我发的短信；那张照片里模糊的面庞；她回国之后迫不及待地见到我时的兴奋……我恍然大悟，她说和我长得像的，不是那个穿着艳丽的中年男子，而是坐在他对面的，面容模糊得无法辨认的，我的母亲！

我抚摸着手机上的那张照片，有一千个问题想要从孟露那里得到答案。但是，她在巴黎时我对她的斥责，见面时我再度发泄给她的一腔怒火，都让我不知如何与她和解。我那颗可恶的自尊心已经让我推迟了两周才发出了那条不疼不痒的道歉，我第一次发现我的自负也可以导致我判断失误。

我编辑了无数条给孟露的短信，又被我无数次删除，最后终于发出了这样一行字：

谢谢你孟露！可以给我一次机会救赎吗？

第三十三章　孟露——感情不可能败给理智

苏克对我的咆哮，让我恨了他一个星期，他怎么可以这么武断地认为我要给他看的是一张偷拍的照片！我千里迢迢给他带回一个惊喜，却被他劈头盖脸一顿怒骂！开始几天，我越想越气，根本不想再见到这个人。又过了一个星期，我的怒火稍微熄灭了一些，想起许磊给我讲的苏克因为被偷拍所受到的牵连和委屈，他是被"偷拍事件"伤到了，所以"一朝被蛇咬，十年怕井绳"了。最重要的是，我又开始想他，不得不承认我对他的感情并没有因为我们不可能在一起而减弱。于是，我开始替苏克开脱，找各种各样的理由说明苏克的语气虽重，但也情有可原。他怎么可能知道我要给他看什么样的照片呢？他们不是常人，发怒的时候不会考虑到常人的感受……感情，不可能败给理智，起码在我的身上是这样。

正当我开始想如何恢复我们正常关系的时候，苏克发来了一条道歉短信，这么个大台阶，没有不下的道理。我庆幸没有把那张有他母亲的珍贵照片从手机里删除。

"露露，出来吃饭啦！"我刚刚把我和苏克母亲的合影发给苏克，就听见妈妈在外面叫我。

今天是我的家庭日，只要没有出差或者演出，每周日我都会回家。每次回家，妈妈都会做一大桌子她精心研究的富含各种营养的菜肴，用她的话来说叫"进补"！在她看来，我在团里吃不饱，穿不暖，受尽折磨，就等着每周这一次"进补"来维持我的生命！

"进补"刚刚开始，妈妈就问："露露啊，雯雯快生了吧？"我知道这个问句只是一个铺垫，接下来就是我在劫难逃的话题。果然，还没等我回答，她就继续说："哎，雯雯这个年龄生育其实已经算晚的了，再不抓紧时间，她父母就别想抱孙子了。"

爸爸往嘴里塞了一筷子妈妈本周做的新菜——西蓝花炒三文鱼，皱了一下眉头替我解围道："这个菜真的不敢恭维啊，是真不好吃，再说露露不吃西蓝花的，你又不是不知道。"

妈妈瞪了他一眼，不屑地回答："你懂什么？西蓝花富含维生素 C 和胡萝卜素，能增强体质，抗癌，还能减肥塑身，露露原来也吃的，就是学校里做的不好吃，才不再爱吃的。还有，三文鱼里的蛋白质、维生素 A、维生素 D，都能促进钙吸收，有助于生长发育，最适合露露了。"

"减肥塑身我还认，但生长发育？妈，我都 33 了！"这话一出口，我就知道说错了，但已经来不及了。爸爸递给我一个同情的目光，妈妈果然得理不饶人地向我开火了："你也知道你 33 了呀？我的同事们都抱上孙子了，远的不说，就连你那个好闺蜜雯雯不是也怀上了？你这老大不小的，怎么就一点儿都不着急呢？这舞能跳一辈子啊？差不多就该退了，找个……"

我立刻打断她说："妈，咱能不聊这个吗？我自己的身体自己知道，起码还能再跳 5 年。"我计算着和苏克签的合约，接着说：

"到时候再考虑今后的事也不迟啊！再说了，不是没有合适的人选吗？我又不是没试过，我那几个同事，你们不是也看着不顺眼吗？"

"我可没看谁不顺眼啊，那是你妈比较挑剔，不过她也是为了宝贝女儿你好嘛！"爸爸一边往我碗里放了一大勺我爱吃的雪菜毛豆烧豆腐，一边说。

"你又来了，想做老好人，两边都不得罪呗？"妈妈放下手里的筷子，看了一眼爸爸，又对我说，"你每次演出都不让我们看首演，是不是看首演的人里面有怕让我们见的男朋友啊？怕我们看不顺眼不同意？"

"不是的，"我有些心虚地回答，"首演一般都还在磨合嘛，不是最好的状态，而且会有领导，演完后领导还会上台，又是讲话又是合影的，我都没时间和你们说话。我是想让你们看我表现最好的那一场呀，和别人没关系哈！"

妈妈边吃边点着头，说："我们不是都看不上眼哈，我也没那么挑剔吧？我看你们团里那个小孙就不错，从小一起长大的，知根知底，我们和他的父母也都认识，算得上门当户对。小孙人也挺好的，上次雯雯出事，不也是他帮的忙？要不，哪天你把他叫来，一起吃个饭？"

"您饶了我吧妈，孙天霖吗？他不喜欢有胸脯的，只喜欢有胸肌的，还知根知底呢？"我希望赶紧结束这次谈话，所以索性低着头把一碗米饭连带碗里的爸妈给我夹的各种菜都快速扒拉光，噎得我脸都红了。妈妈赶紧递给我一杯水："你慢点吃啊，我就说团里伙食不行，你爸还偏说我爱瞎琢磨，你看把露露饿的！"

我喝光了妈妈递过来的那杯水，一抹嘴说："我爸说的没错，团里的食堂真的挺好的,和您一样注重营养搭配。爸,妈,我得赶紧回团里了,明天一早还上班呢。妈,今天不帮你收拾了啊,咱下周见。"

妈妈站了起来,想送我到门口,爸爸说:"露露等一下!"他跑进厨房,拿了一个购物袋,里面照旧装了三瓶北冰洋汽水。自从雯雯走后,我说了无数次不让他们再买了,我自己可以在楼下超市买,完全不需要他们这么麻烦。但是爸爸仿佛从来不记得我的话,每次回家,都会照旧让我带一箱回去。我明白他们知道我懒,不会为了买瓶汽水去超市,我最终放弃了谈判,但在我的一再坚持下,从原来的一箱六瓶,终于减成半箱三瓶。

我谢过爸爸,在门口和他们说再见时,妈妈照旧叮嘱着:"慢点开车啊,宝贝。到了给我们发个短信,天黑了,注意安全!"

我答应着走出家门,在门外系鞋带的时候,我听见妈妈问爸爸:"哎,刚才露露说小孙喜欢胸脯胸肌的,什么意思?"

爸爸回答:"呵呵,你真笨……"

我笑着走到电梯间,心里想,对不住啊老孙,下次演出再碰上我爸妈,他们看你的眼光可能会有些不一样。

我拿出手机,看到了苏克的短信:

谢谢你孟露!可以给我一次机会救赎吗?

第三十四章　孟露——《吉赛尔》的另一版本

我们大合影的来龙去脉是这样的：那天巴黎首演结束后，我迅速地卸了妆，稍微冲洗了一下，换好衣服来到了巴黎歌剧院的后门，白天在咖啡厅遇见的苏和她的朋友已经等在那里了。那位男士自我介绍说，他是新加坡人，X 品牌的首席设计师，可以叫他 David①，这次是来巴黎时装周参加 X 品牌的发布活动的。

当苏告诉我她的名字时，我立即断定她也是一个采灵人，Soul Collector，Sue Koller，苏克，他们是一种人！而 David，应该就是苏现在的异灵主，我捕捉到他身上飘散着苏的气息。我用理解的眼神看着 David，他似乎也知道了我的，除了芭蕾舞演员之外与他相同的身份。

这时，雯雯的张医生朝我们跑了过来，抱歉地对我说："对不起孟露，让你久等了吧？雯雯身子不方便，所以我刚才把她先送去餐厅等我们了，我们订的是旁边的 Café de la Paix②，很近，走吧？"说完又看了看苏和 David，用疑问的眼神看着我。

我对他说："这位是我一个朋友的母亲苏，和她的朋友 David，

---

① 英文名,大卫。
② 法语,和平咖啡厅。

他们明早就飞走了,所以实在找不出别的时间。一起吧?"

苏惊讶地看了我一眼。在我们去餐厅的路上,她走到我的身边,用只有我们两人能听见的声音说:"你怎么知道我是苏克的母亲?"

她的问话,肯定了我的猜测。我用同样低的声音回答道:"我并不确定,但是您能感觉出我身体里流动的是苏克的能量,我猜想只有母亲才会如此熟悉自己儿子的能量吧?"

她点了点头,极力掩饰着在夜幕下也能看出来的、颜色逐渐变浅的眼睛。

我们走进餐厅,老远就看见雯雯激动地站起身,挺着大肚子,摇摇晃晃地向我跑来。我赶紧迎过去:"我的天啊,你赶紧坐下吧!这两步跑的,别吓死谁!再惊到我的干闺女,我饶不了你!"

雯雯不管不顾地抱着我,因为肚子顶在那里,与其说是拥抱,不如说是我俩互相勾着脖子给对方鞠了一躬。雯雯说:"你太棒了,玛丽莲,我感觉你把'吉赛尔'给跳得终于可以瞑目了!看得我哭了好几次,不信你问 Eric,一幕变奏的那条斜线小跳太稳了,疯了以后那举手投足,尤其是你那双占了一半脸的大眼睛,忽闪忽闪的,太有范儿了,看得我那眼泪哗哗的;还有,还有二幕……原来我可是一等到二幕就会上场……"说着说着,她开始哽咽,眼泪也流了下来。

张医生在旁边赶紧拉开雯雯搂着我的手说:"Ma Chérie①,咱们先坐下再聊吧。你控制一下,现在不能这么大喜大悲的。"他一

---

① 法语,亲爱的。

边说一边把雯雯按在座位上。雯雯还在不停地说："但是说句老实话，鬼王米尔达①今天发挥一般，我觉得和我当初跳得也没啥区别。"说完，雯雯捂着嘴笑了。

"她哪能和你比啊？你的鬼王那是无敌的，每次团长都会不停地表扬：'无论是基本功还是舞台表现力，张雯雯都是一个完美的鬼王！'你忘啦？"我也笑着坐在她旁边，完全忘记了其他客人。

雯雯接着说："这么高的个子也就演鬼王还像那么回事，我要是演'吉赛尔'，别人准不信，这魁梧的身躯蹦跶两下子就能挂啦？"我俩都笑得弯下了腰，准确地说，是我笑得弯下了腰，雯雯笑得弯下了头。

张医生安排好苏和 David 落座后，在雯雯身边温柔地拍着她的肩膀说："咱们别忘了正事啊！"

雯雯赶紧点点头，从包里拿出一个包装精致的礼盒，交给我说："生日快乐！我最亲爱的玛丽莲！"

"今天是你的生日？我们不知道，否则应该准备一件礼物，不好意思。"苏看着我略带歉意地说。

我这才想起被我忽略的苏克的母亲，赶紧说："没事没事，不好意思，忘了介绍了。这位是我舞院的同学，国家剧院的前同事，我们班舞技高、颜值高、身高高的'三高'选手张雯雯和她的爱人张医生。"

雯雯打了我一下说："什么'三高'？现在除了身高，都是过去时了。这两位是？"我重新给雯雯介绍了苏和 David。

"哪个朋友的妈妈？我怎么不知道？你交新朋友了？是不是

---

① 芭蕾舞剧《吉赛尔》二幕中的人物。

男朋友啊？ 快说！"雯雯一连串的逼供，让我有点措手不及。 幸好雯雯现在住在法国，对团里的新人都不熟悉，我才稀里糊涂地随便说了一个名字蒙混过去。

在大家都低头看菜单的时候，坐在我另一侧的苏偷偷问："孟露，真的是不好意思，我想问问，我儿子他，好吗？"

我点点头，压低声音说："他很好，您放心，您有什么话需要我带给他吗？"苏摇了摇头。 我猜想又是采灵人的什么规定吧？ 母子不能见面、不能相认，这是什么破规定啊！ 但我一个常人，没有资格去评论人家的规定。 我突然想到，虽然我不能改变他们的规定，但是我可以以常人的身份，为苏克做件事。 我提议："咱们拍一张合影吧？ 我要给咱们在国内的朋友看。"

苏理解了我的用意，迟疑地看着我。 我猜想不会又是什么不通情达理的规定吧？ 于是我把身体探过去，在她耳边低声说道："您不是说没准备生日礼物吗？ 那就把这张合影送给我吧！"

苏终于点了点头，也压低了声音回答："但是你要保证这张照片除了苏克，不可以给任何人看到。"

我同样点了点头，说："我保证！"

服务员在帮我们拍照之前，已经为我们每个人都倒好了香槟。我们共同举杯，留住了这个瞬间！

张医生点了我最爱的海鲜大拼盘，除了拼盘里的，还专门为我加了半打生蚝。 本来已经差不多吃饱的我，闻到了雯雯盘子里香橙鸭胸扑鼻的香味，忍不住也来了一份。 当服务员问我们要不要甜点时，我又迫不及待地看着雯雯说："我想来一份那个带酒香的甜煎饼，叫什么来着？"

雯雯对服务员说："Crêpes Suzette, s'il vous plait."①然后看着我羡慕地说："玛丽莲这身材真的是让我羡慕嫉妒但不恨啊！吃这么多，还瘦得和照片一样能从门缝塞进去！等这个小家伙降生了，我必须重拾身材，穿礼服重现江湖！"她瞪了一眼身边的张医生，张医生自然是点头哈腰地表示同意。

雯雯又说："对了，金子那件袒胸露背的礼服你穿着是真好看，金子确实有眼光！快，把那些照片拿出来给 Eric 看看，我吹嘘了好几次，如仙女下凡！快！"

我只好笑着打开手机，调出那几张照片递给雯雯。雯雯一边夸张地惊叹，要求我下次一定得把这个摄影师介绍给她，一边传递着我的手机。等手机传到苏的手里，苏微笑着一张张地翻看着，说："确实拍得很好，我尤其喜欢最后这张你坐在地上的，你的眼睛里藏着一个动人故事！"

我靠近她，偷偷地说："你们真是亲母子，审美都一致，这是苏克拍的，他也最喜欢这一张！"

苏的眼睛仿佛突然蒙上了一层雾，微笑也在脸上僵住了，她既像问我又像自言自语："他拍的？"

她把手机还给我，若有所思地看着我，看得我非常不自在。幸好坐在她身边一直寡言少语的 David 突然问："原谅我在芭蕾方面的无知，你们一直在说的'吉赛尔'到底是一个什么故事呢？"

雯雯一边吃着手里的面包，一边说："美丽的农村姑娘吉赛尔……"

"美丽的农村姑娘吉赛尔，"苏突然打断了雯雯，递给雯雯一

---

① 法语，请来一份甜酒香橙可丽饼。

个抱歉的微笑后继续抢答道,"爱上了一个不属于自己世界的贵族伯爵——阿尔伯特。 当然了,阿尔伯特痴迷于吉赛尔的美貌,扮作了和吉赛尔一样的农民,以为可以蒙混过关,但是与他门当户对的未婚妻突然到来,让他的身份暴露了。 吉赛尔得知阿尔伯特的世界里根本不可能有自己的位置,于是疯了,然后突发心梗离世……"苏说到这儿,停顿了一下,转过头看着我,接着说:"阿尔伯特由于良心不安,夜晚去给安葬在森林里的吉赛尔扫墓,差点被变成幽灵的吉赛尔给害死!"

雯雯坐不住了,立刻纠正她:"阿尔伯特不是被吉赛尔害死,是差点被鬼王,也就是我原来扮演的角色给害死。 幸好吉赛尔赶来,是吉赛尔救了他!"

苏把目光移向雯雯笑着说:"你说得对,我好久没看,可能记错了,幸好最后天亮了,幽灵消失了,阿尔伯特才侥幸活了下来!"然后她突然站了起来,笑着对雯雯说:"不好意思,明早我们还要赶飞机,今天真的是打扰了。 很高兴认识你,雯雯,相信我,买浅蓝色的宝宝服不会错,别买粉色的。"然后转向我说:"孟露,再次祝你生日快乐!"随后就拉起身旁的 David 急匆匆地走了。

不知为何,我感觉苏最后看我的目光中带有一丝敌意,幸好酒香甜煎饼摆到了我的面前,美食,真的可以让人的心情立刻愉悦! 我看着馋得流口水的雯雯,用刀子切了一块,放在她的盘子里……

第三十五章　苏克——大象的记忆

　　我把自己反锁在房间里，反复端详着照片中母亲陌生的模样。除了一些零星的碎片，我早已不记得我们在一起相处的时光。相比之下，梅反而更像我的母亲。不知道照片中的她还记不记得我的模样？我知道她是总部任命的采灵人亚太地区的负责人，但不知道她具体住在哪里，以何为生，我有几个兄弟姐妹，她会不会偶尔想起我，她的孩子们之一。

　　我听见外面的敲门声，许磊订的外卖到了。我听见他和外卖员说了几句，然后就关上了大门来敲我的门："苏克，我订了外卖，要不要出来一起吃啊？"

　　我本来没有心思吃饭，刚要拒绝，许磊接着说："他们搞错了，多送了一份，你不吃浪费了。"

　　我想了想，不如换换脑子，于是打开了房门，对他说："谢谢！明天我请吧。"

　　我俩面对面坐在餐桌旁，刚要吃饭，又听见敲门声，"我去吧，"我说，"是不是你的外卖没搞错，这是别人的餐，咱们差点给吃了？"我一边说一边打开门，看到站在门口的孟露，手里拎着一个购物袋。

　　"我请你们喝北冰洋汽水！"她说着，举起手里的袋子。

孟露拒绝了我加订一份餐的要求，说刚刚在父母家吃过晚饭了，然后低声对我说："一份外卖就救赎？ 你休想！"

我真诚地看着她说："对不起孟露！ 是我太自以为是，冤枉你了！ 今天当着许磊的面，我正式请求你的原谅！"

孟露再一次允许我走进了她的那双温暖的大眼睛里，说："要不是看着你平时对我们还算兢兢业业，我才不会这么轻易地原谅你！ 算了，翻篇儿了。"然后就用我的香槟杯品尝起了她的北冰洋汽水。

许磊虽然不太明白我们说的是什么，但他有一个很大的优点，就是非常会审时度势，不愧是我的"知己"。 他从不过问我不愿意分享的事或者观点，他也很聪明，估计多少能猜到来龙去脉。他举起盛满汽水的香槟杯说："来，为了误会解除干杯！"

许磊吃完就返回了他的"实验室"，我看到许磊关上门，才语无伦次地问坐在沙发上的孟露："我，嗯，你的照片，那天……你怎么回事？"

孟露微笑着回答："你是想问我为什么和你母亲一起吃饭对吧？"我赶紧点点头。

"是这个样子……"孟露详细地给我讲了事情的来龙去脉，最后说，"你妈妈，挺挂念你的，问了好几次你怎么样，可惜我没有你的照片留给她！ 我说，你们采灵人在这点上，也真的是太不人性了！"

我看着孟露，毫不在意她对我们的评价，只是希望她能够多说一些母亲的情况。 她见我一直盯着她，就说："没有了，我把她说过的每一个字都告诉你了，除了刚开始见面时说的那一串听不懂的法文。 不过我猜，也就是见面时的客套话，我听懂

bonjour 了！"

我带着歉意笑了笑说："谢谢你孟露，我只是不敢相信我几十年没见过的母亲会在巴黎，她居然还向你询问我的情况，这种巧合太不可思议了！"

"没事儿，我也该走了，过来的目的就是把我们的会面详细地转述给你，时间再长我就该忘了。我可不是采灵人，没有你们那种大象的记忆！"孟露说完就站起了身。

"虽然有大象的记忆，我也已经忘记了和母亲在一起的时光，甚至她的模样在你给我看这张照片之前都还是模糊的。"与其说我在对孟露说，不如说我在自言自语。

"这可不怪你，苏克，"孟露走过来，像哄小孩子一样摸了一下我的脸，"你最后一次见到她时才5岁啊。5岁之前的事情，大象也记不住吧？"

送走了孟露，我回到自己的房间，打开电脑，看到一封总部发来的邮件：

苏克，你好！
　　我们遗憾地了解到你还没有在你过往的空魂年完成造灵，请你在下一个空魂年到来之前慎重考虑，为我们种族的繁衍做出贡献！

奇怪，离我的空魂年还有4年呢，总部怎么会这么着急地给我发邮件？我也没有多想，随手删除了邮件，把孟露发给我的照片保存在我的电脑里。

第三十六章　苏克——母亲的安排

孟露原谅我以后，只要没有演出，她就又开始了固定的"拜访"。我和许磊也像往常一样，非常欢迎她分享我们平静但充满乐趣的生活。我们三人相处得非常融洽，我相信他们两人也都和我一样，享受着这短暂而美好的时光。

就这样，在不知不觉中，许磊迎来了他的"还魂年"。像对待以往的"异灵主"一样，在"还魂日"到来的前两周，我和许磊一起把他所有的东西，尤其是那些宝贝植物标本都搬到了他即将任职的研究院附近的一间新公寓。

我们整理完毕后，许磊看着我，沉默了许久，说："我会忘记关于你的一切，对吧？包括梅、孟露？"我点了点头。看到他几乎和梅一样失落的模样，我说："我们认识了20年，在一起生活了10年，最后这几年，我已经把你当作了朋友，甚至是知己，我相信你的研究将来一定还会有所突破！我会替我们俩保存住这20年的友谊，今晚我们出去吃吧，我请客！"

"不，我请！"许磊回答，"我也要谢谢你，苏克。认识你、梅还有孟露让我觉得自己度过了有生以来最美好的时光，尤其是这几年，我也感觉找到了知己！"他停顿了一下，接着说："我也想请孟露一起，可以吗？"

我点点头，说："当然可以，她在巡演，不过快回来了，我来约她的时间。"我看了看许磊，又开玩笑地说："人家现在可是炙手可热的芭蕾巨星，咱们得排队。"许磊终于露出了笑脸。

孟露很快就回复了我的短信，说后天就会巡演回来，定在后天就好。 我给许磊看了孟露的短信，然后一起走出了他的公寓。

在许磊的坚持下，我让他请我吃了比萨。"知己"这个词，用在我和许磊身上还真不为过，我们有着许多共同的兴趣爱好。 通过这20年的了解，我发现我们的性格也相似，虽然看起来都比较内向、安静，但是一旦聊到我们共同感兴趣的话题，都会滔滔不绝。 我们从"哈钦松被子植物分类系统"聊到贝多芬的《命运交响曲》，中间还穿插我们在野外一起寻找和记录植物生活环境时的回忆。 当然也包括他摔下山坡的那一次，我告诉他因为给他处理伤情，我没有及时祝贺孟露托举成功，第二天孟露还生气了呢。

"真的？"许磊笑着说，"都怪我喽？ 不过苏克，你没发现孟露喜欢你吗？ 她喜欢你，才会这么需要你关心她。 我早就看出来了，她看你和看我的眼神完全不一样！ 可惜你们……"

我思索了一下，岔开话题说："不说这些了，我和她现在的关系不是很舒服吗？ 还是先想想你自由后都要做什么吧，我猜肯定是野外作业多一些，对不对？"

我们一直聊到很晚才回到"灵音公寓"。 我走进自己的房间，打开电脑，又收到了总部的邮件，内容几乎和前几封邮件一致，让我为种族繁衍做贡献，但是这封邮件里附上了同样处在空魂年的采灵女的名单及联系方式。 说来也奇怪，以往总部都会在空魂年到来后才发出此类邮件通知我，而且在我确认同意"造灵"之前是不会给我发送采灵女的信息的。 而最近这几年，年年都会有好几封邮件让我考虑"造灵"，今年的邮件更是提前了半个月发出，这让我非常疑惑。 我查看了采灵人去年和前年的新生儿出生率，虽然没有提升，但也没有太下滑，不知为什么总部这几年会突然频繁地催促我考虑"造灵"？

我像以往一样删除了这封邮件，然后又打开了孟露发给我的有母亲的那张合影。我并不经常打开这张照片，因为我害怕经常看这张照片会成为一种习惯，并且让我产生想再次见到她的奢望。

像所有的采灵人一样，我母亲的眼睛里捕捉不到任何情绪。我们的心理变化，除了眼睛颜色外，常人根本无法参透。我把我的笔记本电脑带进洗手间，打开了所有的灯，对着洗手间镜子看看自己，再看看照片里的母亲，除了眼睛，好像并不是很像。我正对着镜子发呆的时候，"叮"的一声，新邮件又来了。我打开收件箱，看了一眼，发件人的名字我并不熟悉，但是发件邮箱是我们采灵人的统一联络邮箱。我点击打开，这个邮件包含了一个附件，文本写道：

苏克，你好！

我是生活在新加坡的采灵人苏珂莉，今年也是我的空魂年，你的资料及照片已经由亚太区总部发给我了，我认可。希望了解你空魂年的计划，以便我们进一步安排会面。当然，在你也对我认可的前提下。附件为我的照片和资料，请你查收。

希望我们能够很快见面！

Cheers[1]
Sue Kelly[2]

---

[1] 英语，信尾祝福语。
[2] 英文名，苏珂莉。

我看了两遍邮件内容，"亚太区总部"刺痛了我的眼睛。是她，在安排。我明白了为什么今年总部的信件如此频繁！是她，都是她。我算了算，确实总部的邮件是从孟露从巴黎回来后开始多了起来，不知她看到孟露后，为什么会突然关心起我这个40年没见的儿子，之一？

一股怒火从我胸中升起，她凭什么来干涉我的空魂年？按照我们的规定，我的资料和照片在没有得到我的认可且同意在空魂年"造灵"的情况下，是不可以公开给其他采灵人的。她凭什么替我做了这个决定？

她从没有像洪波那样仗义执言地帮过我，没有像梅那样无微不至地照顾我，没有像许磊那样了解我，也没有像孟露那样温暖过我，现在，却要来安排我的私生活！

我删除了苏珂莉的邮件，"砰"地合上了笔记本电脑。

第三十七章　孟露——还有一年

我37岁了，许磊走了，也像梅一样，永远地忘记了苏克和我。最近苏克也很忙，课程很多，出诊也增加了，好像并不太享受他的"空魂年"。我要是他，没有我们这些异灵主当拖油瓶，早就绕着地球玩去了，好不容易能够享受一年的"自由"，还不抓紧时间去一些平时去不了的地方。

虽然我现在每月，有时甚至相隔更长时间才需要他给我输入能量，但只要在北京，我还是经常去找他，听他弹琴，然后一起聊天吃饭。他也甘愿聆听我滔滔不绝地聊团里的新剧目和各种八卦，但每当我说到自己想跳到天荒地老的时候，他都会提醒我，还有一年！

雯雯已经生了一儿一女，老大是我的干儿子，叫 Pierre[①]；老二是乔莎的干女儿，叫 Emilie[②]。乔莎和一位艺人经纪人结了婚，两人都只想活在二人世界，执意成为丁克，所以她坚决不同意把第二个"干妈"名额让给我。

雯雯在巴黎一所舞蹈学校教幼儿芭蕾，一周三天有课，其余时

[①] 法文名，皮埃尔。
[②] 法文名，艾米丽。

间照顾家庭和孩子。她这次回国探亲正值暑假，待的时间比较长。从哈尔滨老家回来后，为了和我们这些老同学和好朋友们聚会，她特地挑选了一家离团很近的酒店式公寓，打算住几天再回巴黎。她的张医生已经提前回巴黎上班了，走之前，张医生还亲自面试挑选了一个保姆来照顾孩子们。自从金子走后，我们都避免与任何保姆打交道。听说在巴黎，都是雯雯亲自照顾两个孩子，只有去上课的时候，张医生请的保姆才会到家里照顾一下，但房间的各个角落都被雯雯安装了摄像头，说是"以防万一"。

今天是周日，我们三个妈妈带着两个孩子疯玩了一整天。因为天气炎热，我们尽量找室内的游乐场所，但两个孩子还是跑得小脸通红，满头大汗。回到家，雯雯把做好饭的保姆请走，给她的宝贝们洗了澡，把穿着小睡衣的 Pierre 交给我，把穿着小睡裙的 Emilie 交给乔莎，然后走到厨房给两个孩子准备他们的晚餐。Pierre 已经几乎可以和我们吃同样的食物，但是还不到两岁的小 Emilie 还在吃她自己的"套餐"。每次她都是先把雯雯从我们的餐食中给她挑的她可以吃的食物吃光，再吃自己的。

我和乔莎把两个宝贝放在儿童椅上，一声不响地看着他们狼吞虎咽地吃完了盘子里的所有餐食，雯雯时不时地给非要自己吃饭的 Emilie 嘴里喂两口她的"套餐"。然后，我们高兴地收拾着被他们弄得一片狼藉的桌子，擦拭着到处是油渍的儿童椅，听着雯雯逼着两个上蹿下跳的孩子刷牙，然后把他们按在床上，开始讲故事，两个孩子立刻安静下来，只听见雯雯温柔的充满爱意的声音：很久很久以前……

我对乔莎说："雯雯的生活真的是太甜蜜了。咱们在舞院的时候，谁能想到头儿竟然能这么有耐心地照顾丈夫和孩子们。"

"是啊,"乔莎若有所思地回答,"咱们四个,走了一个金子,剩下的三个,只有你还在舞台上发光。"

我想如果苏克在的话,他一定会说他的那句话——"还有一年"。 我拍了一下手,说:"你又来了,别说这个了,咱俩热菜,摆桌子吧! 饿死了,一会儿雯雯一完事,咱们就开宴!"乔莎点点头。

我俩刚刚准备就绪,雯雯就从孩子们的卧室走出来,说:"两位干妈,去和你们的孩子说晚安吧,他俩要睡了!"

我俩迫不及待地互相推搡着跑进孩子们的卧室,分别亲了两个孩子的小脸蛋,走了出来。 雯雯把灯关上后,随手带上了门。

"他们俩实在是太乖了,都不需要大人哄睡觉的吗?"我和乔莎几乎异口同声地问。

"嗯,是挺乖的,但是淘起来也能把人折腾死。 不过每天睡觉都是自己睡的,我们绝不会惯他们的坏毛病。 为了禁止长辈们的骄纵,我和 Eric 差点没和我们爸妈吵翻! 唉!"雯雯无可奈何地叹了口气,接着说:"不说他们了,你们俩看着气色都不错啊!"

我看了一眼乔莎,说:"还是乔主任气色好,当上主任果然春风得意啊!"

"我这才刚刚当上系主任,每天要处理好多琐碎的烦心事,哪里有你的气色好啊,大明星! 这么多年了,玛丽莲真的没变。"乔莎羡慕地看着我说。

雯雯也在一旁"添油加醋":"可不,咱们几个就玛丽莲最嫩了,可能是因为还在天天上课、排练,确实一点儿都没变!"

"你俩别哄我了,如今要是夸我状态还不错,也只能用'老当益壮'了。 团里新进来的小姑娘,比我小差不多 20 岁,可怕吧?

她们那才是，小脸蛋儿一掐一包水儿。我这张老脸只在台上忽悠一下观众，一卸了妆就改姓徐了！"我用兰花指点着我的脸说，"半老啦，还能凑合看不？"

乔莎笑着说："能看，当然能看，你可是玛丽莲啊！看看我胖的，感觉脸都装不下我的肉了，现在顺着脖子往下灌。"她摸了摸自己的脸，又打趣道："胖子也有好处，没皱纹，全被脂肪填平了，不用去打啥子玻尿酸，省银两！"

雯雯假装带着哭腔说："就我最显老了，拖着两个小怪兽，没法随时做个美容、按摩什么的！"

乔莎拉着雯雯的手说："哎，和你家张医生说说，回国发展行不行？这样我就可以经常看见我的 Emilie 了。"

雯雯摇摇头说："他现在的诊所是自己的，走不了，而且他早就习惯了巴黎的生活，其实我也挺喜欢的。倒是你们俩，什么时候来巴黎度假吧？住我家，多住一段时间，我带你们到处走走，法国南方可美了。"她又转向我问："乔主任有寒暑假的，很方便，你呢玛丽莲？打算跳到什么时候？"

又是这个我自己一直在回避的问题。37 岁了，明年我的灵魂将会被注入苏克的体内。苏克提醒过我，万一他的下一位异灵主不在北京生活，我就必须陪着他去新的异灵主所在地，起码刚开始的两周需要这样，因为每天都要为他输入能量，一起训练，就像对待当初的我一样。就算下一任异灵主也生活在北京，我也不得不随时跟随在苏克身边，也就是说，无论怎样，我必须告别舞台！

理论上讲，我只有一年的时间了！但是我的心却让我说出了另外一番话："不知道，我现在状态还挺好的，我想一直跳下去，直到跳不动为止！为了金子，当然也是为了我自己，我还没有找到比舞台更适合我的容身之地。"

乔莎拍着手喊道："哎呀呀，玛丽莲，你是我那些学生的榜样，哪天你有空回学校，给我的那些学生们讲讲你的芭蕾精神。"

雯雯静静地看着我，一直没有说话，直到我和乔莎说准备走了，她才拉着我的手，任由泪水慢慢上涌到眼眶，说："加油，孟露！我上次看你在巴黎跳《吉赛尔》的时候就发现你是为芭蕾而生的，其实，我……"她的眼泪终于不听话地流了下来，她强忍着哽咽，接着说："其实我，曾经也……如果没有吴歌，如果……"她终于忍不住，开始抽泣，我还能勉强听见她说："如果可以，我也想留在舞台上……"雯雯转身跑进洗手间，过了几分钟，她走了出来，情绪平稳了许多。她把我们送到门口，对我说："你一定要跟着你的心走，千万别为了任何人、任何事，放弃自己的梦想！"

乔莎也拉起我的手，恳切地说："金子在天上看着你，替她跳，替我们跳，替你自己跳下去！"

第三十八章　苏克——苏菲·柯莱特

我看着狼吞虎咽地吃着芝麻酱糖饼的孟露，忍不住问："我想问你一个问题，可以吗？"

她努力地快速咀嚼着嘴里的那口糖饼，吞咽下去后说："要是有关明年的事，咱们免谈。我都说了，明年的事明年再说，其余的随便问。"

我斟酌了一下用词，说："嗯，在巴黎的时候，我母亲和你们聊得挺开心的吧？"

孟露用调侃的眼神看着我说："你是想问我们都说了些什么吧？我上次不是把我们的谈话内容都告诉你了吗？"说着，她又拿起一块糖饼递给我。我摇了摇头，孟露继续说："她特别关心你，我就事无巨细地把我知道的你的一举一动都汇报给她了，她挺开心的，还谢谢我能理解且照顾你的情绪呢。"说完，她就把刚才递给我的那块糖饼送到自己嘴里。

我问："你告诉过她，我和许磊会经常去看你的演出吗？"

"当然啦！"她笑着研究着她的糖饼回答我，然后突然仿佛想起了什么，看着我说，"对了，我确实忘了告诉你，我还给她看了你为我拍的照片。因为雯雯正好提起等她生了，恢复身材后，一定要穿上礼服来看我演出，还说起了金子那件礼服裙，我就把手机里存的几张照片给他们看，你妈妈也看见了呢。还有你最喜欢的我坐在地上呼哧带喘的那张，别说，你俩还真是亲母子，她也说最喜欢那一张！"她低下头想了想，又抬起头说："嗯，放心，我和雯雯说是我请的专业摄影师拍的，只是偷偷地告诉你妈妈其实是你拍的。"

我心里想：其实也应该告诉她是别人拍的！嘴上却说："没事，我就是想知道更多她的情况。"

我终于明白了母亲为什么突然插手我的空魂年。苏珂莉之后，我又收到了无数采灵女的照片和资料，都是因为母亲不知用了何种手段让总部把我的信息发布了出去。她知道我已经违反了采灵人的第一条规定：禁止与异灵主在助灵期内发生与工作无关的接触！她最担心的，应该是怕我会爱上我的异灵主，一个我终生不能触碰的常人！虽然是为了我好，但是她的这种行为确实触碰了我的底线。我的逆反心理让我对"造灵"更加抵触。

"喂，"孟露的手在我眼前晃着，"想什么呢，那么出神？刚刚和你说话都没听见！"

"嗯？"我用疑问的眼神看着她。

"我说，"孟露拿起水杯喝了一口，"你妈妈还给她的异灵主讲了《吉赛尔》的故事，不知为什么好像记错了，说阿尔伯特是被吉赛尔害死的。我以为你们采灵人的记忆不会出岔子呢。看来，就像你说的，你们也不是神仙。"

我摇了摇头，心想，我们采灵人的记忆绝对不会出岔子！我接着对她说："你当时，我是说你为什么会同意再见她，我母亲？你完全可以回绝的，毕竟才刚刚认识，今后也不会有交集。"

她瞥了我一眼，说："这还不明白？为了你啊！我猜你应该想知道你妈妈的情况，她应该也想知道自己儿子的事吧。你们采灵人的这条规定真是的……"孟露又开始滔滔不绝地痛骂我们的规定，然后问："就没有例外吗？没有一位采灵人的父母再见过自己长大的孩子吗？"

我从酒柜里拿出了一瓶红酒和两只红酒杯，向孟露递了一个询问的眼神。她摇摇头，说一会儿要开车。于是我把一只空酒杯放在她面前，自己倒了一杯，品了一口，说："据我所知，没有。祖祖辈辈都是这么过来的，我们5岁后就独立了，父母就不能和子女们见面，避免干涉他们的生活。你也没有必要对我们的规定那么仇视。第一，这些规定不会束缚常人，相反，很多规定都是为了能公平地和常人和平共处而设定的。"我看着孟露瞪大的双眼，接着说："第二，我认为你们常人的父母过多地干涉子女的生活，所以从某种意义上讲，我们的规定能让孩子们更加独立。对此，我没有抱怨。"

"你骗人，"孟露非常认真地说，"我看到过梅照顾你时你感激的眼神，她走了以后你的失落。你们明明也需要亲人的关爱，还有，你是不是把有你妈妈的那张合影设成电脑的屏保了？那天，我看到了……"

我是曾经把那张照片当作屏保，但是因为害怕过度依赖，我又撤销了。孟露的眼睛真厉害，一闪而过的屏保都逃不过她的视线。我把电脑打开，等到屏保出现，把电脑推到她面前，说："你看，哪有？根本没有设过。"

"反正就是有过，我看到过。咦，怎么变成你的琴房了？"孟露皱着眉头，认真地审视着我的电脑，又说，"你给换了，对不对？"

我赶紧转移话题，说："不管怎样，还是要谢谢你，为了我，去和我母亲吃饭。张雯雯的孩子们怎么样？有没有要学芭蕾的？"

我终于成功地把话题引开了。孟露开始眉飞色舞地给我讲张雯雯暑假回国时的故事，提到她那个干儿子 Pierre，更是连眉毛里都带着笑。然后，她注视着我的双眼，认真地说："苏克，你要是有个孩子，肯定特别好看！"她看了一下手机，说："不早了，我得回去了，明天一大早还得上班。"

我把孟露送出房门，从窗口看着她走进车里，又摇下车窗，向楼上站在窗边的我挥了挥手便开走了。我收拾着桌子上残留的食物，正准备出门把垃圾扔掉，突然听见敲门的声音。我打开房门，看到了一位陌生的、有着一头沙金色披肩长发的女士，拖着一个行李箱站在门口。我刚要开口，她笑着说："Bonjour, Suke, je m'appelle Sophie Collette."①

---

① 法语,你好,苏克,我叫苏菲·柯莱特。

第三十九章　苏克——聪明的苏菲

不得不承认，苏菲是个非常漂亮的采灵女，个子不高，但是身材比例非常好，有着丰满的胸部、翘臀、细腰和深绿色的眼睛，估计情绪波动时，她的眼睛就会变成一片晶莹的绿色湖面。她身上具有法国女人特有的高傲，但同时又不乏欧洲人散漫的洒脱。

她走进房间，看到了桌上的两只酒杯，她拿起那只干净的酒杯，抬了一下眉毛，用流利的中文，以开玩笑的口吻问我："你知道我要来？"

"不是，"我解释道，"刚走了一个朋友，她开车，所以不能喝酒。"

"朋友？"苏菲把玩着手里的酒杯说，"苏克，我们不会有朋友的。"然后她冲我伸出了那只空酒杯。

我给她倒了一杯红酒，顺便给自己也加了一点，说："她不是普通的常人，是我的异灵主。"我仔细审视着她，心想，是我母亲派来的？监督我的？

她饶有兴致地看着我说："别猜啦，你没有回复我的邮件，我就不请自来了。就是想万一你恰好在，我可以借宿，省点钱。我早就定好了空魂年来中国度假的计划，请你收留我，你负责宿、我负责食，如何？我们不一定非得……你懂的。"

我还没反应过来，她已经站起来，指着原来许磊的房间，问："你上一个异灵主的房间？"我点了点头，她站起身，推着她的行李箱走了进去。

第二天，我被浓郁的咖啡味道唤醒，套上一件套头衫，走出了房间。我看到苏菲已经在餐桌上摆好了两个咖啡杯，旁边放着一壶刚刚煮好的咖啡，和几只看样子刚刚烤出来的牛角面包。

"Bonjour, tu prends le petit déjeuner？"①她笑着问我。

我回答道："Bien sûr, ça a l'air très bon, les croissants chauds du matin！Merci."②

我们吃早餐时，苏菲问："一会儿陪我出去走走？"

我看了一眼手表，说："可以，我今天下午才有课。"然后看着她接着说："昨天很晚了，就没有问你，你打算在北京待多长时间？"心里想，昨天问都不问就进了我的客房，根本没有给我机会把你轰走！

苏菲品着咖啡，不紧不慢地说："我想一周左右，不过也不急。我是一名调香师，好不容易等到空魂年，就请了一年的假。我的异灵主已经可以两个月输入一次能量了，所以我打算深度游玩之后再回去。"她抬起头看了我一眼，接着说："你忙的话，也不用总是陪着我，我自己可以的，来之前已经做足了攻略。我还想去中国其他城市看看。"她突然注视着我的眼睛，说："我猜想你是不愿意为咱们种族的繁衍做贡献的，对吗？"

被她这直截了当地一问，我有点儿不好意思。我低下眼皮，尽力掩饰着尴尬，回答："也不是不想做贡献，就是，就是

---

① 法语，早，你吃早餐吗？
② 法语，当然，热牛角面包太香了！谢谢。

想……"

"就是不愿意被安排？"苏菲目光如炬地盯着我说。我点了点头，她继续说："我也一样，我喜欢随心所欲。今年同意总部把我的资料上传到咱们的官网，也是出于好奇，想看看能遇到什么样的同族。毕竟作为采灵人，我们必须恪守的规定也使我们非常孤独，对吗？"

她呷了一口咖啡，像是自言自语："这咖啡味道真不错，在法国也没有多少咖啡能有这么香的味道。"然后她又突然话锋一转："所以，我收到了许多采灵人的邮件，也发出了一些邮件，所有我发出的邮件都收到了肯定的回复，只有给你的邮件，如石沉大海。我说过，我是个随心所欲的人，所以我就来了。你千万别有任何思想负担，我们种族的繁衍再重要，也必须你情我愿。就当是远房亲戚来你家小住，可以吗？"

我又点了点头，听她接着说："既然这样，我们是不是可以给总部发出确认函，让他们将我们两人的资料撤出今年空魂年'造灵'的资料库？我不愿意在自己享受自由的时候被打扰。"

我回答："完全同意！"

她的建议解决了我一直想解决的问题。我们的资料一旦公布，在没有找到同意"造灵"的采灵人之前是不能删除的，只有总部收到有双方签名的确认函后，才可以撤回上传的资料。我突然想，她也许并不是真的对我感兴趣，而是好奇心过后，希望过一个"免打扰"的空魂年。她挑了一个没有回复她邮件的家伙，猜想他们想法一致，所以主动登门——她真的很聪明！

第四十章　孟露——她怎么可以这么美丽

我们最近没有演出，所以周末和晚上的时间比较自由，加上苏克说这个周末他有事，我就给乔莎打了电话，约她周末出去郊游。

我不太喜欢开车，可能因为最近脑子经常会走神，开车的时候脑子里总会想到明年……所以这次由乔莎当司机兼导游，我们来到了密云。

我们沿着密云水库的环湖公路行驶，层峦起伏的燕山山脉，把眼前的一片湛蓝划成了头顶的天和脚下的水。乔莎把车停在景区门口，我俩踩着坑坑洼洼的石子路，走进了一个蜿蜒崎岖的峡谷，周围几乎看不到游客，远处的瀑布和鸟族的和声斩断了嘈杂尘世的蔓延。这是乔莎在网上查到的一个新的小众景点，真的很难想象这种风景竟然就在繁华拥堵的首都边上。天气非常好，我俩走走停停，拍了无数张照片，合了无数次影后，我说："我不行了，太累了，必须找地方歇会儿。"

乔莎拍了一下胸脯，说："我都找好了，包在我身上！"

她开车带着我，七绕八绕地来到一个山坡上，穿过一个很大的开满鲜花的庭院，来到一个更像是私人会所的酒店大门前。服务员迎上来为我们打开车门，拿走车钥匙，帮我们去停车。乔莎拉着我，说："哈！怎么样？我在网上找的这家酒店有下午茶，咱俩今天好好享受一番！"

服务员领我们来到一个可以俯视整个密云水库的位置，巨大的落地玻璃直接把碧水蓝天引入了酒店的大堂。我俩又开始噼里啪啦地拍照，然后，我瘫倒在舒适的沙发上，对乔莎说："今天走太多路了，我瘫痪了！"

"喂，平时上课、排练不比这累啊，你怎么没喊过瘫痪啊？"乔莎用鄙夷的口气说。

"那不一样，那是工作，这个是娱乐。再说了，工作已经消耗那么多体力了，出来玩累了，还不许我喊一声啊？"我抱怨道。

"是你说的要郊游，郊游就没有不累的！而且还是我当的司机，下午茶你请啊！"乔莎假装生气地说。

我赶紧站起来，走到乔莎身边，搂着她说："哎呀，必须的！今天乔主任亲自驾车带我游玩，我受宠若惊，都不知道如何感谢你了。找到这么美的山水，这么漂亮的酒店，别说请下午茶了，乔主任要开房我都必须答应啊！"

乔莎突然拉着我的手，说："哎，这么一说，我倒是想。要不咱俩在这里住一个晚上，明早再开回去？我还正愁一会儿开回去路上准堵车，起码要三个小时，明天早上走，能省一半的时间，怎么样？"

我想了一下，今天是周六，明天应该去看看爸妈，但是明天早上开回去的话，也不耽误。反正苏克说他最近都会很忙，应该周末也会出诊。我拍着手说："好啊，我这就去前台问问有没有空房？"

"我给我老公打电话请假！"乔莎也兴奋地喊道。

我和乔莎走进我们的房间查看了一下，洗漱用品应有尽有，只是没带护肤品和换洗的衣服。

"没事，"乔莎说，"你看这个。"她像变戏法似的从包里掏出两张面膜，说："这是上次买护肤品赠送的，我一直放在包里，懒得拿出来，今晚正好用这个护肤吧。内衣内裤今晚就洗了，这么干燥的天气明天早上肯定干了，晚上咱俩裸睡！"她挤出一个色眯眯的眼神对我说："终于能看到玛丽莲的裸体了！"

"拉倒吧你，上学的时候每天一起洗澡，又不是没见过！倒是你，现在比上学时丰满了，晚上我要好好掐掐你的肉肉！"我做了个鬼脸，掐了掐乔莎脸上的肉。

我们就这样打闹着，嬉笑着，仿佛又回到了小时候。

傍晚，我俩来到酒店的大堂，想先在酒店那开满鲜花的院子里走走再吃饭。我们一边说笑一边走出酒店大门，可能因为过度沉浸在儿时的回忆里，我竟然一头撞进一个人的怀里……

"Ohlala，attention！"[①]我听见被我一头撞到怀里的这位女士叽里咕噜地对我说。我抱歉地抬起头，说："对不起，对不起！"这才看到原来是一位非常漂亮的外国友人，她有一双深绿色的眼睛，很深的墨绿色，和苏克的一样深邃，沙子色的长发随意地在脑后梳了一个低马尾，短款紧身皮衣，一条浅色牛仔裤。我赶紧改口："Sor……"[②]我的"ry"还没发出来，就吃惊地看到跟在她身后同样吃惊的苏克！

"孟露？你怎么在这儿？"苏克问。

[①] 法语，哎呀呀，当心。
[②] 英语，Sorry，对不起。

乔莎用询问的目光看着我，我脑子拼命地转着，最后干脆放弃解释，用最简单的介绍语说："这是我一个朋友，苏克。苏克，这是我和你经常提起的发小，乔莎。"

"噢，乔主任，你好！"苏克打趣地说道，同时向乔莎伸出手。

乔莎一边和苏克握手，一边说："什么主任，别随着玛丽莲，嗯，孟露乱叫，叫我乔莎就好。"说完，乔莎使劲地盯着我，我知道今晚的审讯是躲不掉了。但是我的目光一直离不开苏克身边的这位美女，她怎么可以长得这么美丽！那双泛着绿光的眼睛不仅深邃，还不停地在浓密的睫毛下荡漾出我永远都不可能拥有的妩媚和温柔。

还没等苏克介绍，她也向我伸出了手，说："你好，玛丽莲·梦露？我是苏克的朋友，Sophie Collette，叫我苏菲就可以。"

根据她的眼睛和身体的气息，我猜到眼前的美女应该也是一名采灵人，她的名字更加证实了我的猜测，我也就完全不吃惊她的中文发音比我的还标准。我礼貌地握了握她的手，说："我是孟露，不是玛丽莲·梦露的梦露。"

苏菲握住我的手后，应该是立刻发现了我体内涌动的能量。她和苏克交换了一下目光，说："你们也是来玩的吧？太巧了，不如一起吃晚餐？"

我把目光移向苏克，用控制不住的冷淡语气说："不了，谢谢！我们还有别的事，你们好好玩吧，拜！"说完，我拉起乔莎就向门外走去。

第四十一章　苏克——她吃醋了

"你的异灵主吃醋了。"苏菲笑着对我说。我摇摇头，带着她走到酒店前台，办理入住。

我把我们两人的身份证件递给前台，苏菲歪着脑袋用法文对我说："Nous ne pouvons pas, tu sais… avec nos porteurs d'âme… sinon notre vie est en danger！"①

我摇摇头说："Bien sûr je le sais, nous sommes juste amis, c'est tout！"②

苏菲又改用中文对我说："如果你想摆脱窘境，我可以帮你！"我盯着她深绿色的眼睛，用开玩笑的语气说："不需要。"

尽管我非常坚决地拒绝了苏菲的帮助，但是我确实可以明显感觉到孟露见到苏菲时的不悦，用苏菲的话讲：吃醋了。我和孟露维持了数年的那种舒服的比朋友近、比情人远，我一直找不到定义词的平衡关系，难道会因为苏菲而打破吗？我不希望如此，但又觉得没有必要和孟露解释，也没有什么可以解释的，毕竟我们不是一类人。有些事情，她不会理解的，有些规定关乎着我们的

---

① 法语，我们不可以，你知道的……和我们的异灵主……否则我们会有生命危险！
② 法语，我当然知道，我们只是普通朋友，没有别的！

生命，我们必须遵守。毕竟，在这个世界上，有什么能比生命更重要呢？

晚餐前，我带着苏菲在密云水库周边转了转，天气非常好，我们边走边聊着只有上过"灵魂学院"的采灵人才能明白的笑话。苏菲非常幽默，绘声绘色地描述着小时候学院女班的故事。所有采灵人在成年前，都是男女生分班上课的。和常人一样，男班的孩子们发育得较晚，我们还在课余时间熬夜玩耍时，女班的学生们已经开始计划寻找自己的第一个异灵主了。

苏菲问："苏克，你有没有收到过警告？"

我回答："有过一次，在我第一任异灵主的助灵期，我费了好大劲才让总部撤销了警告！"

苏菲轻蔑地笑着说道："才一次？还费劲撤销？你可真是个听话的好孩子啊！告诉你，我现在身上还背着两个警告呢，不是我的错，谁也别想让我承认！"

我看着苏菲，突然对她产生了一丝好奇，甚至有些崇拜。我从小就循规蹈矩，从来没想到我们采灵人还能有像苏菲这么叛逆的。

我问："你不怕被除名吗？"在采灵人的世界，被总部除名就如同常人被判处无期徒刑。一旦被除名，我们就没有了身份证明。由于我们的外貌与实际年龄在常人的眼中相差甚大，为了不引起怀疑，我们的身份证明都是由总部负责提供并更新的；被除名后，常人数据库中的相关信息也会随之消失。没有了身份证明的采灵人当然无法在常人的世界中生存，我们只能把自己关在一个无人的空间度过余生。

"哈哈，不怕，"苏菲笑着回答，"不是三次警告被总部关禁闭，严重违规才会被除名吗？我离被关禁闭还有一次机会，离除名还远着呢。"

我们走到了水库边，看到一个五六岁大的孩子不停地从地上挑拣着小石子，在岸边练习打水漂。他的母亲不耐烦地喊："别扔了宝贝儿，咱们该走了，天都快黑了，已经开始堵车了，没三个小时回不去家。"但那个小孩仿佛没有听到，继续自己的"填海工程"。他母亲又急又气，吓唬孩子说："你不走，妈妈可走了哈，不要你了，你自己就留在这里喂水怪吧！"然后就走得远远的，等着他。小家伙回头看了一眼站在远处等着他的母亲，放心地继续打着水漂。

"我小时候，最看不上你们'采灵男'了，只知道傻学，根本不知道除了签订'灵魂契约'，世界上还有很多好玩的事，我们的才能远不止帮助自己的异灵主。"苏菲用不屑一顾的口吻说，"看着！"

她悄悄地走到孩子旁边的一棵大树后面躲起来，启动了自己的能量，在小孩扔的最后那块石子打起三个水漂还没有落入水底时，又把这块石子按照水漂的路线折返回孩子手里。孩子大喊一声，把手里的石子全部扔在地上，向自己的母亲跑去，边跑边喊："妈妈，妈妈，水库里的水怪，不爱吃石头，等等我！"

苏菲走到我的身旁，说："看到没？我这只水怪只要出手，什么样的异灵主都能搞定！"

我紧张地说："你把咱们'禁止随便使用超能力'的规定完全抛在脑后了？不怕灵魂感……"

还没说完，苏菲突然手摸着心口，痛苦地说："苏克，快，帮我，我胸口钻心地疼！"

我赶紧伸手搀扶她，同时手指压在她手腕的脉搏上，问："除了胸口痛，还有哪里不舒服？"

苏菲终于忍不住"哈哈哈"地大笑起来，说："你个书呆子，离开学院这么多年了，还没做到理论结合实践！放心吧，我不会灵魂感染！这种助人不利己的稍微使用一点超能力的行为，不会毒害到我们的灵魂！只要没有在常人的世界过于突显自己，总部才没空搭理咱！你们采灵男就是木讷！"

看着苏菲的笑脸，我也情不自禁地笑了。苏菲是第一个能让我开怀大笑的采灵人。"走吧，"我说，"水怪不吃石头，爱吃什么？"

我们在旁边的农家院吃完晚餐，回到酒店才八点钟，苏菲建议在酒店大堂吧喝一个 digestif①。刚刚走进大堂吧，就看到孟露和乔莎已经坐在景观位上，每人面前摆着一杯已经喝掉一半的看似是 Frozen Margarita② 的鸡尾酒。

苏菲赶在我前面走了过去，指着孟露旁边的椅子说："两位漂亮的女士，请问这张椅子有人坐吗？"

孟露吃惊地看着她，然后立即用目光搜寻着，直到看到了还站在大堂吧的入口处等着服务生领位的我，才收回了自己的目光，对苏菲说："没人，您拿走吧，苏菲·柯莱特女士。"

"记忆力真好，在中国，能一下子记住我全名的人可不多。"苏菲向我递了一个坏笑，招了招手。我迫不得已走了过去，礼貌地冲孟露和乔莎点了点头。

乔莎脱口而出："咱们一起吧，既然都是孟露的朋友，一起

---

① 法语，餐后酒。
② 英语，霜冻玛格丽特，鸡尾酒的一种。

坐吧。"

"好嘞！"苏菲毫不犹豫地一屁股坐在了孟露旁边。孟露皱着眉头，腾地一下子站了起来，对我吼道："我累了，不想应酬，只想和闺蜜安静地聊聊天，可以吗？这里这么大，能否带着你的女伴坐到别处？还是一定要抢我们提前预订好的景观位？"

我被她的愤怒惊到了，孟露从来没有用过这种语气和我讲话。之前她也生过气，对我有过不满，但从不会当面和我咆哮。我甚至一时不知如何回复。

孟露控制了一下她的音量，接着说："好吧，让给你们。乔莎，咱走，回房间喝去，省得扫别人的兴。"乔莎尴尬地站起身。

我走到孟露身边，把她按回座位，又一把拉起苏菲说："你们喝，你们喝，我们走。"然后向乔莎投去一个歉意的目光，就带着苏菲走了。

等电梯的时候，苏菲看着沉默不言的我，说："嗯，苏克，我没有猜错吧。她喜欢你，非常非常喜欢你，我可以帮你。"

我的心也被从未有过的愤怒占据了，孟露没有任何权利生我的气，我已经把我们的规定和触犯规定后的后果全部告诉她了，她也非常肯定地表示虽然不理解，但能够接受。如果能经常见面，保持非常好的朋友关系，她就满足了。难道这不是她自己亲口说的吗？我们是不可能在一起的，我从没骗过她，她一直都知道啊，她凭什么对我吼叫？

我看着苏菲，愤愤地问："怎么帮？"

我们走进电梯，苏菲按了自己房间所在楼层，说："来，我告诉你。"

第四十二章　苏克——最好的结局

我和孟露已经有好几个月，除了例行检查能量，再没有其他往来。我们都没有再提及任何有关那晚在密云酒店偶遇的话题，每次见面也会有正常的寒暄，也许这才是我们应该保持的正常的采灵人和异灵主的关系吧。但是我的心里非常不舒服，而且我总感觉孟露好像有心事，且不愿意和我讲。我们在一起时，她还会经常躲避我的眼神。再过两个月，我将要提取孟露的灵魂，她也将开始和我生活在一起，那时我们该怎么相处？

下了课，我去了旁边的超市，买了一些新鲜的生鱼片和寿司，打算一边吃饭，一边看一下新的异灵主候选人——住在成都的建筑设计师刘洋的资料，再研究一下他手中的几个案子，看看如何帮助他完成手中的设计。我原本不需要立刻找到孟露之后的异灵主，一年后再签署灵魂契约也不迟，但是今年空魂年所发生的一切：总部的邮件、采灵女的骚扰、苏菲的出现、孟露的疏远……实在让我心烦意乱，于是我决定放弃下一个空魂年，等孟露走后，我将立即让我的下一任异灵主入驻。

我一边吃着生鱼片一边打开了笔记本电脑，随着"叮"的一声提示，我点开了总部发来的邮件：

苏克你好！

我们高兴地通知你，你在空魂年的造灵工作已经成功完成，总部将随时关注新生儿的降生，并负责安排后续的培养和分配工作。

再次感谢你为我们种族的繁衍所做的贡献！

祝你今后的工作生活一切顺利！

我合上电脑，又再度打开，盯着这封邮件，眼前浮现出数月前密云酒店那间房间……

我被孟露的无礼所点燃的怒火被苏菲轻柔压过来的嘴唇熄灭，我不知所措地看着苏菲脱下上衣，展露出她丰满且非常有弹性的乳房。她用双手勾住我的脖子，把双唇移至我耳边，轻声地说："N'as pas peur，c'est la première fois pour moi aussi."①随后，她轻轻脱掉了我的上衣，用她紧绷的小腹迎合着我突然战栗的身躯……在急促的喘息声中，我们瑟瑟发抖地结束了我们的第一次……

第二天醒来，等着我的只有苏菲写的一张纸条：

苏克，我帮了你，别忘了，你欠我一杯餐后酒！我直接去机场了，今天我去成都玩，争取领养一只"采灵熊猫"。我们后会无期！

另外，昨天你在睡梦里一直在说"对不起"。

下一个空魂年，孟露将永远忘记你，这可能才是对

---

① 法语,别怕,这也是我的第一次。

你、对她最好的结局!

我站起身,取出一只红酒杯,为自己倒了一杯红酒,又重新坐在电脑前,清空了脑子里乱七八糟的想法,给苏菲写了一封邮件,恳请她在我们的孩子出生后,寄给我一张他的照片,然后也给孟露写了一封邮件……

第四十三章　孟露——姐弟恋

收到苏克的邮件，我很诧异，我们从来不会用邮件联络，一般都是打电话或者发短信。我打开邮件，发现是一封非常正式的函件，大致内容就是我们将在两个月后履行合约的第九条……当然邮件里并没有提及是什么合约，也没有提及第九条的具体内容，但是我无需翻阅就知道第九条是什么。这封邮件估计是复制粘贴的吧？所用的教条词汇和苏克平日的谈吐既一样又不完全一样，可能他所有的异灵主在奉献灵魂的前两个月都会收到同样的邮件吧。我回复了一个"OK"，就退出了邮箱。

自从上次在密云偶遇之后，我们很少见面，可以说，非必要根本不见面。首先是因为我醋意大发，连乔莎都发现了我那天过激的言语和行为，还盘问了我半天为什么生那么大气。当然我没有说实话，只是告诉她我喜欢苏克，但是被拒绝了。其实也不完全是假话。虽然我不断告诫自己，我和苏克分属不同类别的人，根本不可能在一起，当我看到美丽的苏菲和苏克同时出现在我面前，他们100%的般配度是我——一个常人永远无法超越的！尤其是他们可以拥有我永远不可能拥有的"更深一层"的接触，我的内心实在无法承受，所以根本控制不住自己的情绪。也就在那时我发现，我还深爱着他！

当理智终于在我脑海中占有一席之地时，我承认我那天的行为非常荒谬。因为这一切并不是苏克的错，他是一个自由的采灵人，他和苏菲在不在一起，不是我一顿歇斯底里的怒吼能左右的。所以我决定必须主动采取措施，让苏克不在我心中占有过多的位置，于是我接受了一直苦苦追求我的、我现在的舞伴罗诗奇。

罗诗奇比我小十岁，个子没有苏克那么高，但也算出挑，属于长得比较阳光的男孩，典型的内双眼皮，丰满的嘴唇，和我倒是般配。我一直拒绝他的追求，但是他非常执着。

那天，我对他说："罗诗奇，你看啊，首先，我比你大十岁。"

他立即打断我说："哪里有十岁？只有九岁零三个月！现在就时髦姐弟恋！"

我说："难道你和我好就是为了赶时髦吗？咱俩首先是舞伴，万一过两天吹了，你能调节好心态继续和我跳吗？"

他刚要回答，我用手势打断他，又向他抛出了一连串的问题："我虽然这个岁数了，但还想在舞台上蹦跶一段时间，你做好支持我的准备了吗？就算我乐意和你交往，咱俩的事也得瞒着你父母吧，否则他们不得和你断绝关系。"

罗诗奇看着我，异常坚定地回答："这是我自己的事，与他们无关。我爸妈是非常开明的，从不过问我的私生活。再说他们是你的粉丝，知道我被团里指定当你的舞伴时，你不知道他们有多高兴！"

他的坚定多少让我有一些吃惊，这个小孩儿还挺有意思。但我接着说："这是两码事，当舞伴是一回事，当女朋友是另外一回事，我敢肯定他们一定不会同意，所以我们就得偷偷摸摸的，但偷偷摸摸这种事我做不来！"我心里想着，和苏克的关系，已经迫于保密协议，必须隐蔽，连我最好的闺蜜都不能讲，我找个男朋友总不至于还得偷偷摸摸的吧？

罗诗奇非常认真地看着我，说："明天排练完，你在这里等我可以吗？求你了，最后一次！"

看着他恳求的目光，我实在说不出"不"字。

第二天，他给我看了他手机里的一张照片，我点开放大一看，竟然是他父母写的一封承诺书。估计是昨天我们谈完之后，他让父母写的，大概意思就是他们承诺绝不干涉儿子罗诗奇的私生活，包括但不限于结婚与否、与谁结婚、是否要子嗣，一切均由他自己决定。有签字，甚至还按了手印！

看完这封"庄重"的承诺书，我实在忍不住笑出了声，越想忍住，笑声反而越大，最后眼泪都快笑出来了。罗诗奇也跟着我开心地笑了，傻乎乎地问："怎么样？你同意了？"

我因为还在试图制止住我的狂笑，就冲他挥了挥手，想等我把气儿喘匀了再说话。没想到罗诗奇急了，说："还是不同意？你是不是还在想咱俩的年龄差距？觉得我考虑得不周全？告诉你，我早就做好了准备，当丁克又如何？你愿意跳多久，我就陪你跳多久，反正我也不喜欢小孩儿，多闹腾！"

听了他的话，我好不容易控制住的笑声又爆发了，但是怕他误解，我尽了自己最大的努力克制住笑，说："罗诗奇你想得太远了！丁克？孩子？咱俩恋爱还没开始谈呢！"

罗诗奇立刻恢复了孩子般的笑脸，高兴地问："这么说你同意了？先恋爱后结婚？"

最后这句话又触发了我的爆笑神经。看着他天真的笑容，我想，why not①？而且，为了逃避对苏克的爱，移情别恋难道不是最好的选择？

第二天我和罗诗奇手拉手出现在同事们的视线中，虽然我认为完全没有必要这么公开我们的关系，但是罗诗奇说："一定要，你不是说你最恨偷偷摸摸谈恋爱吗？我就是要让全世界都知道我爱你！"

从那天起，罗诗奇成了除我父母外，唯一叫我"露露"的人，而我也被他强迫必须喊他"阿奇"，说是他爸妈就这样叫他，我们都用乳名才能彰显亲密和公平。

两周后，我看着躺在我身旁熟睡的阿奇，做出了一个重要的决定：我一定会履行合约，把我的灵魂注入苏克的体内，让它成为苏克的辅助灵魂，保护苏克，抵御灵魂感染！但是，我不会和他生活在一起！如果让我现在，我的身体状态还处于相当好的水平的时候，离开舞台，告别我为之而生的芭蕾，我真的做不到！但我不得不承认，还有一点更为重要，我无法想象每天陪在苏克身边，但不能爱他！虽然阿奇想尽方法讨我开心，但和阿奇共枕后，我的内心却充满了对苏克的愧疚，见到苏克时，都不敢正眼看他，只想快点逃跑。最可悲的是，在阿奇亲吻我时，我甚至闭上眼睛把他想象成苏克！连我自己都痛恨这种卑劣的行为。但是我无法控制我的内心，移情别恋原来并没有我想象中那样简单。我相信如果我现在和苏克生活在一起，我的心一定会疼痛难忍，这种痛会让我生不如死！

① 英语，为什么不呢？

于是我决定，等他把我的灵魂取走后，我会继续留在舞台上，和阿奇一起能跳多久就跳多久。至于我的身体，苏克说过，灵魂不在身体旁边，只要时间不太长，没有问题。苏克选定的新任异灵主虽然目前在成都，但他的项目遍布全国各大城市，一定会有在北京的项目。我们只是暂时分开几天，只要苏克回京我都尽量和他在一起，问题不会太大。

为了避免苏克锐利的目光洞察出我的秘密，我干脆选择逃避，让他觉得我还在生气，甚至无理取闹，这样他摄取灵魂的时候，也就不会犹豫。我看了一下日历，明天就是苏克给我输入能量的日子，我一定要万分小心，千万不能让他发觉我有任何异样。

第二天清晨，我看到苏克穿着我们第一次见面时穿的那套高定黑色西装，手里拎着一个旅行袋。他看到我不解的眼神，笑了笑说："我一会儿飞成都，这是我每次接触新的异灵主时穿的制服，勾起你的回忆啦？"

"是啊，20年啦，好快啊！一眨眼我就成老人了，可是你，几乎就没变，这也太不公平了！"我佯装生气地回答。

苏克挑了挑眉毛，用他那双漆黑的眼睛看着我说："你一点儿也不老，只是比以前多了几分成熟，我觉得你现在更美！"说完就开始例行检查，先查一下我体内能量的运转情况，再酌情补充，不过大部分时间是不需要再输入能量的，因为我锁住能量的能力一点儿也没有减弱。

我送苏克走出大门，看着他上了出租车，才转身返回了我的公寓，独自坐在雯雯留下的那张樱桃木椅子上。这张椅子质量是真的不错，十几年了，依然十分结实，虽然坐垫那里的酒红色丝绒已经被磨得泛白，但我也舍不得扔。乔莎那张椅子损坏得比我的还严重,她愣是给套了一个特别土的椅套继续坐。我吃了两个煮鸡蛋和一小块面包后,满足地一边玩着手里的橙子,一边拿出手机查看今天的行程。

由于要尽量避开大众的视线,每次苏克的例行检查,都是选在凌晨5点30分,所以,今天上午的时间特别充裕,我过了一遍今天的行程后,慢悠悠地翻看着后面的演出安排。我的目光停留在"《吉赛尔》,国家剧院,首演6月20日周五",这将是我"灵魂脱壳"后的第10天,不知是否像以往一样,演出圆满成功?我赶紧赶走钻进脑海中的"万一",对自己说:没问题,这不是原创的新剧,而是我跳过几十场的《吉赛尔》,闭眼都能跳,一定要证明给苏克,不需要担心,我可以成为一名出色的"无魂舞者"!

吃完了手里的橙子后,我背上"百宝箱"来到教室,准备上课前的热身。虽然我来得已经很早了,教室里已经有几个我根本叫不上名字的年轻演员在活动了。不得不承认,年轻真好啊,他们可以打游戏到凌晨,早上完全看不出疲倦;可以连续走台演出,还不需要补充维生素……我看着一张张稚嫩的小脸,心里想:《吉赛尔》我是跳一场少一场了,后生可畏啊!

小演员们都礼貌地和我打着招呼,我用余光扫到一个条件非常好的女生,她正躺在地上做热身。其实我早就注意到她了,条件好,能力强,好好培养,绝对差不了。她刚刚站起身,旁边一个女生就凑到她身边说:"杏儿,看了团里的公告没?最近的演出,几个小节目好像都有咱,不知道《吉赛尔》会不会还是替补?"

叫"杏儿"的女孩看了她的同伴一眼,说:"都说了让你在团里别叫我外号,我不愿意让团长听见,觉得咱不成熟。吴珊妮,你要是再记不住,我就叫你那外号,我扇……"

话音还没落，吴珊妮赶紧把手捂在那个叫"杏儿"的姑娘嘴上，说："别别别，裴茹熙，裴茹熙行了吧？你说《吉赛尔》会不会有咱的份儿啊？"

裴茹熙回答："不知道，反正咱们在学校跳了无数次《吉赛尔》各个变奏了，静听团里召唤吧！"

吴珊妮说："拉倒吧你，咱们能跳上群舞已经不错了，独领舞都已经一个萝卜一个坑地被占住了，还《吉赛尔》变奏，做梦吧！"

裴茹熙说："我没说跳《吉赛尔》变奏啊，我说的是各个变奏，包括群舞，你别歪解我意哈，否则我扇你……"话没说完，吴珊妮已经一个小拳头打在裴茹熙的小细胳膊上，然后两人打闹成一团……这一幕让我想起了我刚进团时和雯雯几乎说过一模一样的话，每天梦想着能把自己的名字从替补名单贴到正式的卡司。这时，两个姑娘发现我在看着她们，立刻不好意思地冲我笑嘻嘻地点了点头。尽管吴珊妮压低了声音，我还是可以听到她和裴茹熙说："'吉赛尔'本尊在那儿呢！"我也递给她们一个微笑，继续热身。

一个月后，团里公布了《吉赛尔》的卡司，不出所料我被安排在首演，但是在"吉赛尔"替补名单里，我看到了裴茹熙的名字。

这个小姑娘非常努力，因为她必须参加群舞的演出，但是大部分时间，群舞的排练会和主要演员的排练冲突，她每次都会把自己的手机架在我们排练的教室角落，等群舞排练结束后，再跟着自己录的我们排练的视频加班练习。尽管我不止一次听见她的闺蜜"我扇你"和她说"练了也是白练，只是个替补，也上不了台，装装样子得了"，但裴茹熙还是一如既往地努力练习，有时她还会小心翼翼地向我请教她没录清楚的老师说的话。

一来二往我们混熟了，一天排练完，我问裴茹熙："为什么大家叫你'杏儿'？"

她不好意思地答道："我小名叫'熙儿'，吴珊妮语速不是特别快吗，到了她嘴里就成了'杏儿'，然后大家就都这么叫我了。其实当学生的时候没什么，大家都有外号，连老师有时都叫我们的外号，只是一进团，总觉得自己该成熟些了……"

我想起了何金梓和"金子"、孟露和"玛丽莲"，我和"杏儿"的年纪虽然相差甚远，但也有着相似的经历。

裴茹熙看着我说："孟露姐，你可是我们大家的偶像。你在北京的每场演出我们都会去看，每场我都会被感动，你的动作太干净了，简直就是教科书级别的，表演就更让我们叹为观止！我们也给你起过外号呢，想不想知道是什么？"我好奇地点点头，裴茹熙不好意思地说："叫'莲姐'。"

我疑惑地看着她，然后会意地笑了，说："因为玛丽莲吗？这也是我附中时候的外号呢，哈哈！"

裴茹熙说："是，也不完全是。你长得太美了，孟露姐。你的脸特别有异国情调，上次你跳'卡门'的时候，简直就是卡门本尊，超级性感，玛丽莲·梦露般的性感，再加上你的线条像极了巴黎歌剧院的前明星吉莲，所以我们才叫你'莲姐'。"

"吉莲可是我的女神，我哪里比得了。"我反驳着，心里却是美滋滋的。

我背起"百宝箱"走出教室的时候，看见裴茹熙低声下气地求阿奇，陪她练一下双人舞，有时她也会请已经成为授课老师和排练者的孙天霖为她指点一二。这个小姑娘的勤奋加上天资，过几年一定会把她托上首席的位置。她浑身洋溢的青春气息，让我再一次感受到告别"吉赛尔"的日子越来越近了！

时间在忙碌的排练中一天一天地飞快闪过，6月10日即将到来……

第四十四章　6月10日

　　6月10日这天，风和日丽，天气干爽但不炎热。近几年北京这种天气有些罕见，往年的今日，恐怕早就是酷热难耐了。孟露下午排练完，梳洗完毕，看了一眼手机，已经6点了，就急匆匆地收拾了一个小的行囊，按照约定，来到了苏克的家中。

　　苏克早就把梅、许磊曾经住过的小套间打扫干净，换上了一张新床垫，床上用品也是新的，还在墙上挂了几张他好不容易才找到的，孟露最喜欢的玛丽莲·梦露穿着白色纱裙在把杆前的那组照片。布置妥当后，苏克环视了一下这个房间，然后满意地走了出来，正好听见孟露的敲门声。苏克打开房门，微笑着欢迎他的异灵主——孟露的乔迁。

　　他看到孟露只带来一个小的旅行包，吃惊地问道："我以为你们女生搬家应该是好几只大箱子，我们的芭蕾女神这么朴素吗？"

　　孟露打量着自己的新住所，答道："不是说明天就要去成都吗？干脆就先拿一个小旅行包，等我们回来再彻底搬吧。"她又回过头看着苏克说："再说了，我一个人怎么拿那么多东西？等从成都回来，你可得当我的搬运工啊！"

　　苏克面带微笑地点了点头，递给孟露一张写着门禁密码的纸条。 孟露扫了一眼就把纸条还给了苏克。

"这么快就记住了？"苏克吃惊地问道。

孟露点点头说："当然啦，上学的时候，我过目不忘的能力是学校里出了名的！"孟露心里想着，这么多年了，她偷偷看苏克按这个密码就看了无数次了，再笨也记住了。

苏克让孟露坐在客厅的沙发上，自己从冰箱里拿出一瓶香槟，又从酒柜里取出两只香槟杯，把两只杯子都倒满香槟后，自己将手中的杯子轻轻一碰，清脆而悠扬的响声在客厅中回荡，然后递给孟露一杯，说道："欢迎入住'灵音'，虽然你对这里并不陌生，但今后的十年我们将一起生活，你如果有什么习惯或者要求尽管告诉我，我尽量满足你。"

能看得出，苏克今天特别高兴。他拿出准备的餐前小吃，给孟露描述着今天上课一个学生带了一只特别可爱的小狗，学生上课时，小狗先是坐在苏克的脚边蹭他的裤脚，然后居然爬到了钢琴上，小爪子在琴键上叮叮当当地上演了一场绝妙的"小狗圆舞曲"，临走还不忘在琴凳旁留下些自己的味道，炫耀自己占据的领地……他一边讲一边笑，孟露也被苏克的描述逗得大笑，尤其是当苏克学着小狗的样子抬起一条腿的时候。其实，更让孟露高兴的是苏克的用心，她知道苏克是有意给她讲一些趣闻让她放松，好让她在被摄取灵魂时不紧张。

苏克今天穿着那件孟露经常夸赞的天空蓝与宝蓝色相间的条纹海魂衫，与他那一头蓝黑相间的头发十分相配，下面一条白色休闲裤，光着脚站在客厅的地板上，看样子还不到 30 岁，谁能想到他已经 60 岁了呢？孟露看着他，心里第一百遍念叨着：太不公平了，采灵人就不应该告诉我们这些异灵主他们真实的年纪！

孟露喝完杯中的酒，看着苏克，心里想：如果你不是采灵人，我会放弃一切和你生活在一起！然后她对苏克说："我们开始吧，我准备好了！"

苏克温柔地把孟露拉了起来，说："千万别紧张，你不会有任何不适的，相信我！"

孟露坚定地回答："嗯，我相信你！"

苏克站在孟露对面，看着她那双硕大的眼睛，轻轻地吐了一口气，说："Here we go！"①

苏克深深地吸气，孟露感到身体有一阵凉，但刹那间就恢复了自己正常的体温。还没等孟露有其他反应，苏克突然拍了拍孟露的肩膀，对她说："转移成功。没有感觉吧？有没有觉得有点冷？要不要加件衣服？"苏克看了一眼孟露身上穿的印着一对米奇耳朵的 T 恤衫，继续说："要不要把 Minnie 也呼唤出来和 Mickey 做伴？"

孟露突然觉得眼睛有些湿润，金子也曾说过类似的话，当然今天这件 T 恤早就不是上学时自己几乎天天穿的那件，但苏克的问话还是刺痛了孟露的回忆……"替我跳……"金子在地铁站里说的最后三个字再一次回响在孟露的耳边……

"孟露，孟露，你没事吧？冷吗？"苏克看着眼睛里含着眼泪的孟露焦急地问道。

"我没事，就冷了一下，马上就好了，放心吧……就是有点儿想……"孟露平复了一下心绪，突然转移了话题，"你呢，感觉怎么样？我的灵魂伴侣！"孟露笑着问。

---

① 英语，开始了！

苏克扬了一下眉毛说："嗯，你的灵魂伴侣？ Soulmate[①]！"然后陷入沉思，过了好一会儿才说："灵魂伴侣！ 这个词我喜欢，而且非常贴切！ 我一直想用一个词来形容我们两人的关系，今天被你找到了！ 今天是6月10日，Soulmate0610，一个完美的 password[②]。"

苏克脸上浮现出灿烂的笑容，他感觉非常幸福，孟露的灵魂进入自己身体的一瞬间，就立刻附着在他的主体灵魂上，与以往的三个辅助灵魂入体的感觉完全不一样。 如果说前三个灵魂入体的感觉像柠檬味的润喉糖，那么孟露灵魂的进入，就像一颗香浓的巧克力融化在舌尖上。

苏克接着说："我的感觉相当不错，我滋养了20年的灵魂终于与我的身体融合了。 我已经能感觉到我的能量在迅速增加，从来没有这么快过。"

"那当然了，我的魂儿应该还是挺香的！ 但是魂儿的主子能吃饭了吗？ 还真有点儿饿。"孟露说着就自己跑去打开冰箱门翻找着。

苏克摇了摇头说："哪里能让大明星自己动手做饭啊？ 而且明天一早我们就要飞成都了，我今天没打算做饭，已经订了旁边你爱吃的那家烤鸭，走吧！"说完就拉着孟露走出了大门。

孟露虽然喊饿，但几乎没怎么吃，点的半只烤鸭几乎都被苏克干掉了。 吃完饭，二人步行返回住所，在回家的路上，苏克看出孟露有心事，试探性地问："你，还好吗？ 是不是突然要和我一起

[①] 英语，灵魂伴侣。
[②] 英语，密码。

生活有点儿不适应？我说了你父母都住北京，比较方便，只要我们在北京，你可以像以前一样经常回家，如果需要过夜，我也可以在你家附近找个酒店住下，你只要感觉不舒服就马上来找我。正常情况下，问题不大的，我们临时分开，不会对你的身体有影响，况且我就在旁边，你感觉有异样马上来找我。楼下那个大的钢琴展示厅，我已经把钢琴都运走了，安装了镜子、把杆和地胶，你愿意的话可以继续练功或者教课，随你……"

"如果我们分开几天呢？"孟露突然问道。

"那就不好说了，目前还没有出现过采灵人和异灵主分开超过24小时的先例，理论上讲，常人是需要和自己的灵魂在一起的，否则会出现精神不集中、疲惫等症状，甚至引发其他病症。你为什么突然问这些？难道……"苏克立即警觉起来，黑漆漆的眼睛在夜色中闪出幽蓝的光。

看到苏克焦急的样子，孟露抚摸了一下他结实的手臂说："没有啦，我就是好奇，想问问我们和自己的灵魂最长能够分开多久？"

"其实从理论上讲，只要异灵主加倍注意，不要在与自己的灵魂相隔甚远的情况下过度用脑或者从事危险行业，注意休息，应该问题都不大。不过，为了常人的身体健康，我们绝不会冒任何风险，所以才会要求异灵主与我们同住。"苏克耐心地解释着，与孟露一起回到了他们的住所。

孟露看着"灵音琴房"的广告牌，指着一层的琴房对苏克说："今天是我第一天'灵魂脱壳'，能否请苏大师弹奏一曲《安魂曲》啊？"

苏克皱着眉头说："我非常愿意为你演奏，但不想弹《安魂曲》。虽然我不信什么鬼神之说，但多少有些忌讳，可以吗？"

两人走进了琴房，苏克打开琴盖，略微调整了一下琴凳，用手指了一下琴凳下面，那是小狗留下气味后阿姨清理过的痕迹，然后笑着弹奏起李斯特的《爱之梦》。

孟露全神贯注地沉浸在苏克的琴声中，静静地注视着这个自己深爱的采灵人，屏气凝神，直到最后一个音符，生怕自己的呼吸声会破坏苏克创造的"爱的梦境"。苏克的双手离开琴键很久，余音仍旧在空气中慢慢地融化。孟露情不自禁地使劲鼓起掌，说："不知道还要说多少遍，你弹得太好了，明天听不到了，我会非常想念的！"

苏克微笑着看了一眼孟露，说："谢谢！没事，我们去成都也就两周，很快就回来了，你会经常听到我的琴声的，到时候可能会很烦的！哈哈！"

孟露也笑了，摇着头说："会吗？我想象不出来你弹琴会让人烦，但是其他事，比如教训人，可就说不准了，哈哈！"

孟露洗漱完毕，环视了一下苏克为她精心布置的房间，然后坐在小梳妆台前，从包里拿出一个信封，抽出里面的信——这是孟露修改过无数次的写给苏克的一封信。此情此景让孟露忍不住又在信末添加了几行，然后她把信折好，放回了信封。孟露抬起头，看到苏克专门为她制作的一个镜框，里面放的是她最喜欢的玛丽莲·梦露穿着一件白色长纱裙、光着脚弯腰坐在把杆前面的那张照片。孟露把信封别在镜框夹缝里，走到门口看了一下，还算显眼，苏克不可能看不到，松了口气，趴到那张舒适的大床上睡着了。

第四十五章　苏克——孟露的选择

我抬手看了一眼手表，离登机还有半个小时，于是站起身，在候机厅徘徊了十几分钟，终于还是忍不住，再一次从口袋里掏出孟露的信，慢慢地打开，让孟露的字迹跳入我的眼帘：

亲爱的苏克，

　　当你看到这封信的时候，我应该已经在教室里上课了。没错，我不能和你去成都，我也不能和你生活在一起。你一定会认为我疯了，爱芭蕾胜过我的生命。的确，我非常热爱我的事业，芭蕾可以说是我的一切，我为之付出了我的青春、我的汗水、我的欢笑、我的眼泪……我带着金子的遗愿，一直跳到今天，它是我生命中不可缺少的一部分，我对它的爱让我不能放弃，起码现在不能。但是，我之所以不能和你生活在一起，还有更重要的一点，是因为我爱你，苏克！

　　我曾经试图改变，我努力过很多次，包括试着疏远你，试着与别的男生接触，试着和你保持正常的朋友关系。相信我，我一直在努力。但如果我和你生活在一起，我不确信我能够控制住我的心，让它不去爱你！

我无法想象每天和你生活在一起，却得不到你；每天面对你的双唇，却无法接触；每天盯着你那双漆黑的眼睛，却永远接收不到我期盼的目光……所以我决定，放弃和你一起生活的机会。

我知道你已经和下一任异灵主签署了灵魂契约，你必须去成都，每天为他输入能量并进行培训，就像20年前对我一样。你不能毁约，我也不希望你毁约。这是我的选择，与你没有任何关系！况且，只要你回京，我也会随时与你见面，为了我的身体健康，我也不会排斥去"灵音"小住。我只希望能够继续我们各自的生活，直到10年后的今天我的灵魂返体，我将永远忘记你！那时，我对你的爱也会随即消失，对于我才是彻底的解脱。

你不是也说过，只要我加倍注意，不过分劳累，不过分用脑，你不在我身边也没有问题，所以你完全没有必要担心我。回京后，联系我，我马上会出现在你面前，安抚一下我的灵魂，哈哈！

让我们成为史上第一对采灵人与异灵主不在一起生活的案例吧，我甘愿当你们实验室的小白鼠，嘻嘻！

祝你一路平安！一切顺利！

爱你的孟露

另外，谢谢你为我布置的房间，我很喜欢，从哪里搞到的这些高清照片？一定费了不少劲吧？如果我没有那么了解你，一定会认为你也有一点点爱我，呵呵！ 今天你好像很高兴，我也很高兴。 你没有骗我，你"施法"的时候，我一点儿都没有感到不适，你的手法的确温柔，希望我的灵魂能够让你的身体更加健康，彻底远离灵魂感染！

我真心希望你能够永远快乐，我的 Soulmate！

我把信折好，又重新放回我的口袋。 我突然感觉今天的阳光好像有些刺眼，隔着候机厅的玻璃都在刺痛我的双眼，心里有种说不出的感觉，些许悲伤，更多的是愤怒。 但不是针对孟露，而是对我们两个世界无法交融的无助！ 我们采灵人需要和常人朝夕相处，甚至共同生活，但是我们之间又隔着一道无法逾越的鸿沟，许多事是无论我们怎样努力都无法改变的！

我摸着口袋里孟露的信，不由自主地想：如果我们是同类人，我会不会接受她的爱恋？

在孟露说出"灵魂伴侣"那个词时，我的心突然被震撼到了！ 这就是我寻找了 20 年的定义，我就是她的灵魂伴侣！ 她开心的时候，我会不由自主地随着她放声大笑；她生气的时候，我愿随时面对她喷射的怒火直到熄灭；她低落的时候，我会伸出一只强壮的臂膀将她托起；她伤心的时候，我会用我的手托起她被泪水淹没的脸庞……但是，因为我的理智，我从没想过拥有她、占有她，尽管我知道她对我的感情是女人对男人的那种爱恋，但是我对她的情感已经超越了这个层面，我是她的，灵魂伴侣！

我深吸了一口气，拿出手机，给孟露发了一条长长的短信，然后拿起行囊准备登机。

第四十六章　孟露——无魂"吉赛尔"

我从来没有这么小心翼翼地上过课，所有的动作都放慢一倍，每做一个稍微有点难度的动作之前，都要过好几遍脑子，叮嘱自己千万不要掉以轻心，以免受伤。中间组合的时候，钢琴老师用异样的眼神盯着我，不满地为了我放慢节奏，我不好意思地向他投去了一个歉意的眼神。

下课后，我长吁一口气，仿佛并没感觉到任何异样，我的重心、核心力量，都一如既往，跳跃和转圈圈也没出岔子。保持，保持，我对自己说着，直接来到了团长办公室。团长示意我坐下后，我说："王团长，我想了想，是不是可以多给年轻演员一些锻炼机会？我愿意把这次的'吉赛尔'让给裴茹熙。"

王团长立刻站了起来，惊讶地看着我说："孟露，你没事吧？你现在的状态非常好，既有能力，还有经验，舞台表现力更是那些年轻演员学习的榜样，况且你一直是咱们团公认的最美'吉赛尔'。要是其他的小节目，或者是技巧类的剧目，团里可以考虑给年轻演员机会，但是《吉赛尔》你一定要参加，尤其是首演。这次我还请了一些国外的演出商来看，你得为团里出份力啊。而且《吉赛尔》已经开票了，许多观众都是冲你来的，你可不能辜负观众的期望啊！还要告诉你一个好消息，这次英皇（英国皇家芭蕾舞团的简称）的总监也会过来。我们谈好了，明年春天，你就去英皇跳《曼侬》。"

"啊？《曼侬》？！"我脱口而出。能够出演《曼侬》是我多年来的梦想啊！而且我也确实不想让那些为我而来，有些甚至是远道而来的观众失望，我咬了一下嘴唇说："嗯，我跳！"

走出团长办公室，我掏出手机，再一次阅读了苏克发来的短信：

　　孟露，你一定要认真阅读我下面给你写的注意事项，我尊重你的决定，但是并不赞同你的做法。要知道，一个灵魂不在体内的常人有可能会出现很多无法解释的状况，不仅仅是身体上的疾病，还有可能是心理上的，而且我的能量也已经随着你的灵魂一同离开了你的身体，虽然你可能还没感到异样，但必须时刻牢记我下面列出的每一点！这次我去成都需要两周，两周后我会返京，你要立刻来见我，让我给你好好检查。另外，我必须再次恳请你，放弃舞台，生活在我身边，至于你提及的那件事……我会尽量不出现在你的视线范围，这样可不可以？

　　另外，一定要记住我的叮嘱：绝对不能上台演出！虽然你可能会感觉身体并无异样，但是你的神经系统有可能会出现问题，思路也有可能不清晰，我怕舞台的灯光和观众的掌声等会影响到你的大脑对身体的控制。等我回来后，我慢慢给你解释。记住，必须每天向我汇报你的情况！

我叹了口气，继续阅读着苏克另外发的注意事项，一共有20来条，大多是说不可以过度劳累、不可以过度用脑、当心气温变化、注意增加营养等，反正我觉得和对刚出院病人的嘱咐差不多。

接下来的10天，我会尽量不过度劳累，如果有问题，还是来得及向团长请假的。想到这，我给苏克回复了短信：

> 放心吧，今天上课我没有任何不适，我会遵从医嘱，每天向苏主任汇报我的情况。有问题我一定会请假，不去上班的。别担心。祝你一路平安！一切顺利！

接下来的几天，我的身体完全没感到任何异样，我可以感知到苏克的能量确实已经不在我体内，但是我的体能并没有因此而减弱，毕竟经过这么多年的系统训练，我的能力是灵魂带不走的。所以无论是上课还是排练，我的状态都不错。每天晚上，我都乖乖地给苏克发短信，告诉他我的身体状况，让他放心。苏克几乎立即回复，让我不要掉以轻心，一定要遵循他写的注意事项，反正就是不停地叮嘱。我尽量避免给他打电话，我害怕听到他的声音，会控制不住地想立刻飞到他的身边。我尽量把我的全部精力都交给《吉赛尔》，但是脑子还是时不时地开小差，想苏克和新的异灵主，那个叫刘洋的，关系如何？会不会偶尔想到我？他是不是还在为我的决定而生气？

但是，排练的时候，我基本上能够控制自己除了《吉赛尔》不去想任何其他的事情，这些天的排练让我对明天的首演充满信心。今天必须早点休息，因为明天下午走台，晚上演出，比较辛苦，这件事绝对不能告诉苏克。想到这里，我拿出手机，拨通了他的电话，这是他走后我第一次给他打电话。

电话才响了一声，我就听见了苏克的声音："喂，孟露？你怎么样？没事吧？"

我回答："我挺好的，能有什么事啊？放心吧！你呢？好不好？你们那些建筑设计咋样了？"

"你真的是要吓死我，"苏克长吐了一口气说，"我不应该由着你那么任性的。你知道，我的能量完全可以强迫你和我一起来的，但是……"

"但是，你知道那不是我想要的，"我说，"如果你强迫我那么做了，我会非常痛苦的！"

苏克沉默了几秒钟后，说："我知道，但是你的身体比任何事情都重要！"

"苏克，你听我说，"我努力地控制着自己的情绪，用尽量平稳的语气说，"我知道我不可能跳一辈子，但是起码还能再跳几年，我这辈子最爱的两件事：一个是芭蕾，一个是你。你，我永远不可能得到，能不能请你让我继续拥有我的芭蕾，哪怕只是一年、两年？否则我才真的会像行尸走肉，你，能明白吗？"

苏克又沉默了，过了好久，我才听到了他无奈的声音："好吧，我会尽快赶回来，这几天你自己一定要注意，等我！"

我放下电话，看到阿奇跑过来说："露露，明天演出，今天要不我到你那里陪你吃饭，一起早点睡？"

我想都没想地答道："不行！"看着他期盼的眼神转为失望，又安抚道："一起早点睡？罗诗奇，你确定能早点睡吗？"

阿奇这才又露出孩子般的笑容说："那倒也是，不过露露，不都说了必须叫我阿奇，否则我就要去——"

"好，好，好，阿奇，咱们明儿见了！"我笑着回答。刚要走开，阿奇又拦住了我，说："我还是想，你知道，咱俩都好了两个月了，要不就住一块吧？啊？我就是想每天和你在一起！"

我无奈地答道："每天不都在一起吗？"

阿奇严肃地说："那不一样，你知道我说的是什么，别打岔！"

我也严肃地回答："现在不行，阿奇，给我点时间。你如果真的在意我，就必须给我点时间。"

阿奇顺从地点点头，小心翼翼地问："好的，我给你时间，你需要多久？"

我目不转睛地盯着他，回答："十年！"

第四十七章　6月20日

　　孟露的走台非常顺利，毕竟是老演员，有经验，与乐队的配合也特别默契。化好了妆的孟露在自己的化妆间，穿着保暖毛线护腿，裹着一件羽绒背心，脚上套着保暖棉鞋，正在闭目养神。她心里想：这些年，每次在北京的首演，演出前都会收到苏克送来的鲜花，今天的化妆间里明显缺了点什么……想着想着，她感到眼皮开始沉重了，在半睡半醒的状态中，孟露听到一阵轻轻的敲门声，伴随着王团长的声音："孟露，孟露在吗？"

　　孟露起身打开门。看到微睁双目的她，王团长略带歉意地说："不好意思，孟露，你在休息吧？我就是想告诉你所有被邀请的演出商都已经到了，英皇总监也来了，今晚就看你了哈，好好休息吧！加油！"

　　孟露点了点头，说："谢谢王团长，放心吧！"说完就关上门回到自己的座位上，不开心地想，让我好好休息，明明是搅了我的好觉！刚准备继续闭目养神，又听到两声敲门声，孟露无奈地再次起身开门，看到妆化了一半的阿奇站在门口，低着眼皮说："对不起露露，昨天我生气了，十年实在是太长了，我以为这是你拒绝我找的一个借口，一生气就没和你道晚安。但是今天我想明白了，爱一个人就要站在她的角度想问题，你一定是想再跳十年对不对？ 我陪你，但请别让我等十年！"

孟露看着阿奇认真的表情摇了摇头，说："赶紧去化妆吧，还能休息一会儿，马上演出了，不要想这些有的没的，谢谢你理解我，快去吧！"

阿奇如释重负地笑了，迅速地在孟露的脸上亲了一口说："太好了，你没生气，一会儿台上见！"

孟露关上门，看了一眼手机，还有点时间，干脆把手机调成静音，定上闹钟，就盖上自己的披肩，静静地卧在旁边的沙发上睡着了。

还在睡梦中的孟露突然被一阵急促的敲门声惊醒，"孟露，孟露，候场了，演出还有十五分钟准时开始！"

孟露一下子跳了起来，奇怪，闹钟没响吗？ 明明定的是提前半个小时啊，幸好妆没有花，她仔细看了一眼镜子，快速地重新整理了一下头发，换上《吉赛尔》一幕的淡蓝色与白色相间的泡泡袖长纱裙，跑到舞台上稍微热了一下身，开演的钟声就响起了。

幸好孟露对《吉赛尔》非常熟悉，音乐响起，孟露轻松地完成了自己的出场，气喘吁吁地跑回后台后，便在侧幕条旁继续着自己的热身，心中默念：你可以的，千万别出岔子，只要一幕的变奏过了，就不会有什么意外了。 中场休息20分钟，足够调整了。

孟露在焦虑中终于迎来了自己的变奏，音乐刚一响起，焦虑就被这熟悉的旋律稀释了，孟露把自己融化在音乐中，用单腿足尖上的跳跃，在舞台上画出了长长的一条斜线，随即在观众的掌声中完成了最后那段超快速的 piqué manège①。由于掌声经久不息，孟露长时间行礼后才跑回后台。终于松了口气，一幕后面的舞段都没有什么技术含量，更多的是考验演技，孟露用纸巾轻轻蘸去脸上的汗水，把固定头发的卡子拔下来几根，以便最后"吉赛尔"发疯时，头发更容易散落，然后在侧幕条观看着台上群舞的表演，静静地等待着自己的音乐……

一幕终于接近尾声，孟露在舞台上如鱼得水，又一次证明了她可以和"吉赛尔"融为一体。当"吉赛尔"发现自己钟爱的"阿尔伯特"的谎言与背叛时，孟露的大眼睛被愤怒和悲伤填满了，处于疯魔状态的"吉赛尔"，眼前闪现出她与"阿尔伯特"热恋时的场景和二人共舞时熟悉的舞步，随着音乐节奏的加快，孟露跳出了这段回忆中最后一个 jeté ②，当她的右脚前脚掌与地面接触的那一刹，只听见"啪"的一声，孟露应声倒地。她自己和身旁的演员们都知道出事了，这个声音是跟腱断裂的声音。孟露在附中的时候，她的老师就曾经在教室做示范时把大筋，也就是跟腱跳断过。孟露紧锁眉头，下意识地摸了一下自己的脚腕，应该是断了！但是她没有时间多想，音乐还在继续……饰演"妈妈"的王玲玲和"阿尔伯特"——罗诗奇把披头散发的孟露扶了起来。

王玲玲也是有丰富舞台经验的老演员，她用不动唇只发声的方式问："怎么样？"

"断了！"孟露用同样的方式回答。

罗诗奇还是年轻，加上受伤的人是孟露，他太紧张了，面部的肌肉不停地抽搐，他焦急地说："要不，要不你提前倒下吧？"

---

① 法语，芭蕾术语，单腿足尖上的圆周转。
② 法语，芭蕾术语，踢腿跳跃。

孟露快速地回答："不行，音乐没推起来，观众的情绪带入不了，听我的，配合我演完！"

王玲玲立即按照剧情，愤怒地推开罗诗奇搀着孟露的手，孟露向舞台上所有关注的目光摇了摇头，用余光扫到了在侧幕条后面紧张地看着她的孙天霖和其他老师们。她突然递给大家一个疯狂的微笑，然后抬高右腿的膝盖，做了一个高高的 retiré ①，把她那只完全使不上力的右脚藏在了舞裙里面，用左腿的力量，做着 plié ②，sauté ③，plié，sauté……孟露靠她的左腿小跳，跟着音乐的节奏由慢到快地在舞台上移动着，舞台上的演员们立刻排成了横排，配合着这突如其来的一幕：孟露每跳一步，都有一位含着眼泪的演员过来搀扶他们的"吉赛尔"，当罗诗奇最后一次拥抱她，孟露已经是汗流浃背，脸上也沾满了大颗大颗的汗珠，但是她还在跟着剧情演绎着。罗诗奇泪流满面地低声问："露露还行吗？"孟露异常镇静地回答："能撑住！"然后再一次挣脱他的双臂……终于，音乐接近尾声，"吉赛尔"找到了自己母亲的怀抱，然后用最后一点力气转身扑到飞奔过来的"阿尔伯特"的臂膀里死去……孟露躺在地上，像僵尸一样裹在被自己汗水浸透了的服装里，此时她还没有忘记把自己的左腿搭在右腿上面，用左脚的漂亮脚背遮盖住那只不能再开、绷、直的右脚，才终于闭上了双眼……这也许不是国家剧院最完美的"吉赛尔"，但绝对是有史以来最感人的一幕！

观众的掌声和喝彩声压倒了大幕后面演员们的惊叫声和嘈杂声，罗诗奇和几个还带着泪水的演员将孟露连抬带架地扶到后台

---

① 法语，芭蕾术语，主力腿踩直，动力腿的膝盖高高抬起，带动动力腿的足尖点到主力腿膝盖以上的位置。
② 法语，芭蕾术语，蹲。
③ 法语，芭蕾术语，跳。

的一张长条凳子上，王团长已经紧张地站在那里等候，焦急地问："怎么样？"

孟露面无表情地答道："应该是断了！"随即，她目不转睛地盯着近在咫尺的舞台，眼泪突然夺眶而出。王团长抚摸着孟露的头，安慰道："没事的啊，干咱们这行的，大筋断了不罕见，一会儿罗大夫就会过来送你去医院，做个手术接上就好了，不是很疼吧？大筋断了照理说应该没有这么疼啊，是不是还有别的地方伤到了？"说完就开始上下打量着孟露哭得颤抖的身体。

"不是因为疼，"孟露哽咽地说，"我不疼！我是……"孟露满脸是泪，死死地盯着舞台。此时，雯雯曾经说过的话在她的耳畔回响，孟露自言自语地重复道："舞台，是我魂牵梦绕的地方……"

王团长把手放在孟露的肩膀上安慰道："放心，你一定还能回来的！"

罗诗奇温柔地抱着孟露，想用自己的体温安慰她，其他老师和演员们也围在孟露身边，关切地看着她，裴茹熙还递给孟露一盒纸巾。孟露接过纸巾，擦了擦完全止不住的眼泪，稳定了一下情绪，对王团长说："二幕可以让裴茹熙上，她可以的！"王团长冲裴茹熙点了点头，裴茹熙感激地看了看孟露，被化妆师拉到化妆间去准备。

"我陪你去医院！"罗诗奇说。

孟露强忍住眼泪严肃地说："不行，你赶紧去准备，和裴茹熙跳二幕，你帮她排练过许多次，只有你可以。"

罗诗奇虽然年轻，但也明白"救场如救火"的道理，不舍地离开了孟露去找裴茹熙。

队医罗大夫终于赶到了，他原来在舞蹈学院当校医，那时就给孟露做过推拿按摩，几年前他又被调到团里当队医，可以说对孟露的身体情况非常了解。他稍微检查了一下孟露的脚腕，确认是大筋断了，赶紧和几个工作人员一起把孟露抬到了120急救车上。罗大夫上了车，陪在孟露身边，看着一直在抽泣的孟露问："很疼吗？一会儿检查一下还有没有别的伤，因为大筋断了不应该这么疼……"

孟露哽咽着回答："不是因为疼，罗大夫，我是怕我再也不能跳舞了！"

罗大夫摇了摇头，什么也没说。

第四十八章　孟露——伤筋动骨

我呆呆地躺在医院的病床上，看着清晨的阳光照进病房，爸爸在旁边的椅子上打着盹，他陪了我一晚上。昨晚爸爸逼着妈妈先回去睡觉，早上再来接替他。我看着两鬓斑白的父亲，生起自己的气来，就不应该告诉他们的，今天早上再说也不迟啊。都怪我太娇气了，害得他们这么大岁数半夜赶到医院，我这个不孝女！

"爸，爸。"我轻声喊道。

爸爸抬起惺忪的睡眼，突然警觉地问："怎么啦，露露？哪里不舒服？"

"没有，我挺好的，您赶紧回去睡觉去吧！也别让我妈来，等手术安排好了再过来，你们要是累病了，我做手术都不踏实，快回去吧。"我异常坚定地看着他说。

爸爸坚持了好几次，终于拗不过我，说："好好好，我走，我和你妈中午前过来。昨天晚上太晚了，好多检查做不了，都推到今天了，估计你会很累。你需要我们带点什么不？"

"千万别，"我回答，"你们一定得睡够了再来，我不需要任何东西，医院里都有，我的手机呢？给我吧，万一我想吃点什么还能点个外卖。"

"昨天你的同事们给你送来了，我给你充好电了，就放在你床头柜上。一会儿我和你妈就过来，你这个样子，我们怎么可能睡得踏实？"爸爸摇了摇头，把手机放在我的手上，又重新叮嘱了一遍，才离开。

我看到手机上有无数留言，直接忽略了阿奇、团领导和其他同事的留言，打开了苏克的短信。他连续发了近十条，都是追问我的身体情况，问我为什么没有按约定汇报。我按动手机键盘回复道：

不好意思，昨天有点儿累，一不小心睡着了。对不起，我没事，放心吧！

刚刚放下手机就收到了苏克的回信：

不是说别过分劳累吗？不过没事就好，我这边的事都安排好了，可以提前回京，再过两天我就回来了。既然累了，这两天更要格外当心，以免受伤。

我苦笑了一下，自言自语道："晚啦，已经伤筋动骨啦！"心想，再过两天，手术应该已经做完了吧，到时候再听你骂吧！我刚刚放下手机准备休息一会儿，好迎接今天的术前检查，就听见门被"砰"地推开。乔莎急匆匆地跑了进来，气喘吁吁地说："我说你也是，出了这么大事，怎么也不给我打个电话？昨天去看演出的学生回来说《吉赛尔》二幕换成杏儿了，我觉得不对，打电话给老孙，才知道出事了。你怎么回事啊？"

乔莎总是火急火燎的，一见面就问一堆不需要你回答的问题。我也就照常不作答，反问道："你怎么来了？ 今天没课？"

"你明天手术了，我还上课？ 我请了一天假，陪你做检查，你爸爸妈妈呢？ 哦，刚才护士说好像回去洗漱一下再来，你赶紧打电话告诉他们别来了，好好休息，这里有我呢！ 对了，刚才你那个小萝卜头来了，也让我给轰走了，我跟他说今天只能我照顾你，别人休想靠近！ 我毕竟是他的老师，我一吼，他不敢不从，你别介意啊！"小萝卜头，是乔莎给罗诗奇起的外号。 虽然人家也是一米八的大个儿，但是我俩在团里公开恋情后，乔莎还是一百个看不上他，说附中的时候，他一直是个小"地出溜"，加上他毕竟比我小九岁零三个月，所以，他就是小萝卜头，我俩，没戏！

我摇摇头，叹了口气，心想，乔莎直来直去的性格真的一点儿都没变！ 乔莎接着说："对对，我先去给你弄点吃的，好像有病号饭吧？ 可能不好吃，我出去给你买。"没等我说话，乔莎一转身就跑了。 我说过，和她说话比较省力气，因为根本轮不到你说话。

我的主治医生孙主任仔细检查了我的脚，又开了一些术前检查项目，幸好有乔莎在，爸爸妈妈在我的坚持下——当然主要是乔莎的功劳，硬被她给推上了车——回家休息了，傍晚再过来。 乔莎盯着我吃了孙主任开的口服药，看着护士用冷气枪喷洗我的脚踝帮我消肿，嘴还一刻不停地和我聊学校的事，聊几个芭蕾舞团招生的事，一会儿又和科室的医生、护士问这问那，连医生问我的问题，都被她抢答了。 反正我是一句话都插不上，倒也落个清净。

医生、护士们走后，我问："刚刚进我们团的杏儿真是个潜力股，你教过她没？"

乔莎洋洋自得地回答："何止是教过啊？ 那是脚把脚地教了好几年啊！ 杏儿可是我最得意的弟子之一，她开窍晚，前几年在班里还不起眼呢，最后一年一下子追了上来，好像一下子范儿就正了。 别说，和你有点儿像，你也是最后一年一下子厚积薄发的呀！"

我心里想，难道她也遇见了另一个苏克？ 不会这么巧吧！ 然后立即否定了自己的想法，我虽然不是采灵人，也没接触过几个异灵主，但是我们身上的能量和常人不同，而且我们身上都会带有采灵人身上的特殊气味，只是自己闻不到而已。 比如，我在梅和许磊身上都闻到过苏克身上特有的薄荷清香；上次在巴黎，我也立刻就感受到 David 体内流动着和我一样的、采灵人给予的能量。

"后浪不得了啊，拍得我都卧床了！"我自嘲道。

"你别把责任推到我们杏儿身上啊，是你自己没活动开吧？"乔莎的笑脸没停留两秒，突然认真地说："不过听说你昨天把台上的演员们都给跳哭了，我是既庆幸自己没去否则非急晕过去不可，又可惜没看到你最后那几个感人的 sauté[①]！"

我回忆着昨晚的那一幕，恍如隔世，苦笑着说："幸好跳'吉赛尔'穿的是长裙，可以把我这只不听使唤的脚藏在裙子里。 要是跳《天鹅湖》就麻烦了，你说能藏哪儿？"

乔莎突然眼泪汪汪地拉着我的手，说："你说你也是，太拼了吧！ 以后这种悬事千万别再干了！ 咱们已经不是豆蔻年华了，你

[①] 法语,芭蕾术语,跳。

也在舞台上绽放 20 年了，要提前做好心理准备。万一，如果……"

"我累了，想睡会儿，烦请乔主任到饭点儿了叫我呗？"我懒懒地岔开了话题。

第二天我被护士推着前往手术室，白花花的日光灯在我头顶上闪过，仿佛舞台上柔和的面光打在我的脸上，一束侧光从侧幕条后打了过来，照亮了舞台中央的手术台。我被追光追着移动到手术台，一束强烈的顶光直射下来，我闭上了双眼……伴随着腰部一阵刺痛，我的下肢逐渐失去了知觉，但我并没有失去意识，突然想起昨天又忘了给苏克发短信，他现在应该在返程的路上了吧？反正他马上就会知道，等他到北京，手术应该已经结束了，如果一切顺利，老天爷保佑！我再向他道歉，他坚持的话，我就搬去"灵音"和他住，反正短时间内上不了台了。正好我爸爸妈妈知道他这个苏主任，到时候就说是需要每天复健治疗，他帮我找到了医院旁边的一间公寓，还方便给我做检查。想到这儿，我的心情放松了许多，这时我听到了孙主任的声音："手术开始！"

我被推回病房的时候天已经黑了，那些顶光、面光、追光、侧光也都不见了。我第一眼看到的是妈妈焦虑的身影："露露，疼不疼？孙主任、苏主任一会儿就来给你检查哈！老孟，老孟？你爸也不知道跑哪里去了？女儿出手术室了，他人不见了。"

随着妈妈极度亢奋的嗓音，我看到爸爸一溜儿小跑来到病房里。妈妈刚要发作，突然看到他红肿的眼泡，立刻降低了嗓音："宝贝女儿手术一切顺利，咱俩去看看医生啥时候能来看露露吧？"说完就连推带揉地把爸爸推出了病房。过了一会儿，我看到眼睛稍稍消了点肿的爸爸、妈妈跟着孙主任和另外两位医生，以及护士走了进来。

孙主任和蔼地对我说:"孟露,感觉怎么样?"

我点了点头,胆怯地说出了几个字:"接上了吗?"

虽然手术只是从腰部以下进行麻醉,手术过程中我也听得见他们的对话,但是我还是想从孙主任口中得到确认。

孙主任笑着说:"放心吧,手术很成功,后续还有一些药物治疗,但你要好好休息,才能保证伤口尽快愈合!"

我松了一口气,说:"谢谢!"

我听话地配合着孙主任给我做检查,看着护士给我打针、喂我吃药、安装好吊瓶之后,爸爸、妈妈便跟着孙主任出去了,估计是要询问后续的治疗和注意事项。这时我才发现刚才一直藏在他们身后的那一双漆黑的眼睛。我突然打了个寒战,好像刚才妈妈确实说了"孙主任,苏主任",我刚从手术室出来,趴了近两个小时,脑子有点木讷,迷迷糊糊地以为她是重复地说"孙主任,孙主任",唉!躲是躲不掉的啦。我努力挤出一丝微笑,说:"苏克,你回来啦?"

第四十九章　苏克——执着的代价

我看着面无血色的孟露躺在病床上，人生中第一次感到了无助。我们采灵人是无法给体内没有灵魂的异灵主注入能量的，我们的能量只能通过灵魂才能得以控制和发挥，而且灵魂被采集后的异灵主，一旦发生意外，会比常人还要虚弱，受伤或者感染疾病后，会比常人恢复得慢。何况孟露受伤时，我这个占有她灵魂的采灵人还不在她的身边，还好她底子好，手术没有出现意外，简直是万幸！

我知道接下来的恢复期会比孙主任预想的要慢很多，除非……

听到孟露叫我，我走到她的身边，关切地看着她答道："中午刚到，听说你今天手术就赶过来了。"

孟露不好意思地说："对不起啊，苏克。我骗了你，我是不想打扰你工作，你要是知道我受伤了，可能会分神的。我想反正你这两天就回来了，骂我吧，我准备好了！"

"为什么演出？不是告诉你不可以吗？有危险！"我略带怒气地问。

孟露那双大眼睛一眨也不眨地盯着我说："我干这行，早就知道有危险，不管身上有没有魂儿，都会有受伤的危险，但我不还是干了这么多年。雯雯说,舞台是她魂牵梦绕的地方,这也是我的心声,当然现在只剩下梦绕了!"孟露发出微弱的笑声,舔了舔干裂的嘴唇。

我摇了摇头,真拿她没办法,都这样了,还在开玩笑!

她突然严肃地说:"早就已经出票了,那么多观众买票专为看我的《吉赛尔》,我不上? 我做不到! 原谅我,苏克,行吗?"

我叹了口气回答:"你的执着害得你躺在这里,不后悔?"

孟露摇了摇头,说:"我只是觉得对不起你,我不喜欢骗人。对不起啦,苏克,原谅我吧! 我出了院就搬去'灵音'行吗? 每天都听你的,直到我……"

"直到你什么?"我警觉地问,"你不会还想着抛开自己的灵魂回到舞台吧?"

"没有,我就是顺口一说。"孟露躲避着我的视线,快速地转移了话题,"你怎么知道我今天做手术?"

我心想,孟露真的是幼稚,两天没有按时汇报身体状况,以为一句"睡着了"我就会信吗? 想要了解她团里的情况对于我这个采灵人来讲不难,只需以医院的名义随便编个理由,给他们团里的罗大夫打个电话就搞定了。

我看着孟露说:"我能掐会算,不但知道你在骗我,还知道你今天会做手术。"

看着孟露躲避的目光,我接着说:"你给我听好了,只要伤口没有感染,你过几天应该就能出院。 出院后,必须立刻搬来'灵音',至于怎么和你父母解释,全部由你来负责!"

孟露使劲点点头说:"放心吧,我早就想好了,包在我身上!"

我严肃地看着她,继续说:"从今往后,你不许离开我超过50米,否则禁足。"

孟露又挤出一丝微笑,看着被石膏裹着的右腿说:"不用你禁,我的足根本动不了。"

第五十章　苏克——恐惧的代价

我坐在琴凳上，随手弹了一曲。弹琴是我心烦意乱时缓解心情最有效的方法，但今天我却怎么也平静不下来。

孟露出院已经一个月了，按照之前商量好的，我把她安顿在我的隔壁，又把原来的那间原本想给孟露当舞蹈教室的钢琴展示厅，隔出了一间小卧室和一个工作室，给已经搬到北京的刘洋。因为孟露的变故，我不得不改变原来的计划，让刘洋暂时来北京准备他下一个投标项目，直到孟露可以外出。

孟露的伤口到现在都没有愈合，正常人两周后就可以拆线，但是孟露……尽管我尽可能多地陪在她的身边，孟露的伤口还是和刚做完手术时没有什么区别。我告诉她，之所以恢复得慢，是因为她的灵魂隔着我和她两个躯体，况且，她的灵魂已经附着在我的主体灵魂上了，与她身体的感应不够强烈。

孟露住院期间，为了与她离得更近，我没有回家，晚上都在孟露病房所在楼层的护士站办公室的椅子上睡，不但做到了与她相隔 50 米之内，还可以经常到病房观察她的病情。刚开始孟露的情绪还是挺稳定的，麻药过后的疼痛她都忍住了，一声都没吭，可能是因为知道自己没有听我的话，有些心虚。为了遵守采灵人不能接触异灵主的朋友、同事及家人的规定，我每天尽量避开探视时间去看她，每次她都有说有笑的，估计是怕我骂她。但随着时间的推移，尤其是出院后，她的伤口恢复得太慢，孙主任和来会诊的医生们都束手无策，孟露开始郁郁寡欢，每天吃得很少，话也越来越少。

　　白天我上课或者帮助刘洋训练锁定和控制能量时，只能请护工帮助孟露洗漱，为她订饭，孟露几乎待在自己的房间不出来；晚上下了课，我给孟露检查完伤口之后，就会让护工去吃饭休息，我陪孟露一起吃晚餐，把她带去洗漱，再抱她上床就寝……然后我就会坐在客厅的沙发上发呆，直到晚上 11 点，护工准时回来陪床。

　　看着孟露一天天地消沉，我的日子也一天比一天难熬。今天孟露甚至不愿意让我陪她吃晚餐，她让我把餐食放到堆满药品的梳妆台上，就把我轰了出来。我悔恨当初对她的决定太过纵容，如果我不同意她离开我，而执意将她带在身边，就不会出现现在的情况！

　　我承认当时我是抱有侥幸心理的，我特别能理解舞台对于孟露的重要性。我不能想象如果有一天，我被砍掉双手，再也不能弹琴了，我会如何？一定也是痛不欲生！但是更主要的原因是她向我表白后，我发现我也同样害怕，我不敢想象十年后被她忘记，不敢想象下一个空魂年我将如何独处。我的心中出现了从未有过的恐惧，梅和许磊的离去已经让我非常难过，孟露走后我一定会痛心入骨！这才是我决定放弃下一个空魂年的真正原因！

　　每每感到无法自控的时候，我就会来到琴房，像今天一样，坐在琴凳上任由内心畅弹。这种做法通常可以帮助我做到两点。第一，平复心绪：我坚强了，才能让我的异灵主更加自信。 第二，展望未来：十年后，我将被彻底忘记，与其那时感伤，不如现在别太在意。 于是我就会再次装作无所谓，面对新的一天。

但是今天，被孟露从她的房间轰出来后，我已经连弹数曲，还是心乱如麻。 孟露正处于最低谷，她把我推开也许并不是她的本意，她现在应该非常需要我，毕竟她失去了她的一个挚爱——舞台，而只剩下我。 我不能再一次自私地演绎不在意而放弃对她的关怀。 我要让她知道，我，她的灵魂伴侣，会一直陪着她走过这段坎坷。

想到这里，我合上琴盖，上楼，走进了她的房间。

第五十一章　孟露——"我爱你"

我依旧坐在轮椅上发呆，看着苏克送来的餐食没有一点胃口。昨天我在电话里结束了和阿奇短短几个月的男女朋友关系。他不理解为什么不能来看我。我只是回答他说，我需要自己安静一下，我的伤让我无法面对其他东西，尤其是感情，请他尊重我的决定。于是我们分手了！

我知道即便苏克同意，我也不会允许阿奇出现在我和苏克的面前。我能想象阿奇听完我的一席话之后的悲伤和愤怒。我也恨我自己，恨我的绝情，恨我卑劣地把阿奇当成了备胎！但是看着我打在石膏里的右腿，我实在没有精力去顾及阿奇的感受，说白了，我不够爱他！

我看到苏克推开门走进我的房间，他穿着一件白色的宽松版T恤，蓝色水洗牛仔裤，带着永远无法用语言形容的帅气，我深知这个人才是我深深爱着的不该爱的人。我无助地说："苏克，我有些累了，不想吃了，你扶我去洗手间吧，洗漱完我就睡了，然后你就忙你的去吧。"

苏克仿佛没有听见我的话，自己拉了一把椅子，坐在我的轮椅前。他用那双漆黑的眼睛看着我说："孟露，你不应该老坐着，你的脚踝会充血肿胀，对恢复不利，还是尽量卧床吧，可以把腿垫高一些。我给你解释过你的伤口为什么愈合得很慢，不用担心，这是正常现象，你还年轻……"

"年轻？"我打断苏克的话，"一个38岁的芭蕾舞演员，在舞台上已经是黄土埋到脖梗子了，还年轻？"我把脸转向他，接着说："不对，我的话不严谨，我针对的是常人，对你们采灵人来说，那是相当年轻，你们也不会把大筋跳断，即使断了，第二天也会好吧？不像我，落个终身残疾，哼哼！"

苏克突然握住我的手，我下意识地想把手抽回，他反而抓得更紧，目不转睛地看着我说："你还很年轻，你也不会终身残疾，只是好得慢一点而已！"

"慢一点？慢多少算慢一点？你告诉我苏克，请你告诉我！"我愤怒地说。

苏克非常认真地回答："六个月，六个月后你应该可以挂着拐走路了。"

"六个月？"我的眼泪落了下来，"六个月才能走路，还得挂着拐？那我什么时候才能……"

我没能说出"跳舞"两个字，我害怕，我害怕苏克会对"跳舞"这件事判死刑。我看着苏克说道："英皇总监刚刚邀请我去英皇跳《曼侬》，苏克，你知道我等这一天等了多少年吗？可我的'曼侬'还没出生就死了！"

我绝望地哭出了声，苏克递给我几张纸巾，然后又重新抓住我的手，不停地抚摸着，直到我哭累了，不挣扎了，他才把我推到洗手间，像照顾孩子一样，逼着我清空鼻腔，用冰毛巾敷着我的眼眶，还帮我涂了润肤霜，然后把我抱到床上，非常温柔地抚摸着我的脸颊说："哭累了吧？ 好好睡一觉。"

他站起身，我用两个手指掐住他一只裤管，说："对不起，苏克，我失控了，我不该说那些伤人的话，更不应该冲你发火。 我爱你，对不起。"自从我上次在信里向苏克表白后，我再也没有说过爱他，但是昨天和罗诗奇分手后，心里反倒感觉如释重负，看着坐在我对面的这个人，"我爱你"这三个字又不自觉地从我嘴里蹦了出来。 虽然罗诗奇曾经一天十遍地说爱我，我从来都没有还给过他同样的内容，顶多回三个字——我知道！ 但是看着苏克，"我爱你"这三个字却能轻松地吐出来，原因只有一个，这么多年来，我一直无可救药地爱着他！

苏克微笑着看着我，拉起我抓着他裤子的那只手，轻轻地把它放回床上，亲吻了一下我的额头，走了出去。

不到两分钟我就睡着了，而且睡得很沉，可能是因为哭累了，也可能是因为苏克留在我额头的那一吻，给我施了魔法。

过了几天，护工帮我梳洗完毕，苏克带我去医院复查，像以往一样，孙主任检查了我那只没有一点儿好转的脚踝，皱着眉说："苏主任，您怎么看？ 孟露恢复得有点慢啊，手术很成功，伤口也护理得很好，没有感染，但愈合怎么会这么慢呢？ 水肿也没有消。 还得重新打石膏啊。"

苏克瞟了我一眼说："她不太喜欢卧床，心里着急，老想站起来，加上吃得少，营养跟不上。"

孙主任严肃地看着我说："孟露啊，不要急，你越着急去扯那个伤口，就越不好恢复，从今天开始必须卧床。 另外，营养也要跟上，否则手术做得再漂亮也没用。"

苏克推着我走出诊室后和我说："不好意思，我只能把一切都推到你身上，因为……"

"我明白，你不用解释。"我低着头答道。

之所以低着头，是因为我不想让苏克看到我绝望的眼神，我心乱如麻，断定没有两年时间我根本不可能恢复。而两年的时间足以废掉我的"舞功"，可以肯定我的舞台生涯已经走到了终点。我能干什么？还能干什么？像孙天霖那样留在团里当排练者？还是像乔莎那样在舞院找个职位？这些都不是我现在想要的生活，我现在只想跳舞，在舞台上跳舞！

"孟露？"我听见苏克在喊我，我抬起头，看到我们已经到家了。家？应该不算，顶多是我往后十年的居所。苏克违反了他们采灵人的规定，允许我父母来"灵音"探望我，只是每次他们来，只能见到护工和我，苏克会躲在琴房里，毕竟十年后我们不会再有任何关系，最好不要让我爸妈产生误会。

我出院后，以需要静养为由，谢绝了团领导和同事们的探望，只允许乔莎在我做检查的当天来医院看我。苏克总能找到办法隐身，只有一次撞见过乔莎，不过幸好她的注意力全部在我身上，没有在意我身边的其他人，也就避免了她一连串的问话。

苏克和护工熟练地把我从车上抬下来，放到轮椅上，护工把我推进我的房间。我房间的小梳妆台上放着各种药和雯雯从法国给我寄来的堆成山的保健品，前面摆放着一幅画，是我干儿子小Pierre用彩色铅笔给我画的一只金黄色的小狗。才五岁的宝宝，非常有绘画天赋。画的旁边，雯雯写道：

祝最爱的露妈妈，最美的玛丽莲，早日康复！这是L'OR，上周她才成为我们家庭中的一员。这个金色的小宝宝已经成为你干儿子的挚爱，每天都要抱着她才能睡觉！让她陪着你，你一定会很快好起来的！

爱你的 Pierre，Emilie，雯雯，Eric

我曾问过苏克 L'OR 是什么意思，苏克说是"金子"。

苏克从我梳妆台的药堆里，挑出我此时应该服用的药，同时递给我一杯水。

我看着装满水的杯子愤愤地说："我想喝酒！"

苏克非常认真地说："你怎么知道杯子里的不是酒？"

我怀疑地拿起杯子喝了一口，然后骂道："苏克，你个骗子！"

苏克得意地回答："So are you！"①

我吃完药，苏克又把我抱到床上，抓着我的手说："你，还好吗？我看你今天一路都低着头不说话，是不是还是很痛？我可以给你加大止疼片的药量。"

我摇摇头，指着我的心口说："这里疼！"

我环视着苏克为我布置的房间接着说："这个房间真的很漂亮，一看到这些照片，就想起我学生时住的宿舍，那时……我真的……年轻。"说着，我的眼泪又不由自主地流了下来，我用手抹了一把，说："对不起，又没忍住。不说这个了，你知道吗，苏克？我第一次看到你时，应该就爱上你了！"可能因为"我爱你"这三个字在我心里憋了二十年，所以自从上次说出来之后，

---

① 英语，你也是！

就如同决堤的洪水，每天动不动就说爱他，说得我自己都嫌自己贫。

苏克挑起眉毛说："是吗？我怎么觉得那天你的眼睛里全是质疑呢？"

我反驳道："没有，可能刚开始有一点点，后来你抓住我的脚腕时，我就感到一股电流直冲我的脑门，这就是化学反应！"

"这是能量输入！"苏克一边笑，一边用纸巾擦干我眼角的泪水，"每个异灵主都会有同感的，不是什么化学反应！"

"就是化学反应！反正我的感受肯定和许磊，和梅不一样，我问过他俩，他们说就是感觉热热的，不是我这种像触电一样，你不信问问刘洋？"我固执地反驳道。

苏克摇摇头说："别打扰他了，他现在每天都画图到深夜，马上竞标了，他压力挺大的。"

"苏克，"我看着他精致的面庞，一对浓密的睫毛盖住了他低垂的双眸。

"嗯？"苏克抬起黑眼睛疑惑地看着我。

我叹了一口气，摇摇头，把想说的话咽了回去。我绝望地想：估计我已经彻底失去了我挚爱的舞台，十年后，我还将失去记忆中的你！这样的生活还有什么意义！

第五十二章　苏克——钻心的疼

又过了两个月，虽然石膏已经拆除了，但孟露的跟腱恢复得和预期一样慢。她越发地少言寡语，每天逼着自己吃一些食物，然后就会拄着拐站起来，试图锻炼自己肌肉萎缩的右腿，每次都是满头大汗地以不满意告终。为了不让她的伤口再次撕裂，我禁止她做长时间的复健，每天运动结束后，我都会给她穿上跟腱靴，防止她自己偷偷地练习，再次扯裂伤口。

我看着她承受日复一日的痛苦，心里明白她绝对不可能再次回到舞台，除非——除非，我把她的灵魂还给她！

其实这个想法已经无数次出现在我的脑海，又无数次被我从脑海中扼杀！从我在病房看到她的那一刻，我就有把灵魂还给她的冲动。大概是因为那时的孟露比较乐观，扼杀这个想法比较容易。但是现在，我越来越控制不住内心的冲动。我知道这么做会给我带来什么后果，灵魂感染和之后的死亡！而且孟露的灵魂附着在我的主体灵魂上才三个多月，强行剥离，我将经受剔骨般的疼痛！

我还需要给总部发邮件说明情况，并请他们派人履行我未履行的和刘洋的"灵魂契约"。而我，因为违反了总部的数条规定，尤其是"由于个人原因，未能履行已经签署的'灵魂契约'"和"将体内未满10年的异灵强行剥离"这两项重要规定，将被总部除名！

另外，三个月的时间，不足以让孟露对我的记忆完全消失，她会在很短的时间内想起一切……以上种种，都迫使我一次又一次地消除"提前还魂"的想法，但是我内心的痛苦却与日俱增。

天色已晚，我给自己倒了一杯威士忌，坐在沙发上打开笔记本电脑，随意翻看着我的文件夹，目光停留在孟露和我母亲的那张合影上。我下意识地抚摸着母亲微笑的面庞，又把目光转移到坐在她身旁的孟露的脸上，她的大眼睛里闪烁着快乐，想到她为了我，让母亲同意拍了这张照片，本想给我一个惊喜，却遭到了我一通莫名其妙的斥责……

我又翻到了我给孟露拍的那组"捎"给何金梓的照片，往事历历在目，孟露穿着何金梓的礼服裙，光着脚在地毯上翩翩起舞，汗水和泪水同时流淌在她的脸上……

我感到灯光开始刺痛我的眼睛。我拿起酒杯，喝了一口，然后闭上双眼，想起孟露邀请已经忘记我的梅来看演出的那天，我第一次知道了孟露对芭蕾的爱，她曾经自言自语地说："不知我有没有机会跳《曼侬》？这可能是所有芭蕾舞演员都想征服的角色吧？如果有机会，哪怕只演一场，我也无憾了！"

"吱"的一声，孟露房间的门被推开，我先看到的是孟露伸在轮椅外的穿着跟腱靴的伤腿，然后看到她自己用力滚动着轮椅，我心里涌上一阵酸楚，孟露的"曼侬"难道就这么死了？我站起身，把她推到客厅的沙发旁，她瘦骨嶙峋的身躯藏在一件宽大的粉红色的连帽卫衣里面，本来就很小的脸蛋，因为食欲不佳，更加突显出两个颧骨和那双大大的眼睛。她目不转睛地盯着我的眼睛，我知道刚才那阵酸楚有可能又冲淡了我的双眸颜色。我赶紧低下头走到酒柜旁，取出一只红酒杯，又从冰箱里取出一瓶葡萄汁倒入酒杯，然后递给孟露，说："1982年的拉菲！"

她挤出一丝苦笑，摇摇头说："让您破费啦！"

我拿起我的威士忌酒杯和她碰了一下，然后坐回到沙发上看着她，欲言又止。我们无声地喝着各自的"酒"，孟露终于说："我就是出来看看你，这阵子辛苦你了，每天照顾我，我还不给你好脸色，有时还冲你吼……"

我用手势制止她继续说下去，又呷了一口威士忌，对她说："我理解你的心情，你已经非常勇敢了，这么长时间，你经历着身体和心理上的，旁人无法想象的双重折磨。我为你骄傲，孟露！"

孟露摇摇头说："别为我骄傲，我不值得！"然后一口气喝光了她的"拉菲"，对我说："苏克，你是一个好人，一个非常好的采灵人，你本可以让我自生自灭的，因为我受伤是我的选择，完全不是你的责任。这三个月你尽心尽力地照顾我，还让我爸爸妈妈来看我，这肯定违反了你们的规定吧？我今天就是想说，谢谢！以后，你一定得多照顾你自己，千万别再为了像我这样的异灵主劳神劳力的，真的不值得！你值得拥有一个精彩的采灵人生！一个幸福的人生！"

我看着孟露，这是她搬进来后，第一次说了那么多话。她接着说："苏克，你别对异灵主太投入了，我们终究都会忘记你，而你却会永远记得我们。我觉得这也太不公平了，应该让你们那个什么总部发明一种药，让你们服下，也可以同时忘记我们。否则，你看梅离开你时，你多难过啊，是不是？许磊离开的那天你都不让我过来，估计眼睛的颜色又变淡了吧？我猜得到的。我离开你那天，你可千万别难过，多想想我多不听话，给你带来多大麻烦，不值得让你难过，对不对？"

"你值得！"我毫不犹豫地答道，"你值得我为你做的一切，我只是希望我能做更多，可是……"我叹了口气，尽量避开孟露的目光，因为我的眼睛又开始感到刺痛了。

孟露说："你已经为我做得够多了！苏克，别自责，我说了无数遍了，离开你，确切地说是放弃我的灵魂，是我的决定，与你无关。我累了，但得先去个洗手间，劳您大驾，把咱挪到卫生间吧。"

我把孟露推到卫生间，她让我把拐杖递给她后，就把我轰出来了。我说："有需要就喊我，我就在门外！"

孟露说："赶紧走开，你在门外，我干什么都不好意思，快走开！"

我听话地走出她的房间，关上了门，想着过一会儿，她一定会喊我把她抱到床上的，每天这个时刻，都是我最幸福的时刻：抱着她，听她在我耳边说爱我……我微笑着站在门口等候着她的呼唤。

过了好久，我听到卫生间里传来"扑通"一声，我赶紧跑进去打开门，看到孟露坐在地上，一只手耷拉在地上，另一只手里攥着一把不知何时从工具箱里偷出来的小瑞士军刀。她看到我进来，"哇"的一声大哭起来，哽咽着说："我做不到，我什么也做不到，做不到自己站起来，也做不到永远不站起来！苏克，我想跳舞，哪怕只跳一场，让我和舞台道个别！"

我夺过孟露手中的刀放进我的口袋里，然后把她抱到床上，开始检查她的全身，还好，孟露在摔倒时下意识地用手撑了一下，除了手腕有点肿，伤口并没有大碍。我取出冰袋敷在她的手腕处，没过一会儿，肿就消了。我又检查了一下她的手腕，没有什么问题。我从药箱里取出扶他林，涂抹在她的手腕处，一只手慢慢地按摩着，另一只手擦掉她脸上挂着的泪花，严厉地说："听着，永远不要干傻事！我不允许！"

孟露咬着她厚厚的嘴唇，使劲憋回眼眶里盛不下的泪水，低着头思考了很久。我摸着她的手腕问："还疼吗？"

"不疼！"孟露抬起头坚定地回答道。我知道她这是在宽慰我，伤口虽然没有崩开，但是经过这么一震，肯定是钻心的痛，否则她不可能出这么多的汗。她看到我怀疑的眼神，再一次说："对不起苏克，我不想拖累你，你快去忙你的吧，我不会再干傻事的。如果我死了，我的灵魂会不会随我而去？那你会不会灵魂感染？我绝不能这么自私！放心，我不疼了！"

而我却第一次感到了疼，钻心的疼！我拒绝了离开她的要求，递给孟露两片药，她毫不犹豫地吞了下去，十分钟后，她沉沉地睡了过去……

第五十三章　孟露——奇迹

　　我梦见自己躺在床上，屋子里很黑，但是透过外面大厅的灯光，我看到一个黑影侧身躺在我身边。我试图睁开眼睛，但无论我怎么努力，我的眼皮都像被强力胶粘住了，怎么都睁不开，只能感觉这个熟悉的身影躺在我身旁，一只手搂着我，离我非常近，我可以感觉到他的呼吸。一阵急促呼吸后，他好像非常疲惫，抱着我的手沉沉地滑落下来，然后，我感到我的脸蛋被轻轻地抚摸，我的额头被贴上温柔的一个吻。我再次试图睁开我沉重的眼皮，但失败了，虽然不知道是怎么回事，我却享受在睡梦中，被一个熟悉的人，一只熟悉的手，一对熟悉的唇爱抚……

　　我睁开双眼，审视着周围陌生的环境，我这是在哪儿？怎么感觉脚不那么疼了呢？我听见门外妈妈的声音："孟露今天怎么样了？"护工说："她还在睡，要不要我进去看看？"

　　"好，谢谢，但别吵醒她！"爸爸说，"我们就是上班前过来看一眼，给她买了点早餐，她要是睡着，我们就先去上班，下班了再过来。"

　　随后我看见护工轻手轻脚地走了进来，看见我睁着眼睛，立刻说："叔叔阿姨，进来吧！孟露醒了。"

随着爸爸妈妈走进我的卧室，护工已经打开了窗帘，问我要不要去卫生间。

　　我点了点头。还没等她扶，我突然感觉体内流动着一股能量，把我的身体一下子就推了起来！护工惊讶地说："呀？孟露姐，你自己可以站起来了耶！"

　　我看着自己还包裹在纱布里的脚踝，不是穿着跟腱靴睡觉的吗？怎么靴子不见了？我略微活动了一下，好像真的不像昨天那么疼了，竟然还可以向前迈两步。

　　妈妈赶紧跑过来搀扶着我，说："别，别，露露，刚刚可以动，别用力过猛了。"说完就和爸爸一起把我扶到洗手间。我洗漱完毕后，在他们的逼迫下，吃了两个大包子，一碗粥，然后坐回轮椅上，等护工推我去医院复查。

　　妈妈问："今天苏主任不在？"

　　护工答道："苏主任今天有事，给我留了言，说孟露姐今天应该可以拆纱布了。孙主任检查完，没什么问题的话，我的工作也就结束了，您二老晚上就可以把她带回家。"

　　妈妈激动地说："太好了，这些日子多谢你和苏主任照顾我们家露露，尤其是苏主任，百忙之中还帮孟露检查，带她去复查。每次我们来探望，他都在上班，也没见到他。这里有两箱橙子，是我家的远房亲戚从江西寄给我们的赣州脐橙，我尝了尝还挺甜的。一箱给你，另外一箱是给苏主任的，是我们的一点儿心意。"

　　爸爸补充道："还麻烦你第一时间告诉我们检查结果，如果孟露可以回家的话，我今天下了班就来接她！"

　　我也兴奋地听着他们的对话，这么长时间，我第一次感到我的右腿有了力量，右脚踝也可以支撑我身体的重量，老天保佑吧！就是不知道他们提到的苏主任是谁。说是一直照顾我，给我做检查，带我复查，我怎么一点儿印象也没有？每次复查不都是护工带我去的吗？不管了，反正感觉有好转，等着孙主任的检查结果吧。

不出所料，孙主任高兴地通知我，今天拆掉纱布，不再需要护工，我可以回家了！而且可以加大右腿的复健运动量，应该很快可以恢复。

晚上爸爸带我回到家里，妈妈给我做了一大桌子的美食。这个好消息让我们仨胃口大开，一大桌子的菜全部吃光了，撑得我拄着拐在家里溜达了好几圈，在妈妈的逼迫下才坐下来，还是撑得弯不下腰。妈妈摸着我的头发，温柔地说："这下好了，露露回家了，你一定会很快恢复的，这次听妈的，别跳了吧？马上 40 了，想想今后的方向，是留在团里还是？"

我叹了一口气说："妈，今天是一个高兴的日子，咱们不提今后的事儿行吗？"心里想，现在才 9 月底，如果恢复得快，三个月的时间，可能还能赶上年底的《胡桃夹子》呢！

爸爸说："就是，让露露休息吧，今天累了一天了，孙主任不是嘱咐了得注意休息才能好得快嘛！"

妈妈点点头说："对对，不说了，露露赶紧洗洗睡吧！"

我扔掉拐杖，兴奋地自己走进洗澡间，看到洗手池旁边放着一把刚才妈妈给我切橙子用的水果刀，突然感到一阵晕眩。我赶紧用手扶住墙面，怎么回事？差点被一把水果刀吓晕过去……可能是前阵子吃得太少了，有点儿低血糖？我赶紧洗漱完毕，走进自己的房间，不到两分钟，就进入了梦乡……

第五十四章 苏克——妈妈

我给孟露吃的两片药中，一片是止疼片，另一片是还魂片！孟露服下药，没一会儿就熟睡了。我慢慢地躺在她的身边，用自身能量把她的灵魂从我的体内强行剥离开，我强忍着剥皮削骨的疼痛，将孟露的灵魂重新注入她的体内！然后，我脱下她的跟腱靴，抓着她的脚踝，给她输入了我能够输入的全部能量，她一定会很快恢复的。

孟露转动了一下她的头，一缕头发遮住了她半张脸庞。我又情不自禁地再次躺回她的身旁，用一只虚弱的手将那缕头发撩到她的耳后，然后用指尖抚摸着她的面颊。听着她均匀的呼吸，我想象着她再次登上舞台的样子，想象着她脸上浮现出的满足的笑容，我释然了，这一切都是值得的！我安静地看着熟睡的孟露，知道护工应该快回来了，我不得不站起身，轻轻地亲吻了一下孟露的额头，走出了她的房间……

我来到客厅，给护工留了一张字条，然后拿起我的笔记本电脑轻手轻脚地走下楼，打开了琴房的门。

我坐在平时授课的椅子上，打开电脑，先给总部写了一封信，向他们坦白了我的一系列违规行为。不出所料，没过多久我就收到了他们的回复：

　　苏克，你好！
　　　　根据你向我们汇报的内容，我们抱歉地通知你，这将是总部给你发的最后一封邮件。
　　　　鉴于你违反了采灵人"禁止与异灵主在助灵期内发生工作之外的接触"和"禁止把自己暴露给异灵主的朋友及家人"两项规定，以及"由于个人原因，未能履行已经签署的'灵魂契约'"和"将体内未满十年的异灵强行剥离"两项重要规定，我们不得不将你除名。你的邮箱将无法联络到我们。你的一切信息也将被删除。
　　　　我们将于明日派出另外一位采灵人，代替你履行你与刘洋签署的"灵魂契约"。
　　　　请你立即删除所有与采灵人总部有关的资料，包括但不限于电子邮件。否则一切后果自负！

　　我苦笑着读完了这封邮件，心想：一切后果自负，还能负责什么？我是个将死之人，还让我承担什么后果？我庆幸总部明天会派人来把刘洋接走，无论如何，我都觉得对不起他。但我一点儿也不后悔，我做了我应该做的，能让我的灵魂得到安慰的事情。
　　我毫不犹豫地将总部的一切资料从我的电脑中删除，删到最后，我的手指停留在苏菲前几日给我发的一封邮件上，邮件没有任何主题和内容，只有一个附件，那是一张我们儿子的照片。我实在舍不得立即删掉，再保留两天，等我闭眼前再删，应该问题不大吧？

随后，我用我的笔记本电脑录了一段视频，发送时间设定在两个月后。

做完这一切，我把电脑放进琴凳的收纳箱里，突然感到从未有过的疲惫，靠在椅子上睡着了……

我被清晨的朝霞晃醒，听到外面好像有脚步声，我赶紧站起身，躲在钢琴后面。透过落地玻璃，我看到总部这次派来的是一位"采灵女"，她麻利地把停业的招牌摆在琴房的门口，然后匆匆地接走了一步三回头的刘洋……我看着孟露的父母面带微笑地和护工推着同样喜气洋洋的孟露出来，知道今早孟露的表现一定给他们带来了惊喜……我不敢回房间，怕遇上不知何时就会复查回来的，现在肯定不认识我的孟露，我干脆坐在琴房的椅子上昏睡了一整天。

傍晚，我被楼道里嘈杂的声音吵醒，赶紧又起身躲到钢琴后面。透过玻璃，我看见孟露的父亲拿着她的行李走出楼门，旁边是拿着自己行李的护工，孟露拄着拐跟在他们的后面，我竟不由自主地快速走到玻璃窗前，想最后看孟露一眼，但是我的眼睛被落日的余晖刺得好痛，只勉强看到了孟露的背影。我盯着这个我无比熟悉的背影钻进车里，她把拐递给她父亲时，仿佛回头看了一眼。虽然知道房间里很暗，她又离得较远肯定看不到我，但我还是不自觉地背过了身。直到听到汽车启动的声音，我才转过头，强忍着双眼仿佛被上千根针同时穿刺的疼痛，目送着我的灵魂伴侣淡出我的视线……我知道，这一切该结束了！

我强撑着走上楼，空荡荡的"灵音公寓"只剩我一个人。我从冰箱里拿出一瓶香槟，然后瘫倒在沙发上，直接对着瓶子把冰凉的液体灌进我的喉咙……

我睁开眼睛时，外面非常黑，我使出浑身解数才站起来，走出公寓，扶着楼梯的扶手缓缓地下了楼。我走进琴房，坐在琴凳上，打开琴盖，弹起了"拉赫玛尼诺夫第二钢琴协奏曲"……当我感到自己的手指开始不听指挥时，我放弃了，干脆靠着落地玻璃滑坐在地上，闭上眼睛，希望能够就这样在睡梦中安静地离去。虽然我们采灵人能够帮助异灵主实现他们的梦想，但是没有人可以帮助我们实现我们的梦想。比如，我想见一下我自己孩子的梦想；比如，我想再见一下我母亲的梦想；比如，我想在睡梦中离去的梦想……

怎么都睡不着的我，扶着落地玻璃站了起来，突然被玻璃反射出的自己的身影吓了一跳，才一天的时间，我骤然衰老，仿佛从二十几岁的小伙子，一下子变成了年过半百的长者！我想，孟露如果看到现在的我，一定会感觉欣慰吧？她总是为我年轻的容貌而感到不公平！我缓慢地走到琴凳旁边，从收纳箱里取出了我的笔记本电脑。

我用虚弱的双手打开了电脑，点开收件箱中唯一保存的那封邮件。我仔细端详着儿子那张胖嘟嘟的小脸，不得不说，他长得和我太像了，除了那双深绿色的眼睛，几乎没有一点苏菲的影子，简直就是一个迷你的我！每次看到这张照片，我的嘴角都会不自觉地上扬，让微笑洒在我的脸上。但是今天，我感觉我的眼睛好痛，我知道它们一定又开始流失应有的颜色，但是我仍然舍不得移开视线，最后，我情不自禁地亲吻了电脑屏幕，强迫自己关闭了电脑。看着外面的朝霞开始蔓延，我把电脑重新收回到琴凳的收纳箱里，然后艰难地走出琴房，坐在外面的台阶上，等待着日出和死亡……

很奇怪，当一个人面临死亡的时候，他脑子里所有的负面记忆全部消失了，他眼前闪现的几乎是他这一生快乐美好的时光。我看到了洪波被头盔罩住的脸上那专注的眼神，看到他用头盔狠砸着偷拍我的经理的书桌；我看到了梅聚精会神地敲打着键盘，看到她在我的小厨房里，忙忙碌碌地为我准备着"梅式"菜肴；我看到我和许磊在野外采集植物标本，我们风餐露宿，在帐篷里兴奋地把酒夜谈；我看到孟露在"灵音"楼下大声地喊着我的名字，迫不及待地告诉我她荣升首席，我看到客厅的暖色灯光打在她红扑扑的脸蛋上……我和洪波是哥们儿，和梅是亲人，和许磊是知己，和孟露是灵魂伴侣！笑容浮现在我的脸上，他们的存在温暖了我的一生，笼罩着我心灵的冰山被彻底地融化了！

我眼前又浮现出妈妈在照片中的笑脸……奇怪，原本静态的笑脸怎么突然动了起来？由快乐变为紧张，由紧张变为悲伤，这张脸变得越来越清晰，直到她真实地出现在我的眼前……

"苏克，苏克，别睡！别睡，我的儿子！"

我感觉到了，感觉到妈妈温暖的双臂把我抱在她的怀里，我看到了她近乎透明的双眸，她的眼睛一定被光线刺得很痛，很痛。我伸出手，摸着她的脸，用尽最后的气力说出了我这一生最想说的两个字："妈……妈！"

第五十五章　孟露——我不会忘记

我的跟腱奇迹般地以惊人的速度恢复着，搬回爸爸妈妈家后，仅两周的时间我已经健步如飞，第三周我开始去教室上恢复课，一个月后就逐渐恢复排练了。12月初，如我所料，我又被列入年底的《胡桃夹子》首演名单。我和罗诗奇重新组队，我的从容让阿奇也迅速摆脱了尴尬，同时堵住了团里喜爱八卦人士的嘴。只是我发现，阿奇看我的眼神……好像依然是依恋！这多少让我有些吃惊，像他这么大的孩子，应该很快去追逐新的恋情啊？怎么还会在一棵树上吊死？那颗曾经的"杏儿"，现在的裴茹熙已经不是替补，而是直接跃至独舞的行列，这归功于她上次成功救场《吉赛尔》。

我又搬回了我的小公寓，在爸爸妈妈家收拾行李的时候，我突然发现我的抽屉里放着一个夹子，里面有一张用A4纸打印的奖状，写着：

奖　状
特授予孟露小姐"最棒的初级能量掌握者"称号！

没有签名、印章和落款，只有一个红红的指纹印。这张奖状让我感觉既陌生又熟悉，好像有许多记忆正在不断地往我的脑子里面填充，但是最关键的部分始终是空白。

我经常坐在雯雯留下的那把旧椅子上发呆。自从跟腱恢复后，我尽量不去想治疗期间的痛苦和挣扎，只是偶尔会有一些画面闪过，在这些画面中，每次都会出现我梦中那个熟悉的身影，我努力地想回忆起来他是谁，以至于我发呆的时间越来越长。

今天的排练出奇得顺利，我又看到了众多羡慕甚至崇拜的目光，但这些以往会让我心里充满喜悦的目光，今天却很难打动我，因为我的脑子里突然又出现了梦中的那个身影，而且这一次，他停留的时间很长，我几乎可以看见他的容貌……我急忙跑出教室，回到我的小公寓，坐在雯雯的椅子上，打开电脑浏览器，输入"跟腱手术后的幻觉"，刚想按下回车，突然看到一个未读邮件的提示。我打开邮件，发现这封邮件没有抬头，没有内容，只有一个小视频。我正准备把它移到垃圾邮件时，无意中扫了一眼发件人的名字——Soulmate，我战栗了，这个词好熟悉啊！突然，我的脑子好像是被电击了一下，我想起了一切！

"你好孟露！我是 Soul Collector，你可以叫我苏克。"

"你的灵魂伴侣？Soulmate？"

我感到泪水顺着我的面颊流淌，我没有时间擦拭，立即点开了那个视频。苏克出现在画面上，我情不自禁地用手去触摸屏幕，苏克用漆黑的眼睛看着我说：

> 孟露！当你看到这个视频的时候，你应该已经想起了有关我的一切，而我，应该已经从这个世界上彻底地消失了……

我录这个视频只是想让你知道，我从不后悔选择你当我的异灵主，我也不后悔把你的灵魂还给你，尽管这样做会让我付出生命！不要难过！别忘了我是你的灵魂伴侣，只要你的灵魂还在，我也会一直都在！

虽然你和我说过，为了选择舞台而放弃你的灵魂，是你自己的决定，我不需要为你的决定负责。但是，当我看到你每日痛苦地挣扎，我做不到无动于衷，更做不到不理不睬。看到你日渐消瘦，看到笑容从你的脸上彻底消失，看到你顽强地锻炼着那条没有希望恢复的右腿，看到你一次又一次地倒下，尤其是看到你今天竟然想用伤害自己来得到解脱，我第一次体会到了什么叫心如刀割！所以我决定必须把你的灵魂还给你，否则我的灵魂将得不到安宁！也许这就是灵魂伴侣的责任吧！

你的灵魂在我体内存留的时间太短，所以我知道你一定会想起我，想起我们的一切！但请你千万不要自责，因为这一切都是我的决定，就像你当初对我说的一样，这是我的选择，你不需要承担任何责任。

我已经把一切都安排好了，你的灵魂已经重返你的体内，我还给你重新注入了能量，这样会帮助你迅速恢复。但是我死后，这些能量会逐渐消失，所以你一定要注意能量消失后身体的变化，千万不要再掉以轻心！虽然你对舞台恋恋不舍，但它不是你生命的全部，更不是唯一，相信我！今后你会发现舞台之外的生活也可以非常美丽！

但是现在，我把你的舞台还给你，去吧，去拥抱它！

再见孟露，你是我认识的最 marvelous，splendid，amazing，wonderful① 的女孩，你配得上所有这些赞美的词汇，我真想再一次看到你的笑脸！

作为你的灵魂伴侣，我也爱你！

视频结束的时候，我已经泣不成声，我的梦原来不是梦，而是真实发生的事情！苏克为了我，竟然……

视频中的苏克脸色苍白，面容憔悴，曾经紧致的皮肤骤然间开始松弛下垂。我心疼地抚摸着电脑屏幕，任凭泪水冲刷着面庞，直到我感觉我的身体再也禁不住下一波泪水的冲击，才疲惫地站起身，跌跌撞撞地离开了我设定为重复播放的视频，一步三回头地注视着屏幕上的苏克，直到走进洗手间。

我拼命地用冷水冲洗着红肿的眼睛，悔恨、懊恼、自责、愤怒，一股脑地往我的头上冲，苏克竟然还记得用十几年前我曾经用过的那些英语单词来赞美我！我的脑子里只有三个字：我不配！我用手抽打着自己的脸，用拳头使劲砸着自己的两条腿，紧紧地咬着嘴唇，心里却在怒吼："是我害了你，苏克！我太自私，太没用。我不要你离开我，老天爷，请你把我带走吧，把苏克换回来，可以吗？苏克，我再也不会给你添麻烦了，你说什么我都听你的，你回来，好不好？"

不知是不是冷水的作用，我的头脑突然出现了片刻清醒，一个念头一闪而过，我冲到电脑前，盯着正在播放的视频，看到苏克说："……我还给你重新注入了能量，这样会帮助你迅速恢复。但是我死后，这些能量会逐渐消失……"

我按下暂停键，下意识地摸了摸我的身体，我可以肯定，我的

---

① 英语，绝妙、灿烂、了不起、美好。

体内仍然流动着苏克的能量！虽然我没有想起之前发生过什么，但是我靠我的本能和机械性的记忆控制住了体内的能量，不但牢牢地锁住了这股能量，并且运用自如。

　　能量在，人在，他说的！"逐渐消失……"不对，现在并没有感觉到能量在"逐渐消失"，所以，苏克，有可能还活着，他一定还活着！

第五十六章　孟露——灵魂伴侣

　　我的脑子迅速地转着，怎么办？怎么办？我仔细地审视着还在重复播放的视频，再一次按下暂停键。我发现苏克的位置是在一扇落地玻璃窗前，透过玻璃的反射，我看到了一架三角钢琴，苏克的电脑放在被他升高了的琴凳上，他坐在一张椅子上，俯身面对着电脑……"灵音公寓"！他一定还在那里。我抓起羽绒服、围巾和帽子，蹬上我的棉靴冲了出去。

　　我把车停在荒凉的"灵音公寓"停车场，想也不想地冲进了这栋漆黑的二层小楼，一遍遍地喊着苏克的名字。我跑到二楼，输入我记忆中的密码，公寓的大门"咔嗒"一声打开了。我摸着黑走进去，按了一下墙上的电源开关，没有任何反应，估计这么久，水电早就被切断了。我打开手机的手电筒，在落满灰尘的空荡荡的公寓里，四处寻找着我既希望又害怕看到的身影。看着"灵音公寓"落魄的样子，我知道在这里找到苏克的希望是零，但我还是不停地来回走动着，因为每走到一处，我都能回忆起往日在这里发生的故事，有欢声笑语，有雷霆震怒，有温馨的笑容，也有心酸的眼泪……我失落地走出了"灵音公寓"，缓步来到苏克的琴房门前，也就是他录视频的地方，我用同样的密码打开了琴房的门，这里已然是人去楼空。

　　我知道苏克不在这里，但我还是走了进去，环视这个房间，那架三角钢琴已经不见了，屋子里除了尘土，只有一把苏克录视频时坐的旧椅子和一个旧琴凳，可能是被认作不值钱的东西留给下一位租户了吧？我坐在苏克最后坐过的椅子上，眼泪再一次在眼眶里涌动，我是杀人犯，我杀死了我最爱的人！我的内心拼命地挣扎着，不愿接受这个事实！我无法忍受苏克不在了，而我还在！

　　不知过了多久，我擦了一把眼泪，看了一下身后的落地窗，把椅子的位置挪动了一下，挪动到我认为那天苏克录视频时所在的位置，又把那个旧的琴凳摆放在我面前，看着琴凳发呆。好像有哪里不太对？对了，苏克为了摄像头可以拍到他，故意把琴凳调高了。我走到琴凳旁，试图把琴凳调到一样的高度，好像还原了当时的情景，苏克就会重新出现……但我在这方面真的是不太行，折腾了半天，也不知道如何升降这个该死的凳子，最后，我恼怒地用力往上一拔，"啪"的一声，琴凳并没有升起来，但是把琴凳自带的收纳箱打开了。我惊讶地看着收纳箱里面，安静地躺着一台笔记本电脑，这是苏克的电脑，他用来给我录最后那段视频的电脑！

　　这个发现让我如获至宝，这是苏克唯一留下的东西。我小心翼翼地将它取出来，好像稍微用一点力，它就会被我捏碎。我知道这么长时间，电脑的电肯定早就跑光了，但还是不死心地按了一下开机键——没有任何反应。我把它抱在胸前，觉得还不行，干脆塞到我的羽绒服里面，像抱着小宝宝一样，抱着苏克的电脑钻进我的车里。虽然刚才那一通折腾，加上车里的暖风，搞得我浑身冒汗，但我一直没有解开羽绒服，既没有关掉暖风，也没有打开车窗，仿佛外面的冰天雪地会冻坏我怀里的宝贝。苏克的电脑一直贴在我被汗水浸湿了的胸口，直到我走进家门。

插上充电器后，电脑亮了，我好像马上就要发现新大陆一样，心扑扑地急速跳跃着。密码，密码是什么？我这时才发现我既不知道苏克的生日，也不知道他最喜欢的数字是什么。苏克的生日作为他的隐私之一不能向我们这些常人透露也就算了，我怎么从来没问过他喜欢的数字是什么呢？我懊悔地用手敲打着头，然后试了"灵音公寓"的开门密码、"灵音公寓"的门牌号码、苏克的电话号码……都不对！我绝望地盯着电脑屏幕输入密码处光标不停地闪动，脑子里突然回忆起苏克取走我灵魂时我们的对话：

我："你呢，感觉怎么样？我的灵魂伴侣！"

苏克："你的灵魂伴侣？Soulmate？……今天是 6 月 10 日，Soulmate 0610，一个完美的 password。"

我用颤抖的手指敲打着 Soulmate 0610，电脑立即把我带进了它的主页面，我又使用同样的密码进入苏克的邮箱，发现苏克的电子邮箱里面只有两封邮件，一封在收件箱里，一封在已发送里。我点开收件箱里的那封邮件，看到了一张和苏克长得一模一样的婴儿的照片……

尾　声

孟露拿出手机，再次查看了邮箱里的那封邮件：

　　我的天！孟露，你好！
　　我真的不知道你是怎么找到我的？但是，无论如何，为了你的执着，也为了我儿子的父亲，去他妈的采灵人规定吧！我不知道苏克在哪里，甚至不知道他是不是还活着，但是我想我们的总部也许会有你想要的答案。只是你必须亲自前往，采灵人总部不会接收任何除采灵人以外的人的邮件和电话。
　　苏克已经被他们除名，并且他所有的信息已经被删除。理论上讲，除了他父母和我以外，应该没有人知道他曾经在采灵人的世界存在过。但是，你要是去的话，也许还是可以捕捉到一些信息。地址和定位都在附件中，祝你好运！

苏菲

　　另外，至于你关于我们儿子的疑问，我想还是等你从总部回来后再讲给你听吧！你只需要知道我们之间的关系完全不是你们常人所想象的那样！起码，他绝不会为我献出自己的生命！

孟露重新检查了一下她的登机牌，便从包里拿出刚刚在机场书店买的一本畅销小说，坐在候机室开始阅读……

与此同时，刚刚出差回来的国家剧院芭蕾舞团的王团长，推着行李箱急匆匆地走进自己的办公室，大衣都没来得及脱，就抓起躺在办公桌上的一个写着"辞呈"的信封……

孟露放下手中的小说，想象着王团长看到辞职信时的样子，又回忆起自己写辞职信时那只颤抖的手……她曾经认为自己是为芭蕾而生，虽不至于跳到天荒地老，但是起码现在，她将只属于那个连手术时都忘不掉的舞台！直到她恢复记忆那天，她的心吼出了苏克的名字，她的想法变了。苏克还在！她可以感受到他的能量时强时弱地在她体内流动。苏克需要她，也许她的灵魂，苏克滋养了20年的灵魂，可以拯救他。无论如何，她都一定要试一试！

手机在孟露的口袋里振动了一下，她拿出手机，看到了王团长的短信：

孟露，你想好了吗？你说你有更重要的事情要去做，所以不得不辞职，但是我得提醒你，作为一个芭蕾舞演员，尤其是你这样一位出色的芭蕾舞演员，有什么能够比在舞台上跳舞更重要的？

孟露只回复了两个字：

有的！

随后孟露删除了手机相册里她在舞台上演出的剧照和视频。只保留了一张她最爱的《吉赛尔》的剧照，那是她在巴黎歌剧院遇见苏克妈妈那天的那场演出的剧照。照片中的她穿着《吉赛尔》二幕的白色长纱裙，俯首垂目，身体轻轻地倚靠在跪在她身前的阿尔伯特伸出的臂膀上，舞姿就是她和苏克第一次见面时，苏克让她做的阿拉贝斯。

孟露端详着自己完美的舞姿，眼泪不知不觉地从她的大眼睛中落下来。她突然回忆起那天晚上与苏克的母亲苏关于《吉赛尔》的谈话，苏的声音回荡在她耳旁：

"美丽的农村姑娘吉赛尔，爱上了一个不属于自己世界的贵族伯爵——阿尔伯特……阿尔伯特的世界里根本不可能有吉赛尔的位置……阿尔伯特差点被变成幽灵的吉赛尔给害死！"

孟露恍然大悟，原来苏早就预料到会出现这样的结局，所以才突然转变对自己的态度，露出敌意的目光……采灵人怎么会出现记忆偏差呢？孟露觉得自己真傻，怎么能相信苏是无意将故事讲错的，她明明就是暗示自己离苏克远一些。苏说得对，如果自己离苏克远一些，不让他对自己过于在意，苏克就不会为了把舞台还给她而献出自己的生命！"确实是我害了你！"孟露自言自语道，再一次陷入极度的自责和悔恨中……直到雯雯的声音回响在她的脑海里："阿尔伯特不是被吉赛尔害死的……幸好吉赛尔赶来，是吉赛尔救了他！"

这时，候机厅响起的机场广播覆盖了雯雯遥远的声音："各位旅客请注意，您乘坐的由北京飞往斯德哥尔摩的 CA911 次航班已经开始登机了……"

孟露站起身,拿出登机牌,收拾好行装,毅然向登机口走去……

后　记

《魂牵梦绕》得以出版，我由衷感谢以下人员：

连旭，徐刚，范晓枫，王启敏，李俊，邱芸庭，李洁，孙佳依，莫漠，尤其感谢李勋和王阳对此书初稿提出的宝贵意见。

2024 年 5 月 27 日于北京